Sylvie Germain

Le Livre des Nuits

Gallimard

Le Livre des Nuits (Folio n° 1806), le premier roman de Sylvie Germain, a été salué par une presse unanime et a reçu six prix littéraires : le prix du Lions Club International, le prix du Livre insolite, le prix Passion, le prix de la Ville du Mans, le prix Hermès et le prix Grevisse. Son deuxième roman, *Nuit-d'Ambre* (Folio n° 2073), paru en 1987, est la suite du *Livre des Nuits*. Son troisième roman, *Jours de colère* (Folio n° 2316), a obtenu le prix Femina en 1989.

Elle a ensuite écrit un récit, *La Pleurante des rues de Prague* (Folio n° 2590), *Immensités* (Folio n° 2766) en 1993, *Éclats de sel* en 1996, *Tobie des Marais* en 1998 (Folio n° 3336) et *Chanson des mal-aimants* en 2002, Grand Prix Thyde Monnier 2002 et prix des Auditeurs de la RTBF 2003.

à Henriette et Romain Germain

« *NON est mon nom*
NON NON le nom
NON NON le NON »

René Daumal,
Le Contre-Ciel.

« L'Ange de YHVH lui
répondit :
— Pourquoi t'informer de
mon nom ?
— Il est merveilleux. »

Juges, XIII, 18.

« La nuit, qui par le cri de sa mère un soir
de septembre s'empara de son enfance,
s'engouffrant dans son cœur avec un goût
de cendres, et de sel et de sang, ne le
quitta jamais plus, traversant sa vie
d'âge en âge, — et déclinant son nom
au rebours de l'histoire. »

Mais cette nuit qui se saisit de lui, rouant pour
toujours sa mémoire de frayeur et d'attente, et ce cri
qui entra dans sa chair pour y prendre racines et y
porter combat, venaient d'infiniment plus loin déjà.

Nuit hauturière de ses ancêtres où tous les siens
s'étaient levés, génération après génération, s'étaient
perdus, avaient vécu, avaient aimé, avaient lutté,
s'étaient blessés, s'étaient couchés. Avaient crié. Et
s'étaient tus.

Car ce cri lui aussi montait de plus loin que la folie
de sa mère. Il s'en venait du fond du temps, écho
toujours resurgissant, toujours en route et en éclat,
d'un cri multiple, inassignable.

Cri et nuit l'avaient arraché à l'enfance, détourné de sa filiation, frappé de solitude. Mais par là même rendu irrémissiblement solidaire de tous les siens.

Bouches de nuit et de cri confondus, blessures ouvertes en travers des visages sous un violent sursaut d'oubli faisant soudain mémoire d'une autre nuit, d'un outre-cri, — plus anciens même que le monde.

Nuit hors-temps qui présida au surgissement du monde, et cri d'inouï silence qui ouvrit l'histoire du monde comme un grand livre de chair feuilleté par le vent et le feu.

Charles-Victor Péniel, dit « Nuit-d'Ambre », voué à lutter au mi-nuit de la nuit.

PREMIÈRE NUIT

NUIT DE L'EAU

NUIT DE L'EAU

En ce temps-là les Péniel étaient encore gens de l'eau-douce. Ils vivaient au fil presque immobile des canaux, à l'horizontale d'un monde arasé par la griseur du ciel, — et recru de silence. Ils ne connaissaient de la terre que ces berges margées de chemins de halage, bordées d'aulnes, de saules, de bouleaux et de peupliers blancs. La terre, alentour d'eux, s'ouvrait comme une paume formidablement plate tendue contre le ciel dans un geste d'attente d'une infinie patience. Et de même étaient tendus leurs cœurs, sombres et pleins d'endurance.

La terre leur était éternel horizon, pays toujours glissant au ras de leurs regards, toujours fuyant au ras du ciel, toujours frôlant leurs cœurs sans jamais s'en saisir. La terre était mouvance de champs ouverts à l'infini, de forêts, de marais et de plaines rouis dans les laitances des brumes et des pluies, paysages en dérive étrangement lointains et familiers où les rivières faufilaient leurs eaux lentes dans le tracé desquelles, plus lentement encore, s'écrivaient leurs destins.

Ils ne connaissaient des villes que leurs noms, leurs légendes, leurs marchés et leurs fêtes, racontés par l'écho qu'en donnaient ceux d'à-terre qu'ils croisaient aux escales.

Ils en connaissaient les silhouettes, gravures fantastiques esquissées sur fond de ciel et de lumière en perpétuelle métamorphose, rehaussées sur champs de lin, de blé, de jacinthes, de paille et de houblon. Villes minières, villes drapantes, villes artisanes et commerçantes, dressant à cru leurs tours et leurs beffrois dans le vent monté depuis la mer, là-bas, et s'attestant cités d'hommes graves et laborieux à la face de l'histoire, — et de Dieu. Et de même étaient dressés leurs cœurs, à cru dans l'immensité du présent.

Ils ne connaissaient des hommes que ceux rencontrés dans les biefs, aux écluses et aux gares-d'eau, n'échangeant avec eux que des vocables simples, équarris par l'usage et la nécessité. Des mots forgés à la mesure de l'eau, des péniches, du charbon, du vent et de leur vie.

Ils ne connaissaient des hommes que ce qu'ils connaissaient d'eux-mêmes, — les âpres pans portés au jour du visage et du corps bâtis en contre-champ d'ombrées impénétrables. Entre eux, ils parlaient moins encore, et à eux-mêmes pas du tout, tant leurs paroles toujours retentissaient de l'écho dissonant d'un trop profond silence.

Mais mieux que quiconque ils avaient connaissance des luminosités et des pénombres du ciel, des humeurs du vent et du grain de la pluie, des odeurs de la terre et du rythme des astres.

Entre gens de l'eau-douce ils s'appelaient plus volontiers du nom de leurs bateaux que de leurs propres noms. Il y avait ceux de *La Justine,* du *Saint-*

Éloi, du *Liberté*, du *Bel-Amour*, de *L'Angélus*, de *L'Hirondelle*, de *La Marie-Rose*, du *Cœur-de-Flandre*, du *Bonne-Nouvelle* ou du *Fleur-de-Mai*. Les Péniel étaient ceux d'*À la Grâce de Dieu*.

1

Vitalie Péniel avait mis au monde sept enfants, mais le monde n'en élut qu'un seul — le dernier. Tous les autres étaient morts le jour même de leur naissance sans même prendre le temps de proférer un cri.

Le septième, lui, cria dès avant sa naissance. Dans la nuit qui précéda l'accouchement Vitalie ressentit une vive douleur qu'elle n'avait jusqu'alors jamais connue et un cri formidable résonna dans son ventre. Un cri semblable à celui des bateaux dans la brume s'en revenant de pêche en haute mer. Elle connaissait ce cri pour l'avoir entendu si souvent autrefois lorsque, pressée contre sa mère, elle veillait sur la plage le retour du *Rose-du-Nord* et de *L'Agneau-de-Dieu* à bord desquels le père et les frères étaient allés pêcher. Oui, elle connaissait bien ce cri monté des brumes pour l'avoir attendu si longtemps par deux fois et ne l'avoir retrouvé, au-delà de toute attente, qu'en écho fantastique dans le corps fou de sa mère. Mais elle avait quitté le monde de ces eaux trop violentes pour suivre un homme des eaux-douces, et elle avait chassé ces cris de sa mémoire. Voilà cependant qu'un nouvel écho venait de lui resurgir du tréfonds du corps et de l'oubli, un grand cri de mer en

19

vives eaux et elle sut que son enfant cette fois-ci vivrait. « Écoute, dit-elle à son mari endormi contre son flanc, l'enfant vient de crier. Il va naître et veut vivre ! — Tais-toi donc, malheureuse, répondit l'homme en se retournant vers le mur, ton ventre n'est qu'un tombeau qui ne peut rien engendrer ! »

Au petit jour, tandis que son mari s'était déjà levé pour aller s'occuper des chevaux, Vitalie enfanta au fond de la cabine, toute seule, adossée contre les oreillers. C'était un fils. Il cria plus fort que la veille en traversant le corps de sa mère et son cri affola les chevaux serrés les uns contre les autres sur la berge encore ombrée de nuit. Le père, en entendant ce cri, s'affaissa sur ses genoux et se mit à pleurer. Par sept fois, l'enfant cria, et par sept fois les chevaux se cabrèrent, dressant leurs cous au ciel en balançant leurs têtes. Le père pleurait toujours et par sept fois il sentit son cœur s'arrêter.

Lorsqu'il se releva et retourna dans la cabine il vit dans la pénombre luire le corps de sa femme d'un blanc éclat crayeux et, posé entre ses genoux, l'enfant encore tout ruisselant d'eau et de sang. Il s'approcha du lit et caressa le visage de Vitalie bouleversé de fatigue, de douleur et de joie. Ce visage, à peine le reconnut-il. Il semblait s'être détaché de lui-même, soulevé sous un assaut de lumière monté depuis les tréfonds de son corps et transfondu en un sourire plus vague et blanchoyant qu'un clair de demi-lune. Puis il prit son fils dans ses bras ; le petit corps nu pesait un poids immense. Le poids du monde et de la grâce.

Mais il ne trouva aucun mot, ni pour la mère ni pour l'enfant, comme si les larmes qu'il venait de verser l'avaient lavé de tout langage. Et de ce jour il ne retrouva plus jamais la parole.

Vitalie se signa puis dessina ce même signe sur tout le corps du nouveau-né pour écarter le malheur du moindre pan de peau de son fils. Elle se souvenait de la cérémonie du baptême des bateaux au cours de laquelle le prêtre, revêtu du surplis blanc et de l'étole dorée, aspergeait le bateau neuf d'eau bénite jusque dans ses moindres recoins afin que la mort ne puisse trouver aucune prise lorsque la mer se soulèverait contre lui. Mais tandis qu'elle resongeait à ces fêtes célébrées sur la grève de son village natal elle glissa doucement dans sa mémoire endormeuse et sa main retomba avant d'avoir achevé de tracer un dernier signe sur le front de l'enfant.

Ainsi le dernier-né des Péniel prit-il sa part de vie, en échange de quoi il reçut le nom de Théodore-Faustin.

L'enfant semblait d'ailleurs avoir pris plus que sa part, comme s'il rassemblait en lui toute la force volée à ses frères, et il poussa avec la vigueur d'un jeune arbre.

D'emblée il devint batelier ainsi que l'avaient été tous ses aïeux paternels, passant ses jours sur la péniche et sur les berges, entre le sourire lumineux de sa mère et le silence inexpugnable de son père. Ce silence était empreint d'un si grand calme et d'une telle douceur qu'à ses côtés l'enfant apprit à parler comme on apprend à chanter. Sa voix se modula sur fond de ce silence, prenant un timbre grave et léger à la fois et des inflexions pareilles aux ondoiements de l'eau. Sa voix semblait toujours être sur le point de se taire, de se perdre dans le murmure de son propre souffle, et elle avait d'étranges résonances. Lorsqu'il finissait de parler, les derniers mots qu'il venait de

21

prononcer égrenaient pendant quelques instants encore un imperceptible écho qui, par sept fois, troublait vaguement le silence.

Il aimait jouer à l'avant du bateau, assis face à l'eau dont il connaissait les lueurs et les ombres mieux que toute autre chose. Il fabriquait des oiseaux en papier qu'il coloriait de teintes vives puis les lançait dans l'air où ils tournoyaient un instant avant de retomber sur l'eau où leurs ailes s'effondraient et perdaient leurs couleurs en minces saignées roses, bleues, vertes et orangées. Il taillait aussi de petites péniches dans des écorces et des branches ramassées sur les berges, y plantait un grand mât où il nouait un mouchoir, et larguait ensuite ses bateaux au fil de l'eau, chargeant leurs cales vides du poids de tous ses rêves.

Vitalie n'attendit plus jamais d'autre enfant. Chaque nuit son mari l'enserrait contre lui et s'unissait à elle, ébloui par la blancheur de son corps devenu tout entier sourire et abandon. Il s'endormait en elle d'un sommeil profond comme l'oubli, absous de rêves et de pensées. Et l'aube toujours le surprenait comme une nouvelle remise au monde de son corps confondu à celui de sa femme dont les seins, depuis la naissance de leur fils, ne cessaient de porter un lait au goût de coing et de vanille. Et de ce lait il s'abreuvait.

Le père demeurait à la barre et Théodore-Faustin s'occupait des chevaux. Il y avait Robe-de-Suif, la grande jument noire qui balançait toujours la tête en marchant, et deux chevaux couleur de rouille surnommés Reuze-le-Borgne et Reuze-Glouton. Bien avant le lever du jour Théodore-Faustin s'en venait les nourrir puis jusqu'au soir il les accompagnait le long du chemin de halage. Lors des arrêts aux écluses ou aux gares de chargement il s'aventurait un peu parmi les

gens d'à-terre, les éclusiers, les cafetiers et commer-
çants, mais ne se mêlait jamais à eux, retenu toujours
par une obscure crainte à l'égard de tous les êtres. Il
n'osait pas leur parler, tant les intonations étranges de
sa voix étonnaient ceux qui l'entendaient et qui alors,
pour se défendre du trouble ressenti confusément à
son écoute, se moquaient de lui. Durant les heures de
pause il demeurait auprès de ses bêtes dont il aimait
caresser les têtes lourdes et les yeux aux paupières
soyeuses. Les globes énormes de leurs yeux qu'un rien
effarouchait portaient sur lui un regard infiniment
plus doux que celui de son père et le sourire de sa
mère. Leurs yeux avaient la matité du métal et du
verre dépoli, à la fois translucides et dénués de
transparence. Son propre regard pouvait plonger et
pénétrer très loin en eux, mais n'y pouvait rien
distinguer ; il se perdait dans les dépôts de lumière
ensablée, d'eau limoneuse et de vent enfumé qui s'y
étaient amoncelés en vases brunes mordorées. Pour
lui résidait là la face cachée du monde, la part de
mystère de la vie confluant dans la mort, et le séjour
de Dieu — un havre de beauté, de calme et de
bonheur.

Son père mourut à la barre du nouveau chaland
qu'il avait acheté quelques mois plus tôt. C'était là le
premier bateau dont il était propriétaire et non plus
affréteur. Et c'était lui-même qui avait choisi le nom
inscrit en larges lettres à la proue de la péniche : « À
la Grâce de Dieu. »
    La mort entra d'un coup dans son cœur, sans
s'annoncer, sans faire de bruit. Elle se glissa en lui si
discrètement qu'il ne sursauta même pas ; il demeura
debout, bien droit face à l'Escaut, les mains au
gouvernail, les yeux grands ouverts. Théodore-Faus-

23

tin qui menait les chevaux à côté sur la berge ne
s'aperçut de rien. Il y eut bien pourtant ce mouvement étrange des trois bêtes qui, ensemble, s'arrêtè-
rent un instant et tournèrent la tête vers leur maître,
mais Théodore-Faustin, regardant à son tour dans la
direction qu'elles désignaient, ne vit rien d'anormal.
Son père se dressait comme à l'accoutumée, attentif à
la barre. Ce fut Vitalie qui s'en aperçut ; elle se tenait
à ce moment-là à l'arrière du bateau, occupée à tordre
du linge mis à tremper dans une grande bassine. Ce
fut son corps qui entra en alarme. Un froid intense la
saisit brutalement et pénétra sa chair jusqu'à ses os ;
ses seins se pétrifièrent. Elle se releva et courut
précipitamment vers l'avant, se heurtant comme une
aveugle à tout ce qui traînait sur son passage. Ses
seins lui faisaient mal, le souffle lui manquait et elle ne
put crier le nom de son mari. Elle arriva enfin à lui
mais son élan fut arrêté net dès qu'elle posa une main
sur son épaule. Comme en un éclair elle venait de voir
fulgurer au contact de sa main le corps de l'homme
immobile en éblouissante transparence. Et au travers
de ce corps pareil à une haute vitre elle aperçut son
fils, là-bas, plus avant sur le chemin du halage,
conduisant les chevaux d'un pas lent, monotone. Puis
l'obscurité se fit et le corps de l'homme se plomba de
ténèbres. Alors il s'effondra dans un bruissement
sourd et en tombant s'échoua dans les bras de Vitalie.
Le poids de ce corps lui parut lourd du poids
amoncelé de toutes les nuits au cours desquelles il
s'était couché sur elle pour l'étreindre et se nouer de
tous ses membres à elle. Le poids de toute une vie, de
tant de désir, de tout un amour, qui se trouvait
soudain précipité en une masse inerte et froide. Elle
fut emportée dans sa chute et s'écroula sous lui. Elle
voulait alerter son fils mais les larmes déjà l'empê-

chaient d'appeler. Des larmes blanches, au goût de coing et de vanille.

Lorsque Théodore-Faustin accourut sur la péniche il trouva les deux corps de ses parents entrelacés sur le pont comme en une lutte silencieuse et farouche, et entièrement baignés de lait. Il sépara ces deux corps effrayants de lourdeur puis les étendit côte à côte. « Mère, dit-il enfin, il faut te relever. Ne reste pas ainsi couchée pareille au père. » Vitalie obéit à la voix de son fils et le laissa emporter le corps dans la cabine où il l'allongea sur le lit. Elle regagna enfin la cabine à son tour et s'y enferma seule un moment pour accomplir la toilette du défunt. Ce fut dans le lait de ses larmes qu'elle le lava, puis elle l'habilla, lui croisa les mains sur la poitrine, alluma quatre chandelles autour du lit et rappela son fils.

Sitôt entré dans la pièce dont la mère avait voilé la fenêtre, Théodore-Faustin fut saisi par l'odeur presque écœurante de douceur qui régnait dans la pénombre. Il s'exhalait dans l'atmosphère renfermée de forts relents de coings surs et de vanille. Cette odeur troubla profondément Théodore-Faustin qui en éprouvait le goût jusque dans sa propre chair et au-dedans de sa bouche. Et ce goût à la fois inconnu et si violemment familier l'effrayait autant qu'il le ravissait, remuant en lui des élans de désirs obscurs. Il voulut appeler sa mère mais son appel s'étouffa dans le flux de salive laiteuse qui d'un coup lui emplit la bouche. Vitalie se tenait assise auprès du lit, parfaitement droite sur sa chaise, les mains posées à plat sur ses genoux serrés. Sa poitrine ne bougeait pas bien que son souffle fît entendre d'étranges chuintements rauques et saccadés. Son visage, dans la lumière dansante des bougies, n'émergeait de l'obscurité que

25

par à-coups, et par pans inégalement éclairés. Ce visage en fragments semblait être moins fait de chair et de peau que résulter d'un jeu mouvant de papiers découpés et recollés en tous sens et il évoqua soudain à Théodore-Faustin les oiseaux de papier qu'il fabriquait lorsqu'il était enfant pour les lancer ensuite sur l'eau. Mais cet oiseau-profil n'avait ni envol ni chute et aucune couleur ; il reposait très immobile à la limite de l'absence.

Il s'approcha enfin du lit et se pencha vers son père pour l'embrasser au front mais en s'inclinant il fut mis en arrêt par les yeux du gisant demeurés entrouverts. Plus que jamais le regard de son père ressemblait à celui des chevaux, — l'éclat des flammes s'enfonçait profondément dans le brun ambré des iris mais ne s'y réverbérait pas, il s'y faisait lumière. Lumière-fossile, eau stratifiée, vent cendreux, immobile. Et la perspective que laissait ainsi entrevoir ce mince rai de regard s'élançait à l'infini dans l'invisible et le mystère. Était-ce donc là que résidait le séjour de Dieu, dans ces affres de douceur, de silence et d'absence ? Théodore-Faustin baisa le visage de son père par trois fois, sur les paupières et sur les lèvres, et l'embrassa par quatre fois sur les épaules et sur les mains. Puis il vint s'agenouiller auprès de sa mère et, posant son front contre ses genoux, il se mit à pleurer doucement dans les plis de sa jupe.

2

À partir de ce jour Théodore-Faustin reprit la place du père à la barre de la péniche et Vitalie remplaça son fils à la conduite des chevaux. Mais lui seul continuait à les nourrir et les soigner et dans leur regard toujours il cherchait le reflet du regard de son père.

Il avait juste quinze ans et déjà lui était échue la charge de maître à bord d'*À la Grâce de Dieu*, lourd chaland aux cales pleines de charbon glissant imperturbablement tout au long de l'Escaut. Mais ce bateau était plus que sien, — il demeurait celui du père. Il était même le corps second du père, — immense corps posthume aux flancs emplis de noires concrétions arrachées aux antres de la terre comme autant de résidus de songes millénaires. Et ces blocs de songes il les livrait aux feux des gens d'à-terre, ces étrangers reclus, là-bas, dans leurs maisons de pierre.

Il ne pouvait encore être le maître, il n'était qu'un passeur veillant sur le halage incessant d'un corps devenu fantastique, à ras de l'eau, à fleur de ciel, à cœur de terre, — à la grâce terrifiante de Dieu.

Ainsi passèrent les jours, les mois et les années. Un soir au dîner Vitalie dit à son fils, lui parlant de profil : « N'as-tu donc encore jamais pensé à prendre femme ? Le temps est venu pour toi de te marier, de bâtir ta propre famille. Je me fais vieille déjà, et bientôt je ne serai plus bonne à rien. » Le fils ne répondit pas, mais la mère savait bien quelles étaient ses pensées. Elle avait remarqué depuis quelque temps un trouble nouveau en lui, et elle l'avait entendu murmurer dans son sommeil le nom d'une femme.

Cette femme, elle la connaissait, c'était l'aînée des onze filles des bateliers du *Saint-André*. Elle devait approcher les dix-sept ans ; elle était blonde et étonnamment pâle par toutes saisons, fragile et élancée comme les joncs dressés le long des berges, mais elle était travailleuse et connaissait bien le métier. On la disait rêveuse et même encline à la mélancolie au contraire de ses sœurs, mais plus qu'elles toutes douce et silencieuse. Voilà pourquoi, certainement, cette fille avait su toucher le cœur obscur de son fils. Et Vitalie ne doutait pas de ce que le sentiment de celui-ci fût pleinement partagé.

Par contre, ce qu'elle ne pouvait soupçonner, c'était l'ampleur qu'avait pris ce sentiment dans le cœur trop longtemps déserté de son fils. De rencontres en rencontres faites au hasard des écluses et des diverses places batelières, Théodore-Faustin s'était laissé surprendre, puis ravir, et enfin tourmenter jusqu'au délice et la douleur par l'image de la jeune fille. Cette image s'était si intimement gravée en lui qu'il la portait au-dedans même de son regard et il ne pouvait ouvrir ou fermer les yeux sans l'apercevoir en transparence de toutes choses et même de la nuit. Cette image s'était transfondue dans sa chair, et chaque nuit il sentait sa peau le brûler et tout son corps s'affoler d'un irrépressible désir. Et maintenant auprès de ses chevaux il cherchait moins à percer le mystère de leurs yeux qu'à rouler sa tête endolorie d'amour contre leurs cous chauds et sonores de sang.

« Tu sais, reprit Vitalie après un temps de silence, je connais celle que tu aimerais prendre pour femme. Elle me plaît bien, à moi aussi, et je serais heureuse de la voir venir vivre avec nous. Qu'attends-tu donc pour aller la demander en mariage ? » Théodore-Faustin serra si fort son verre dans sa main qu'il le brisa et s'y blessa la paume. Quand la mère vit le sang couler sur le bois de la table elle se leva et s'approcha de lui. « Tu t'es coupé, il faut panser ta main », dit-elle, mais il la repoussa doucement. « Laisse, répondit-il, ce n'est rien. Je te demande seulement de ne pas prononcer le nom de cette femme jusqu'au jour où elle sera enfin mienne. » Il s'étonna lui-même plus de cette interdiction qu'il venait de proférer que Vitalie qui acquiesça sans surprise. « Très bien, fit-elle, je ne prononcerai pas son nom tant qu'elle ne sera pas des nôtres. »

Théodore-Faustin fit sa demande en mariage quelques semaines plus tard, un jour que sa péniche avalant croisa le *Saint-André* en train de remonter l'Escaut. Du plus loin qu'il aperçut la péniche il quitta aussitôt la barre, s'engouffra dans la cabine, enfila en vitesse sa chemise des jours de fête, se signa par sept fois avant de rouvrir la porte et attendit que le *Saint-André* frôlât les flancs de son bateau. Dès que les deux péniches se croisèrent il sauta par-dessus bord sur le pont du *Saint-André* et marcha droit vers le père Orflamme qui se tenait à la barre, sa courte pipe noire fichée en bouche comme un bec de canard. « Nicolas Orflamme, dit Théodore-Faustin sans plus de préambule, je viens vous demander la main de votre fille. — Laquelle ? fit le vieux en plissant étroitement les yeux, c'est que j'en ai onze ! — Votre fille aînée », répondit-il. Le vieux sembla réfléchir un instant puis se contenta de remarquer : « C'est juste. Il faut commencer par le commencement. » Puis il se replongea dans la fumée de sa pipe comme si rien ne s'était passé. « Alors ? s'inquiéta Théodore-Faustin, êtes-vous d'accord ? — C'est qu'elle me manquera, ma première-née, soupira le père Orflamme après un moment de réflexion. C'est peut-être bien la plus sauvageonne et rêvasseuse de mes filles, mais c'est qu'elle est aussi la plus tendre. Ça oui, elle me manquera... » Le *Saint-André* glissait toujours sur l'eau aux reflets mauves et argentés qu'allumait le clair

29

soleil de mars, s'éloignant lentement du *À la Grâce de Dieu* qui continuait sa course en sens inverse. « Vous ne m'avez pas répondu », observa Théodore-Faustin planté comme un piquet à trois pas de Nicolas Orflamme. « C'est que ce n'est pas à moi de répondre, dit l'autre. Va donc le lui demander à elle. »

Elle était déjà là. Il ne l'avait pas entendue approcher. Il l'aperçut en se retournant. Elle semblait plus absente que jamais tandis qu'elle fixait sur lui son regard tranquille. Il baissa la tête, ne sachant plus que dire, et ses yeux s'absorbèrent dans la blancheur éclatante de sa propre chemise. Il ne savait que faire de ses mains qui lui pesaient terriblement au bout de ses bras gourds. Elles pendaient lamentablement dans le vide comme des volailles mortes accrochées aux étals de bouchers et il s'en effraya presque. Ses yeux glissèrent sur le plancher du pont. Il fixa alors les pieds de la jeune fille. Ils étaient nus, tout poudrés de poussière de charbon où la lumière faisait scintiller d'infimes moirures d'un noir violâtre. Et il fut pris d'un violent désir pour ces pieds minces, scintillants. Il ferma les poings puis laissa errer son regard le long de la robe sombre ceinte d'un tablier à tout petits carreaux qui quadrillaient le ventre de la fille d'un labyrinthe vertigineux. Il remonta ainsi jusqu'aux épaules où ses yeux s'immobilisèrent enfin, incapables de soutenir la vue de son visage. « Aidez-moi... », murmura-t-il enfin d'un ton presque suppliant. « Je suis là », répondit-elle simplement. Alors il releva la tête et osa lui faire face. Mais une fois encore les mots lui manquèrent ; il leva lentement ses mains glacées vers son visage et lui effleura les cheveux. Elle sourit avec tant de douceur qu'il en fut bouleversé. Le père, qui leur tournait toujours le dos, s'exclama soudain :

« Elle est bien muette ta demande en mariage !
Aurais-tu perdu la parole, grand diable ? Comment
veux-tu qu'elle te réponde si tu te tais, dis, tête de
bûche ? — Je peux bien lui répondre, dit la fille. Et ma
réponse est oui. » Ce « oui » tinta dans la tête éblouie
de Théodore-Faustin avec plus de vive résonance que
les cloches d'un carillon célébrant une fête à la volée.
Il lui saisit les mains et les serra fortement dans les
siennes. « Et ton bateau, vaurien, fit Nicolas
Orflamme, regarde-le qui file sans maître à bord le
long de la rivière ! » Théodore-Faustin se retourna
vers lui. « Peut-être, mais le maître qui va y retourner
est l'homme le plus heureux de cette terre ! » s'écria-
t-il. Et il ressauta par-dessus bord sur la berge sans
même saluer et courut à perdre haleine vers sa
péniche à l'abandon. Quand Vitalie vit son fils
arriver, le visage tout en feu et les yeux étincelants elle
lui demanda en riant : « Alors, on peut le dire
maintenant le nom de ta bien-aimée ? — On peut le
dire et le crier ! » répondit Théodore-Faustin à bout
de souffle.

3

Le mariage fut célébré vers la mi-juin. Ce furent des
noces simples, fêtées dans une auberge sur les bords
de l'Escaut en amont de Cambrai. Noémie portait une
robe blanc ivoire rehaussée de guipure au col et aux
poignets, et elle avait piqué à sa ceinture une rose de
tulle au cœur orné de perles argent. À la main elle
tenait un haut bouquet de onze linaigrettes que ses
sœurs avaient cueillies pour elle. Théodore-Faustin
avait natté les queues de ses chevaux avec des rubans

de gaze blanche et décoré le mât de sa péniche comme un arbre de mai. Vers midi il se mit à pleuvoir, mais la pluie ne chassa pas le soleil. Elle sautillait dans la lumière en fines gouttes étincelantes couleur d'ambre fondue. Nicolas Orflamme leva son verre à la santé des époux et s'écria gaiement : « Le soleil et la pluie ? Mais c'est le diable qui marie sa fille ! »

Noémie ce jour-là quitta le nom d'Orflamme pour celui de Péniel, et son père et sa mère, et ses dix sœurs et son enfance pour devenir l'épouse de Théodore-Faustin. Elle se sentait légère, infiniment légère, bien qu'une irréductible mélancolie la tourmentât toujours confusément. Ce qu'elle aimait en celui qu'elle venait de choisir pour époux, elle n'aurait su le dire. Elle savait seulement que vivre loin de cet homme-là l'eût certainement rendue folle.

Vitalie contemplait sa bru assise aux côtés de son fils avec un sourd bonheur mêlé d'étonnement et de reconnaissance. Enfin lui était venue la fille qu'elle n'avait jamais eue, et celle-ci, songeait-elle, était trop pure pour risquer d'être entachée de la malédiction qu'elle-même avait dû souffrir en enfantant tant de fils morts-nés. Mais pour la première fois aussi elle mesurait la froide aridité de sa solitude de veuve, et son corps déjà vieux tressaillit de se savoir désormais exclu du temps fou de l'amour. Elle pensait à ces nuits d'autrefois, si vives à sa mémoire et violentes encore à sa chair, où son corps submergé du corps de son mari blanchoyait sous les draps comme un grand bain de lait au goût de coing et de vanille.

Théodore-Faustin, lui, ne pensait à rien. Il demeurait serré tout contre Noémie, cherchant à trouver l'amble avec son cœur qu'il sentait battre imperceptiblement à son côté. Il écoutait, par-delà la clameur des voix, des rires et des chansons des convives, monter des bords de l'Escaut dans la tiédeur du soir les sifflements aigus des grèbes à cou noir et les ululements aux résonances étranges des butors étoilés. Et pour la première fois il mesura combien le mutisme de son père avait marqué son cœur et infléchi sa propre voix en plainte tremblée de fin silence. Il songea alors à ces jours d'autrefois où il marchait avec les chevaux le long des chemins de halage sous le regard de ce père qui ne lui avait jamais parlé, et son corps exultant de désir un instant cependant se mit à tressaillir de vide en entendant les chants lointains des oiseaux nichés sur la rive, comme si à travers eux le père exprimait son absence. Il saisit vivement la main de Noémie et la serra si fort qu'il lui fit presque mal. Elle baissa les yeux mais lorsqu'elle releva la tête un sourire empreint de calme et de confiance éclairait son visage. Et il oublia aussitôt ses tourments et retrouva tout à la fois sa force d'homme et un bonheur d'enfant.

Au début du printemps suivant Noémie donna naissance à un fils. Il fut nommé Honoré-Firmin et prit place à bord d'*À la Grâce de Dieu* avec une radieuse désinvolture. C'était un enfant calme et gai qui ne semblait connaître ni la colère ni les peines. Tout lui était bonheur et amusement ; il apprit à chanter avant même de parler et à danser avant de marcher. Il mettait tant d'ardeur à vivre que tous autour de lui sentaient passer les jours comme autant de promesses de joie à chaque soir tenues. Puis vint une petite fille qu'on appela Herminie-Victoire. Elle avait la douceur de sa mère à laquelle elle ressemblait d'ailleurs en tout, mais son frère toujours savait la distraire de ses chagrins et de ses peurs. Tous deux aimaient les contes fantastiques que Vitalie leur racontait le soir avant de s'endormir. Il y avait l'histoire de Jean-l'Ourson, fils de Gay-le-Gaylon, parti à travers la forêt délivrer les trois filles du roi prisonnières du terrible Petit-Père-Bidoux, et celle de Jean Hullos dit la Marmotte qui découvrit au tréfonds de la terre la pierre qui brûle, et la mésaventure de la belle Émergaert emprisonnée par le cruel Phinaert, et encore les mille et une aventures de Till Eulenspiegel et de ses gueux compagnons... Lorsque Vitalie racontait ces légendes peuplées de fées, d'ogres, de diables et de géants, d'esprits des eaux et des forêts, les deux enfants voyaient le visage de leur grand-mère assise au bord du lit où ils se tenaient blottis soudain répandre sur leur couche une sourde lueur d'un blanc de craie. Et leur aïeule elle-même leur semblait douée de pouvoirs étranges et terrifiants — vieille femme immortelle montée des bouches de l'Escaut.

Elle leur racontait aussi parfois des histoires de pêcheurs perdus en haute mer sur des navires en flammes ou ramassant dans leurs filets des poissons fabuleux qui chantaient avec des voix de femmes, et des histoires de noyés s'en retournant du fond des mers pour venir visiter les vivants, portant aux justes des perles de soleil et des anneaux en poussière de lune et d'étoiles, et aux méchants jetant des sorts effroyables. Toutes ces histoires résonnaient long-temps encore dans leur sommeil, emportant leurs rêves dans des remous d'images folles et le monde à leur réveil leur paraissait mystère qui séduisait leurs cœurs autant qu'il l'effrayait. Herminie-Victoire se réjouissait d'être une enfant de l'eau-douce, sans séjour parmi ces obscurs gens d'à-terre toujours en lutte avec quelque démon ou géant cruel et jaloux, ni parmi ces autres gens, plus sauvages encore, des bords de mer. Mais deux histoires surtout la tourmentaient; c'étaient celle du grand Halevyn chevauchant en chantant d'une voix merveilleuse à travers une forêt baignée d'éclat de lune, parmi les corps frêles de vierges aux cheveux longs pendues aux branches des arbres, et celle du jeune Kinkamor qui parcourut le monde et d'autres mondes encore afin de fuir la mort qui cependant le suivait pas à pas, usant dans cette course des milliers de souliers. Elle décida qu'elle ne voulait pas grandir. « Ainsi, se disait-elle, je passerai toujours inaperçue. Je resterai petite, je me ferai même de plus en plus petite. Si minuscule et si discrète que même la mort ne pourra jamais me trouver, quel que soit le nombre de souliers qu'elle aura chaussés pour me poursuivre. Et aucun fiancé méchant ne pourra non plus me trouver. D'ailleurs, je ne bougerai pas. Je ne quitterai jamais la péniche. La mort ne me prendra jamais si même la vie ignore que j'existe ! » Et elle s'enferma dans son enfance comme en une bogue d'éternité et d'invisible.

Honoré-Firmin au contraire brûlait du désir de quitter les planches de ce théâtre flottant où rien ne se passait pour s'en aller courir le monde et sillonner les mers. Il voulait découvrir toutes ces villes dressées dans le ciel et la pierre, aux rues grouillantes de gens, traverser ces forêts hantées de bêtes féroces et d'ogres maléfiques dont il n'avait pas peur. Le cours trop lent de ces canaux et de ces fleuves en plat pays l'ennuyait ; il rêvait de voyager dans d'énormes bateaux aux flancs gorgés non plus de lugubre charbon mais d'épices, de fruits, de tissus flamboyants, d'armes et d'or — et d'esclaves aussi. Il se voyait entrer dans des ports bruyants de cris d'hommes, de cornes et d'oiseaux, à la rougeur du couchant. Et, comme Jan le Grand Carillonneur, il était prêt à vendre son âme au diable pour voir ses vœux exploser en fête de réalité.

4

Mais le diable n'avait que faire des âmes des enfants assoiffés d'aventures ; les hommes eux-mêmes venaient d'ouvrir leur sabbat en l'honneur des dieux sans visage et sans nom, pourvus par contre de bouches et de ventres intrépides. Les ventres de ces dieux sonnaient le creux, et dans leurs antres soudain se mirent à retentir les clameurs de la faim à force roulements de tambours et sonneries de clairons. Ainsi Théodore-Faustin fut-il invité à quitter son trop calme bateau pour se joindre à la table dressée par les empereurs. Autrefois, lorsqu'il avait atteint l'âge d'aller servir dans les armées, il avait eu la chance inouïe de tomber sur un bon numéro. Mais lui, si pauvre pourtant, n'avait pas même mesuré l'énormité de cette faveur du sort tant un autre bonheur l'accaparait alors. Il s'était simplement dit que c'était la force même de son amour qui l'avait préservé. Et il s'était installé dans la magie de cet amour avec autant de désinvolture que d'assurance. Mais d'un coup, c'en était fini de cette chance qu'il avait crue éternelle, — non pas que son amour eût perdu force, bien au contraire, mais tout simplement parce que la roue de la loterie venait de s'emballer, désignant pêle-mêle les appelés et les oubliés, les amoureux et ceux qui ne l'étaient pas, les gens heureux et les désespérés.

Et le voilà parti, en route pour la guerre, sans même avoir le temps d'attendre la venue de son troisième enfant pourtant si près de naître, et surtout sans rien comprendre au rôle en culotte garance et en képi à pompon qu'on venait de lui attribuer sans crier gare, et sans recours.

Dès le lendemain de son départ Noémie s'alita. Vitalie pensa que sa bru allait accoucher dans les jours, sinon les heures suivants, car elle était à son terme. Mais ni les heures ni les jours ne virent arriver la délivrance de la jeune femme. Et les semaines passèrent sans que rien s'accomplisse. Noémie demeurait imperturbablement couchée, inerte sous le poids de son énorme ventre. On l'entendait pleurer tout le long du jour et de la nuit, mais on ne voyait jamais couler ses larmes ; on entendait seulement en passant auprès d'elle bruire un frêle et interminable ruissellement intérieur. Son ventre sembla bientôt gonflé de vide, il avait la creuse résonance d'une cuve de fer où chuintent des gouttes d'eau.

Honoré-Firmin décupla ses forces en l'absence du père à laquelle il lui fallait pourvoir. Il sut d'emblée, bien qu'âgé de treize ans, faire preuve d'autorité et de métier. Quant à Vitalie et à Herminie-Victoire elles durent chacune à leur façon oublier leur âge. L'une força son corps à réinventer vigueur et endurance, l'autre ne put plus longtemps se rapetisser dans l'enfance. Ainsi le *À la Grâce de Dieu* continua-t-il à remplir son office tandis que le père se battait au front, là-bas, loin dans les terres, et que la mère gisait dans la pénombre de la cabine, au fil de l'eau, tenant farouchement reclus dans son corps en arrêt son enfant à naître.

Théodore-Faustin marcha longtemps, bâté de tout son chargement de campagne et de son fusil à baïonnette qui lui blessait l'épaule et lui battait les flancs. Il marcha si longtemps que ses jambes en tremblaient ; il lui semblait, lorsqu'il faisait enfin de courtes pauses aux étapes, que la chair de ses mollets et de ses cuisses avait pris feu et que ses genoux étaient devenus mous et spongieux. Il foulait le sol comme jamais encore il ne l'avait fait, traversant des villes, des champs, des ponts et des forêts qu'il découvrait pour la première fois avec un étonnement obscur mêlé de crainte. C'était l'été, il faisait beau, les blés mûrs ondulaient le long des chemins, et les talus en bordure des prés étaient tout piqués de jolies fleurs aux couleurs vives ; la terre sentait bon, ses compagnons chantaient de drôles d'air pleins d'allant, mais lui avait le cœur si gros qu'il ne pouvait ni rire ni chanter et pas même parler. Il lui semblait traîner un corps d'emprunt et son nom à l'appel sonnait si faux qu'il ne le reconnaissait jamais. Il pensait aux siens, et particulièrement à sa femme qui devait déjà avoir donné le jour à leur dernier enfant. Assurément c'était un fils car ces derniers temps Noémie avait retrouvé la même odeur de lierre et d'écorce que son corps déjà avait prise lorsqu'elle attendait Honoré-Firmin ; quand elle était enceinte d'Herminie-Victoire sa peau avait eu un goût de seigle et de miel. Ce nouveau fils, il l'appellerait du nom de son père, car il serait l'enfant des retrouvailles et du recommencement.

Les nuits surtout lui étaient douloureuses tant depuis des années il avait désappris à dormir seul. Le corps de Noémie ne cessait de tourmenter ses rêves, il le voyait grandir, tourner, se tordre autour de lui, il le sentait haleter, glisser entre ses bras, mais jamais il ne pouvait l'étreindre. Et il se réveillait en sueur, hagard, parmi ces cents d'hommes inconnus couchés autour de lui et qui eux-mêmes s'agitaient et geignaient en dormant.

Il n'y avait pas deux semaines qu'il était parti que déjà il s'effrayait de la longueur de son exil et il se demandait si son corps, à force de solitude, finirait ainsi que celui de sa mère après la mort du père par devenir dur et rugueux comme la pierre. Mais la guerre allait bon train et l'ennemi était si proche que bientôt Théodore-Faustin perdit le fil de ses pensées et de sa nostalgie pour découvrir d'autres pensées. Celles-ci d'ailleurs se resserraient de jour en jour en une pensée unique, drue et coupante comme un brisant d'acier contre lequel il se heurtait à tout instant. La frayeur de la mort, de sa propre mort, venait de s'ériger en lui, pulvérisant d'un coup sa mémoire, ses songes, ses désirs. L'ennemi était là, refermant son étreinte toujours plus étroitement autour du camp. Déjà tous les paysans alentour avaient fui, abandonnant leurs fermes et leurs champs pour s'enfoncer à l'aventure au fond des forêts, emportant dans leurs charrettes cahotantes leurs pauvres meubles, leurs vaisselles, des balluchons de linge et les petits et les vieux pressés en vrac parmi tout ce bric-à-brac. Mais lui ne pouvait pas fuir, il était pris au cœur de la bataille et depuis des jours déjà il vivait dans une alarme constante, ne différenciant même plus le jour de la nuit tant les feux, le sang et les cris qui ne cessaient de jaillir de tous les coins de l'horizon toujours plus rétréci transformaient l'espace, le temps, le ciel et la terre en un énorme bourbier. De grands orages comme il en survient toujours par les fortes chaleurs d'août éclataient parfois vers le soir avec des lueurs violâtres et des zébrures jaune vif, mêlant le crépitement de la pluie à celui des mitrailleuses et les détonations de la foudre à celles des obusiers. La confusion du monde atteignait alors son comble, jetant pêle-mêle hommes, chevaux, arbres et éléments dans la même inextricable débâcle.

Lorsqu'on l'interpellait, Théodore-Faustin n'entendait plus son nom comme un son incongru mais comme un mot terrifiant de danger car il lui semblait chaque fois qu'on le dénonçait à la mort. Et il y répondait avec une rapidité extraordinaire sans même prendre le temps de réfléchir. Ainsi empêchait-il que son nom ne fût par deux fois répété et que la mort n'en prît note. Cette fois-là encore on l'appela. « Péniel ! » Il accourut, prêt à tout pour faire taire ce cri insupportable. « Péniel, répéta l'autre, c'est ton tour. Corvée d'eau. Prends ces bidons et démerde-toi. Ne reviens qu'avec tes gourdes pleines. » Il attacha la grappe des bidons à sa ceinture et partit dans un bringuebalement de ferraille chercher une eau très improbable. Il ne savait trop où aller. La bataille tout autour battait son plein, les puits étaient emplis de boue ou de cadavres et la rivière s'abritait derrière la ligne ennemie. Il rampa longtemps à l'aveuglette entre les corps qui partout jonchaient le sol, les balles sifflaient incessamment autour de lui mais aucune ne l'atteignait. Cela dura si longtemps qu'il en perdit complètement la notion du temps. Puis d'un coup un silence fantastique s'étendit sur le champ de bataille. Il s'arrêta, retenant son souffle pour mieux écouter ce miracle de silence. Des râles et des cris sourdaient cependant d'un peu partout et il entendit même des sanglots. Mais cette rumeur de plainte et de souffrance des innombrables soldats agonisants ne faisait qu'accuser encore plus implacablement le silence.

De se sentir sauf, sans même une égratignure, et si seul parmi ces centaines de tués et de blessés, le précipita soudain dans un émerveillement et un bonheur si grands, si sauvages, qu'il se prit à rire, à rire à en perdre la raison. Il ne pouvait plus s'arrêter. Il roula sur le dos et laissa son corps épuisé de fatigue se ravigorer dans les éclats de son fou rire. Il riait à la face du grand ciel d'août qui étincelait au-dessus de lui, ivre de l'odeur qu'exhalait la terre toute retournée et gorgée du sang des hommes et des chevaux. Il riait plus fort que ne criaient ou sanglotaient les agonisants.

Était-ce son rire qui revenait ainsi au grand galop depuis la rivière, comme en écho? Peut-être allait-il lui ramener de l'eau, ce rire en cavale. Le bruit du galop approchait, approchait toujours plus, scandé d'un autre bruit très régulier, celui d'un sifflement rapide qui à chaque fois s'étouffait en un son mat et mou. Tout cela allait si vite, — aussi vite que son rire.

Il vit passer au-dessus de lui le ventre luisant de sueur d'un cheval gris pommelé et un corps se pencher au flanc de sa monture avec une souplesse extraordinaire. Il vit aussi le geste si sûr et plein de grâce que fit le cavalier avec son bras. Ce bras lui sembla prodigieux tant il était long et courbe. Comme ce bras fendait l'air et comme le geste qu'il accomplit rehaussa de jeunesse et de vivacité le beau visage du cavalier! Théodore-Faustin, toujours en proie au rire, aperçut tout cela en un éclair. Il remarqua même que le cavalier souriait, — d'un sourire vague, un peu absent, comme celui d'un adolescent perdu dans quelque songe, et que ce sourire relevait les fines pointes de sa moustache blonde. Il remarqua encore que le cheval avait tourné la tête vers lui et le surplombait de son énorme œil globuleux, mais cet œil n'était qu'une grosse boule roulant à vide un néant de regard. Il entendit siffler l'air au-dessus de sa tête et presque aussitôt ce sifflement s'éteindre en un son mat et mou. Déjà cheval et cavalier avaient disparu. D'ailleurs tout venait de disparaître, même le ciel soudain submergé par un afflux de sang.

Théodore-Faustin s'arrêta net de rire, le ciel en crue

41

lui versait du sang plein les yeux et la bouche. Il sentit un mot lui monter à la bouche mais s'y noyer aussitôt ; c'était le nom de son père, le nom qu'il voulait crier à Noémie pour qu'elle le donne à leur fils. Le cavalier poursuivait sa course droit devant lui, dansant toujours avec souplesse sur sa selle avec d'amples gestes infatigables accompagnés de sifflements.

Ainsi se termina la guerre du soldat Péniel. Elle avait duré moins d'un mois. Mais alors elle s'installa au-dedans même du corps de sa victime où elle se prolongea pendant près d'un an. Théodore-Faustin demeura si longtemps couché, les yeux clos, les membres inertes, dans un lit de fer au fond d'une salle, que lorsqu'il se releva enfin il lui fallut réapprendre à marcher. Il lui fallut d'ailleurs tout réapprendre, à commencer par lui-même. Tout en lui avait changé, sa voix surtout. Elle avait perdu son timbre grave et ses inflexions si douces. Il parlait maintenant d'une voix criarde et syncopée, aux accents heurtés, trop puissants. Il parlait avec effort, cherchant incessamment ses mots qu'il jetait ensuite dans des phrases désarticulées, incohérentes presque. Il parlait surtout avec violence, lançant ses débris de phrases à la tête de ses interlocuteurs comme autant de poignées de cailloux. Mais le plus terrible était son rire ; un rire mauvais qui le prenait sept fois par jour, secouant son corps à le distordre. Cela ressemblait davantage à un grincement de poulie rouillée qu'à un rire et à chacun de ces accès les traits de son visage se déformaient en rides et grimaces. Mais l'ensemble de son visage, même au repos, était de toute façon défiguré. Le coup de sabre du uhlan lui avait fracassé la moitié du crâne et de la face et une énorme cicatrice sillonnait en diagonale sa peau depuis le haut de la tête jusqu'au menton, divisant son visage en deux pans inégaux. Cette blessure dessinait sur le sommet de son crâne une étrange tonsure où l'on voyait, à chaque crise de rire, se gonfler et trembler la peau trop tendre comme un morceau de cire molle.

Il fut félicité, et même décoré. On le laissa rentrer chez lui. C'était le plein été. Il retraversa la campagne qu'un an plus tôt il avait parcourue. Les champs étaient bouleversés, les ponts effondrés, les villages réduits en cendre, les villes occupées, les gens partout semblaient méfiants, repliés sur leurs deuils et leur honte avec un air traqué.

Il rentrait seul ; de tous ses compagnons de l'aller il n'en restait aucun, la plupart étaient morts, les autres depuis longtemps déjà revenus dans leurs familles. Il rentrait seul, et en retard. Mais il ne ressentait ni joie ni hâte de reprendre le chemin du retour. Il était indifférent. Le retard qu'il avait pris était irrémédiable. Il était dorénavant, et pour toujours, trop tard.

5

Il ne salua pas même les siens lorsqu'il les retrouva. Et ceux-ci ne le reconnurent pas. Quand ils le virent arriver, ils se serrèrent instinctivement les uns contre les autres, sans mot dire, pris de frayeur à la vue de cet homme aux gestes convulsifs, au visage tranché en deux et si grossièrement recousu. Vitalie se tenait entre les deux enfants, et tous trois contemplaient en silence cet inconnu qu'ils avaient pourtant tellement attendu. Herminie-Victoire se mit soudain à pleurer. Son père la fixa d'un air mauvais et s'écria en tapant du pied : « Vas-tu te taire, imbécile ! » Honoré-Firmin prit sa sœur dans ses bras et la serra contre lui. Vitalie s'avança enfin vers son fils, mais elle ne savait quoi dire. Elle tendait vers lui ses mains d'un geste gauche, suppliant presque. Théodore-Faustin se détourna et demanda de sa voix criarde et martelée : « Noémie. L'enfant. Où sont-ils ? » Vitalie recula, les deux enfants sursautèrent, moins sous l'effet de la question pourtant redoutée que sous celui de cet affreux jappement. Honoré-Firmin trouva enfin la force de répondre et de faire face à son père : « Elle est là, dans la cabine. Elle ne s'est pas levée depuis ton départ. » Puis il ajouta après un moment : « Elle n'a pas accouché. » Théodore-Faustin se dirigea sans poser plus de questions vers la cabine. Il trouva Noémie gisant sur le lit, immobile. Tout son corps s'était terriblement amaigri autour du ventre distendu. De ses yeux écarquillés et cernés de larges ombres violâtres elle fixait le plafond d'un air absent. Elle ne dégageait aucune odeur particulière sinon un vague relent de salpêtre. Théodore-Faustin sentit d'un coup son sang affluer violemment à sa tête et la douleur qui si souvent l'élançait monta aussitôt à l'aigu. Alors il fut saisi par un effroyable éclat de rire.

Noémie tourna lentement la tête en direction de ce bruit et elle regarda longtemps avec une totale impassibilité celui qui riait de la sorte avant de manifester la moindre réaction. Cette réaction ce fut d'ailleurs son ventre plus que son visage qui l'exprima. De brusques convulsions la prirent bientôt. Mais son ventre semblait être un élément étranger au reste de son corps ; il travaillait seul, tandis que sa tête et ses membres demeuraient inertes comme s'ils étaient trop faibles pour participer à l'effort de l'accouchement.

Théodore-Faustin lui-même, qui les deux premières fois avait assisté sa femme dans ses délivrances, ne bougeait pas, ne lui venait pas en aide. Cette scène ne le concernait pas, elle se passait trop près, ou trop loin de lui pour qu'il pût intervenir, et il restait terré dans un coin de la chambre, cloué dans son rire et la douleur qui traversait sa tête.

Après presque deux ans de gestation l'enfant sortit sans difficulté malgré l'état extrêmement faible de la mère. Ce fut Vitalie qui présida toute seule à l'accouchement. Elle eut d'ailleurs bien peu à faire tant les choses allèrent vite. Seulement, ce qui sortit du ventre de Noémie n'était plus un enfant mais une petite statue de sel. Le nouveau-né, tout replié encore sur lui-même, était entièrement pris dans une épaisse croûte de sel. La mère ne prêtait aucune attention à ce qui se passait; elle semblait même ne s'être pas aperçue de sa délivrance. La peau si longtemps distendue de son ventre s'effondra avec un bruit de tissu sec. Elle n'avait perdu ni sang ni eaux.

Vitalie tenait, sans rien comprendre, l'étrange chose de forme humaine dans ses mains. Elle regardait la bassine d'eau claire et les linges préparés pour la toilette et l'emmaillotage du bébé comme des objets dérisoires. Elle se mit cependant à bercer tout doucement le petit corps tout raide, cristallisé, et elle entonna à mi-voix une berceuse, la même qu'autrefois elle avait chantée si souvent pour ses fils mort-nés. Théodore-Faustin sortit subitement de sa torpeur et émergea de son recoin. Il s'approcha de Vitalie et lui arracha l'enfant des bras puis le brandit en l'air. Le petit corps de sel s'irisa de lumière et se fit un instant presque transparent. Théodore-Faustin précipita brutalement son dernier-né contre le sol. L'enfant-statue se brisa net en sept morceaux de cristaux de sel. Vitalie continuait toujours sa berceuse des enfants morts, assise au bord du lit de Noémie, mais ce n'était plus qu'un très faible murmure. « Tu vois, finit par s'écrier Théodore-Faustin en se tournant brusquement vers elle, je voulais lui donner le nom du père. Mais le père veut rester chez les morts, il veut rester là-bas, dans l'oubli, il n'a pas voulu redonner son nom aux vivants. Et il a bien raison, le père ! »

Comme Vitalie ne semblait pas l'écouter il s'élança vers elle et se mit à la secouer par les épaules. Puis il reprit, en lui braillant à la face : « Oui, il a raison le père ! Et tu sais pourquoi, dis, tu sais pourquoi il veut garder son nom dans l'oubli et le silence ? Eh bien, c'est parce que lui, il sait. Il sait que Dieu n'existe pas. Et même, c'est pire encore ! Il sait que Dieu est muet et mauvais ! Le père, il est mort, tout à fait mort, et son nom aussi il est mort. Alors il faut le taire, sinon ça porte malheur. Son nom, seule la mort le connaît, voilà pourquoi elle l'a repris aussitôt redonné. Et puis, tu sais quoi ? Il n'y a pas de grâce de Dieu. Non. Il n'y a que de la colère de Dieu. De la colère, voilà tout ! » Puis il s'effondra aux pieds de sa mère et, laissant rouler sa tête sur ses genoux, il se mit à sangloter dans les plis de sa jupe.

Noémie ne recouvra ni la raison ni la santé. Elle gisait sur sa couche, absente à tous et à elle-même. Vitalie la nourrissait avec une cuiller comme un animal malade mais elle semblait hors d'atteinte de tout aliment et de tout soin. Bientôt apparurent d'étranges taches noir violacé sur la peau de Noémie. Puis ces taches se crevèrent et s'emplirent d'un liquide vert tendre et visqueux. Cela ne cessait de s'étendre sur son corps, d'éclore en fleurs de chair flavescentes

46

aux cœurs de plus en plus profonds qui dégageaient une odeur putride et obsédante. Malgré l'impossibilité de garder plus longtemps la grabataire à bord de la péniche Théodore-Faustin refusa farouchement de s'en séparer pour la conduire dans quelque mouroir à-terre. Cet acharnement qu'il mettait à vouloir conserver sa femme et à imposer ainsi à tous l'odeur délétère de son corps où la mort fouaillait à vif sans se presser d'en finir résultait moins du désir de demeurer auprès de celle qu'il avait tant aimée que d'une rage incoercible. Puisque le monde n'était qu'un obscur bas-fond où Dieu prenait plaisir à voir patauger et souffrir les hommes, il se devait de dénoncer à tous cette méchanceté divine et de clamer partout la puanteur humaine.

Il n'était plus le maître d'*À la Grâce de Dieu*. Dorénavant il était le passeur de la colère et de la cruauté de Dieu.

Bientôt éclatèrent des conflits de plus en plus violents entre Honoré-Firmin et son père dont les caprices, les fureurs et surtout les éclats de rires fous lui étaient intolérables. Il arriva un jour où les deux hommes finirent par se battre. Honoré-Firmin était d'une stature et d'une force remarquables pour son âge et il eut vite raison de son père qu'il réussit à jeter au sol, puis il le ligota au pied du grand mât. Alors il entra dans la cabine, écarta Vitalie occupée à soigner la grabataire, enroula le corps de sa mère dans une couverture et l'emporta dans ses bras puis quitta la péniche.

On ne sut jamais où était parti Honoré-Firmin ni ce qu'il avait fait du corps de sa mère. Il disparut. Sans doute était-il enfin parti à la découverte d'un monde plus large et plus aventureux à la mesure de son ardeur de vivre.

Herminie-Victoire pleura longtemps le départ de son frère, mais elle avait bien trop peur des gens d'à-terre pour oser se risquer à partir à sa recherche. Son imagination, nourrie seulement des contes racontés par sa grand-mère et des vagues échos recueillis le long du canal, et maintenant frappée par la terrible métamorphose qu'avait subie son père en un an de séjour loin des siens, la tourmentait au point de la rendre incapable de départager le réel du rêve le plus fantastique. Dans ce monde où la grâce de Dieu pouvait du jour au lendemain se renverser en colère acharnée, où un corps de jeune femme se mettait à pourrir comme une vieille charogne sans même prendre le temps de mourir, où un père plein de tendresse et doué d'une voix grave et douce disparaissait pour revenir en étranger brutal et criard, — tout lui semblait possible, à commencer par le pire.

Cependant un certain calme était revenu dans la vie des Péniel. Théodore-Faustin, depuis le départ de son fils et la disparition de Noémie, se montrait moins agressif, moins défiant et menaçant. Il ne prêtait d'ailleurs aucune attention aux deux femmes qui l'entouraient et ne leur adressait presque jamais la parole en dehors des échanges nécessaires qu'exigeait le travail. Par contre il se parlait très souvent à lui-même. Du moins était-ce ce que l'on pouvait croire à le surprendre parler seul à longueur de journée. Mais c'était en vérité moins à lui-même qu'à un autre de lui-même qu'il s'adressait. La cicatrice qui zigzaguait en travers de sa face semblait correspondre à une blessure bien plus profonde qui avait dû trancher son être de bout en bout, et maintenant il était deux en un. D'un côté Théodore et de l'autre Faustin, sans plus de trait d'union, et un dialogue incessant confrontait ces deux morceaux. Ce dialogue n'aboutissait d'ailleurs jamais à rien tant il jouait de l'absurde et de la contradiction ; seulement, régulièrement, il se ponctuait d'un rire violent qui volatilisait la discussion en éclats. Et ce rire paraissait sourdre d'une troisième partie encore de lui-même.

6

C'était à l'heure de la pause après le déjeuner par une belle journée de printemps. On entendait monter des rives les courts sifflements des bruants des roseaux et les babillements des tarins nichés dans les aulnes. Une odeur d'herbe tendre et de broussaille en fleur flottait dans l'air. Théodore Faustin, adossé contre la porte de la cabine et occupé à bourrer sa pipe, regardait ce renouveau de verdeur et de vie qui une fois encore prenait la terre. Herminie-Victoire, assise sur la berge près des chevaux, reprisait un drap étalé sur ses genoux. Soudain l'image de la jeune fille se distordit et s'élança dans le regard de Théodore Faustin un instant aveuglé par la flamme qu'il venait d'allumer dans le fourneau de sa pipe. La flamme s'éteignit, mais l'image continua à s'élancer, à se balancer, à lui brûler le visage et les mains. Un désir fou de posséder la jeune fille s'empara subitement de Théodore Faustin. Il se redressa, descendit de la péniche, et marcha droit vers Herminie-Victoire sans la quitter des yeux un instant. La blancheur du drap étalé autour d'elle réverbérait une clarté presque bleutée sur son visage et sur son cou.

Elle n'avait pas entendu approcher son père, aussi sursauta-t-elle lorsqu'elle le vit posté juste devant elle. Il se tenait très droit et paraissait plus grand qu'à

49

l'ordinaire. Le regard qu'il fixait sur elle la bouleversa tant il était intense et transperçant. Elle resta bouche bée à le contempler, une main retenue légèrement en l'air, tirant le fil dans le vide au bout de son aiguille étincelante. Il jeta sa pipe dans l'herbe puis, s'agenouillant face à sa fille il la saisit par les épaules, lui renversa la tête en arrière et l'embrassa. Elle voulut crier, appeler Vitalie, mais une force plus grande que sa peur la retint et fit même qu'elle s'abandonna sans plus de résistance au désir de son père. Lui avait jeté le drap par-dessus eux et c'est dans cette ombre laiteuse qui les plaquait au sol humide qu'il s'empara de sa fille. Plus elle voulait se défendre des étreintes de son père, et plus elle s'y livrait avec une joie obscure qui l'effrayait autant qu'elle la ravissait.

Elle resta longtemps encore allongée sur l'herbe, enroulée dans le drap, après que Théodore Faustin fut reparti. Elle sentait un vide étrange béer en elle, et ce vide lui était merveilleusement doux, — elle avait perdu sa peur. Ce fut Vitalie qui la releva. Apercevant, en sortant de la cabine où elle venait de faire la sieste, la jeune fille couchée sur l'herbe, entortillée dans le drap souillé de terre et de sang, elle s'empressa aussitôt de la rejoindre. « Herminie, ma petite, qu'est-ce que tu as ? Tu t'es blessée ? » L'autre se redressa d'un coup sur ses jambes comme un diable en carton qui surgit d'une boîte et, regardant sa grand-mère d'un air enjoué, elle lui balança : « Non. Je suis devenue la femme de mon père ! » Vitalie fut tellement saisie par cette réponse et le ton insolent avec lequel Herminie-Victoire venait de lui parler qu'elle en resta d'abord abasourdie. Puis elle reprit : « Voyons, qu'est-ce que tu racontes là ? Qu'est-ce que cela veut dire ?... — Ce n'est pas ton affaire ! » rétorqua la fille qui, ramassant le drap en boule sous son bras, retourna d'un pas preste vers la péniche. « Malheureuse ! Pauvre malheureuse... », ne sut que gémir Vitalie.

À partir de ce jour Herminie-Victoire se considéra en effet comme la femme de son père et elle prit place chaque nuit dans son lit. Ce fut au cours d'une de ces nuits qu'elle conçut un enfant, et elle le porta avec orgueil et joie. Elle se sentait soudain si forte, si vraiment et pleinement en vie. Théodore Faustin, lui, apprit en toute indifférence le résultat de ses unions avec sa fille. Seule Vitalie s'en alarma ; elle redoutait le fruit d'amours aussi sauvages.

Herminie-Victoire accoucha par une nuit d'hiver. Dehors il gelait à pierre fendre et le froid semblait avoir pétrifié le ciel qui se dressait comme une immense vitre noire givrée de fines étoiles d'un or étincelant. L'accouchement s'annonçait si difficile que Vitalie envoya Théodore Faustin chercher un médecin au village le plus proche. Elle resta seule auprès d'Herminie-Victoire, tâchant de calmer les frayeurs qui venaient subitement de reprendre la pauvre fille. Car la peur venait de faire retour et de retrouver ses droits en elle avec une rare violence. Cet enfant qu'elle avait été si fière et heureuse de porter voilà que soudain, à l'heure de lui donner naissance, elle s'en affolait. Et dans sa peur et sa douleur elle appelait sa mère, elle la suppliait de venir la délivrer, la consoler. Elle suppliait même sa mère de venir reprendre sa place, cette place qu'elle lui avait usurpée. Elle regardait par la fenêtre scintiller les étoiles et son regard finit par se fixer sur l'une d'entre elles qui lui parut tout à la fois filer à vive allure vers elle et s'éloigner de l'autre côté de la nuit.

L'enfant naquit avant le retour du père. Il était si

gros qu'il déchira au passage le corps de sa mère. C'était un garçon ; dès sa naissance il brailla à en perdre le souffle et s'agita avec tant de vigueur qu'il brisa lui-même le cordon ombilical. Il portait une masse impressionnante de cheveux d'un brun roux magnifique, tout ébouriffée. Cet enfant-là, pensa Vitalie en le plongeant dans l'eau, est taillé pour vivre au moins cent ans. Et elle songea encore qu'il avait dû prendre plus que sa part, comme déjà l'avait fait Théodore Faustin, et que cela présageait bien des malheurs et des vicissitudes, mais peut-être aussi, se dit-elle, de grandes joies. Dans le même temps qu'elle ressassait ainsi ses souvenirs et ses pensées elle éprouva soudain pour le nouveau-né un élan d'amour tel qu'elle n'en avait encore jamais ressenti de si bouleversant, même pour son propre fils. Elle regarda le bébé avec stupeur, s'étonnant jusqu'à l'émerveille-ment du charme que dégageait d'emblée ce petit être tout juste arrivé à la vie.

Quand Théodore Faustin revint enfin avec le médecin il trouva l'enfant déjà emmailloté reposant auprès de la jeune mère. Celle-ci avait perdu tant de sang qu'elle gisait sans connaissance et le médecin laissa peu d'espoir quant à son rétablissement. Et plus elle perdait de sang, plus ce sang devenait noir, — noir glacé, étincelant. On aurait dit un flux de sang de la nuit même constellé de poussières d'étoiles. Elle réentrouvrit cependant une fois les yeux, mais ne dirigea pas son regard vers l'enfant. Elle était l'enfant, l'unique enfant de cette terre. Elle souleva avec peine son regard vers la fenêtre ; toutes ces fines étoiles qui brillaient là-haut ! C'était donc là les milliers de souliers que la mort avait usés et jetés pour la suivre ? Elle eut un bref sourire ; la mort avait chaussé de bien jolis souliers dorés, de vrais souliers de bal, pour la rejoindre et l'inviter à la suivre. Ce n'était donc pas si terrible que ça, de mourir. Ses paupières retombèrent, et en les refermant elle eut cet imperceptible murmure : « Et maintenant, je vais danser pieds nus... »

Théodore Faustin prit l'enfant dans ses bras avec une sourde hostilité, mais dès qu'il souleva en l'air ce petit être si drôlement ébouriffé, il perdit d'un coup sa colère et se sentit saisi par un charme profond. Et pour la première fois depuis tant d'années il se mit à sourire.

Herminie-Victoire mourut avant le lever du jour, sans avoir vu l'enfant qu'elle avait mis au monde. Il sembla à Théodore Faustin que sa fille n'avait jamais paru si belle qu'en cette heure ; elle gardait dans la mort un sourire admirable et ses dents à peine découvertes brillaient de plus d'éclat encore qu'en ces nuits où sa bouche s'ouvrait à ses baisers. Elle venait de basculer dans la mort revêtue du même charme fantastique que celui dont son fils s'était paré pour entrer dans la vie.

Et sa beauté souveraine et paisible était telle qu'elle excluait le chagrin du deuil. Herminie-Victoire semblait moins être morte qu'en train de dormir merveilleusement le monde, la nuit et les étoiles, l'eau de l'Escaut et la terre de Flandre.

Théodore Faustin, tenant son fils entre ses bras, vint cette fois-là encore se mettre aux pieds de Vitalie assise au chevet d'Herminie-Victoire et, posant sa tête contre ses genoux, il resta là à veiller en silence l'étrange sommeil de sa petite fille dont il avait fait son épouse.

Le dernier fils Péniel reçut le nom de Victor-Flandrin. Son épaisse tignasse toujours en bataille avait l'éclat du cuivre, et ses yeux, d'un noir bleuté, avaient cette particularité d'être différenciés l'un de l'autre de par la remarquable tache d'or qui irisait la moitié de son œil gauche. Cette tache était si étincelante qu'elle brillait même dans la nuit et permettait à l'enfant de voir aussi bien en plein jour que dans la pénombre la plus dense.

Théodore Faustin tournait autour de son fils comme un animal traqué tourne autour d'une maison où il ne sait s'il y trouvera enfin refuge ou bien encore un autre piège. Car s'il ne pouvait se soustraire au charme de l'enfant, il n'osait non plus se livrer à cet élan d'amour qu'il sentait battre en lui de peur d'avoir une fois encore à en souffrir. Tous ceux qu'il avait aimés étaient morts, ou disparus, à part sa mère qui déjà n'était plus que l'ombre d'elle-même, et d'ailleurs l'amour qu'il leur avait porté s'était toujours mué en malédiction. La guerre avait fait de lui une sorte de monstre marqué de tant de souffrance et de désespoir qu'il ne pouvait plus rien approcher sans le détruire à son tour, à croire que le coup de sabre du uhlan n'en finissait pas de ricocher.

Mais cette guerre, elle pouvait recommencer, de nouveaux empereurs pouvaient dans quelques années convoquer son fils à leurs champs de bataille. Cette idée torturait Théodore Faustin et se fixa en lui en obsession. Il ne cessait de réfléchir à la manière de sauver son fils afin qu'il ne puisse jamais devenir soldat.

Et à la fin, il dut se résoudre à accomplir sa terrible œuvre de sauvegarde.

Victor-Flandrin avait alors juste cinq ans. Dès que son père l'appela il accourut en sautillant vers lui. Tous deux quittèrent la péniche et marchèrent un moment le long d'un chemin boueux qui bordait un champ de lin jonché de javelles noirâtres. L'enfant était heureux de se promener ainsi dans la campagne avec son père et il gambadait autour de lui en babillant incessamment. Arrivé à hauteur d'une grosse pierre qui saillait sur le bord du chemin Théodore Faustin s'arrêta puis, s'accroupissant devant son fils dont il serra très fort les mains dans les siennes, il lui dit : « Mon petit, mon unique, ce que je vais faire va te paraître terrible et te faire souffrir. Mais c'est pour toi, pour te sauver des guerres, de la folie des empereurs et de la cruauté des uhlans que je vais le faire. Plus tard, tu comprendras, et peut-être, alors, tu me pardonneras. » L'enfant écoutait sans rien comprendre ce discours de son père dont la face, pour la première fois, lui parut effrayante. Théodore Faustin rouvrit ses mains et posa contre ses paumes les petites mains toutes rondes de son fils dont il se mit soudain à couvrir les doigts de baisers en pleurant. L'enfant n'osait pas bouger ni retirer ses mains, il se raidissait pour s'empêcher de pleurer à son tour. Puis le père se releva brusquement, entraîna Victor-Flandrin vers la pierre, lui saisit la main droite dont il replia tous les doigts sauf l'index et le majeur qu'il étendit sur la pierre, et là, sortant prestement une hachette de sa poche, il trancha net les deux doigts de son fils.

L'enfant stupéfait tout d'abord resta figé devant la pierre, le poing comme soudé dessus. Puis il sursauta et se sauva à travers champs en hurlant. Théodore

Faustin ne put courir après son fils. Une violente douleur venait de s'élancer à sa tête et à l'endroit de sa tonsure la peau soudain gonflée battait avec force. Il s'effondra contre la pierre, en proie à une formidable crise de rire.

Victor-Flandrin ne revint que le soir, ramené par un paysan qui l'avait trouvé évanoui dans son champ. Ses blessures avaient été cautérisées et il tenait sa main bandée serrée contre sa poitrine. L'enfant n'avait pas voulu dire un seul mot, et le paysan avait dû chercher tout le jour pour découvrir d'où il venait. Dès que l'homme fut sorti Vitalie s'élança vers le petit mais à elle non plus il ne voulut rien dire et il la repoussa lorsqu'elle demanda à voir sa main blessée. Il pressait sa main contre son cœur et se tenait debout, immobile au milieu de la pièce, la tête baissée, les yeux rivés au sol. Vitalie se lamentait, ne comprenant pas ce qui s'était passé, et elle tournait en geignant à travers la pièce, se cognant à tous les meubles.

Théodore Faustin se tenait contre le mur face à son fils, aussi raide et muet que lui, les bras ballant le long du corps. Un pansement bandait sa tête. Vitalie finit par se tourner vers lui pour lui demander de questionner l'enfant, mais dès qu'elle leva les yeux sur son fils elle renonça à parler. D'un coup, elle venait de comprendre. Il n'y avait plus rien à dire. Elle sentit une griseur lui voiler les yeux.

De ce jour le silence et la solitude reprirent pleins pouvoirs à bord de *La Colère de Dieu*, vieille péniche dont le maître ne prenait plus souci ni soins. Des Péniel il ne subsistait dorénavant que quelques restes épars. Vitalie s'enfonçait toujours plus profondément dans la nuit qui submergeait ses yeux, et le présent, devenu invisible presque, en s'éteignant s'effrangeait, laissant réaffleurer le souvenir de jours de plus en plus anciens. Elle redescendait chaque jour davantage les eaux lentes de l'Escaut pour aller se jeter loin là-bas dans l'immense mer grise. Elle retrouvait la plage vide où les jupes noires de sa mère claquaient au vent froid de l'attente. Et chaque soir, assise auprès du lit de son petit-fils, elle invitait l'enfant à l'accompagner dans les méandres de sa mémoire peuplée de visages et de noms pleins d'éclats et d'échos fabuleux. Et l'enfant s'endormait dans ces plis de mémoire doux et soyeux comme une eau morte emplie de vase et de soleil. Une femme toujours apparaissait dans son sommeil, à la fois mère et sœur, douée d'un sourire délicieux qui le faisait sourire à son tour en dormant.

Ce sourire, voilà tout ce qui restait à Théodore Faustin qui chaque nuit venait l'épier. En tranchant les deux doigts de son fils il avait du même coup, et irrémédiablement, tranché aussi l'amour et la confiance de celui-ci pour lui. Tout le jour Victor-Flandrin fuyait le regard de son père et jamais il ne lui adressait la parole. Il obéissait à ses ordres et accomplissait le travail qui lui incombait sans dire un mot et sans lever les yeux sur son visage. Mais dès que le père s'éloignait ou lui tournait le dos, l'enfant fixait alors sur lui un regard avec une violence extrême. Théodore Faustin connaissait ce regard qu'il ne pouvait cependant jamais croiser. Il ne le connaissait que pour l'éprouver à chaque fois dans sa chair comme un coup le frappant par-derrière et s'élançant ensuite vivement dans sa tête jusqu'à raviver la douleur de son inguérissable blessure. Il gardait d'ailleurs toujours un bandeau autour de son front.

Jamais pourtant Théodore Faustin ne se retourna

contre l'enfant pour le chasser ou le forcer d'arrêter —
il craignait trop de voir alors, dans le regard même de
son fils, surgir le visage du uhlan à la fine moustache
blonde. Car c'était là que résidait, dans les yeux fous
des hommes pleins de haine et de violence, le séjour de
Dieu. Alors il se mettait à rire, d'un rire perçant,
convulsif, qui effrayait l'enfant autant qu'il lui donnait un sentiment de force et de jouissance.

Mais la nuit, l'enfant adouci par le sommeil entrouvrait son visage sur un sourire émerveillant où
Théodore Faustin apercevait glisser en transparence
les profils de Noémie, d'Honoré-Firmin et d'Herminie-Victoire, — et parfois même de son père. Ainsi
passait-il ses nuits, tapi dans l'ombre près du lit de
son fils endormi, à regarder passer le temps révolu, à
regarder passer l'oubli, et parfois il effleurait du bout
des doigts ses cheveux en broussaille couleur de cuivre
et lui caressait le visage en tremblant.

Les Péniel durent à la fin abandonner *La Colère de
Dieu*. La péniche d'ailleurs, si elle avait depuis
longtemps échappé à la grâce de Dieu, ne relevait
même plus de sa colère ; elle avait tout déserté et ne
faisait plus que se rouiller dans l'indifférence de Dieu
et des hommes.

Ils s'installèrent alors dans une petite maison
éclusière. S'ils n'étaient déjà plus vraiment des gens
de l'eau-douce, ils n'étaient nullement encore des gens
d'à-terre. Ils étaient des gens du bord de l'eau, sans
racines sur ce bout de berge où ils se tenaient avec
malaise, encombrés par ce trop d'immobilité dont ils
n'avaient pas l'habitude et surtout pas le goût. Ils
étaient des gens du bord de l'eau et de la terre, du
bord extrême de toutes choses, et vivaient comme au
bout du monde.

Ce fut contre les portes de l'écluse que Théodore Faustin, dans l'année qui suivit sa sédentarisation, se donna la mort. On retrouva son corps au matin, ballotté par l'eau verdâtre comme un tonneau vide contre les portes de l'écluse. Il semblait, ainsi couché en travers de l'eau, vouloir tenir ces portes fermées pour toujours, arrêter là, au point zéro de son corps, la course de toutes les péniches, sinon celle du monde.

Ce fut Victor-Flandrin qui découvrit le corps. Il partit aussitôt avertir Vitalie qui dormait encore. Il entra dans sa chambre, se posta devant son lit, et, la secouant doucement par l'épaule, il lui annonça d'une voix sans émoi : « Grand-mère, réveille-toi. Le père, il s'est noyé. »

Quand on rapporta le corps de son fils et qu'on l'étendit sur le lit, Vitalie, comme autrefois déjà à la mort de son mari, demanda à rester seule. Ses yeux ne voyaient plus rien mais ses mains, elles, y voyaient mieux encore que son regard d'autrefois, et ce fut dans un tâtonnement extraordinaire d'adresse qu'elle accomplit la toilette du mort. Elle retrouvait les mêmes gestes que plus de quarante ans auparavant elle avait eus pour laver le corps de cet unique fils auquel elle avait donné vie. Et elle oubliait tout, tout le poids des années, des deuils, la guerre, les autres naissances, — elle ne se souvenait plus que de cette nuit magnifique où l'enfant avait crié dans son ventre, et de cette aube où elle avait vu sortir de son corps le fruit enfin réalisé de son amour, de son désir, et de sa foi. Comme il avait crié, par sept fois, et comme cela avait étrangement retenti ! Se pouvait-il que l'écho de tels appels vienne à se taire ? Cela ne se pouvait pas, ne se pourrait pas, tant qu'elle, elle vivrait. Car elle sentait encore tressaillir en elle, dans le tréfonds de ses entrailles et de son cœur, l'écho fabuleux de cette vie enfantée d'elle et qui, bien qu'en allée, avait sa place, quelque part dans l'éternité.

Et elle ne pleura pas son fils car elle savait, au seuil où elle-même se tenait maintenant, que les larmes et les lamentations ne font qu'affoler et retarder les morts dans leur passage déjà si difficile vers l'autre côté du monde. Elle se représentait ce passage comme pareil à celui qu'effectuent les péniches le long des canaux, glissant d'écluses en écluses, et il fallait haler les morts ainsi que ces bateaux, les accompagner à pas lents depuis la rive, pour les conduire vers cet ailleurs, plus large et inconnu encore que la mer, où ils étaient attendus.

C'est ainsi que Victor-Flandrin trouva sa grand-mère lorsqu'il revint dans la chambre, — assise sur le lit, la tête de son fils posée sur ses genoux. Il s'étonna de voir la vieille femme si calme et résolue. Elle se tenait le visage tourné vers la fenêtre ouverte où bruissaient les petits cris flûtés des oiseaux de retour. Un air très vif et lumineux baignait la chambre. Vitalie souriait dans le vide en balançant imperceptiblement la tête ; elle chantonnait une mélodie d'un ton léger, presque enjoué. C'était sa berceuse des enfants morts. Il pensa que peut-être il ne s'était rien passé en fait, que son père n'était pas vraiment mort mais reposait simplement là, sur les genoux de sa mère. Et il appela, pour la première fois depuis des années : « Papa !... »

Il eut l'impression que le sourire de sa grand-mère se reflétait sur le visage de son père dont la bouche à son tour esquissait progressivement un semblable sourire. Et lorsqu'il s'approcha plus près du lit il vit couler des yeux fermés du mort sept larmes couleur de lait qui s'immobilisèrent sur sa face. « Papa... », dit-il encore. Mais ni le père ni Vitalie ne paraissaient s'apercevoir de sa présence. Il tendit alors la main vers le visage de son père pour essuyer ses larmes, mais dès qu'il l'effleura les sept larmes glissèrent et roulèrent jusqu'au sol où elles rebondirent avec un tintement de verre.

Il les ramassa dans le creux de sa main. C'étaient des petites perles d'un blanc nacré, très lisses et froides au toucher, qui dégageaient une vague odeur de coing et de vanille.

Victor-Flandrin était encore trop jeune et Vitalie bien trop âgée pour que tous deux pussent continuer à s'occuper seuls de l'écluse. Une fois encore il leur fallut donc partir, s'éloigner davantage de l'eau, se retirer plus avant vers la terre.

Ils firent même plus que d'avancer vers la terre, — ils s'y enfoncèrent. Ils s'exilèrent jusqu'à ces villes noires qu'autrefois ils n'approchaient que de loin pour charger à bord de leur péniche le charbon extrait de leurs sols mystérieux. Mais ce sol qui leur ouvrait maintenant son mystère n'était qu'un antre gras, ténébreux et terrible.

Victor-Flandrin était déjà un garçon élancé et robuste, il mentit sur son âge. Aussi, malgré sa main mutilée, fut-il embauché à la mine. Il n'avait pas douze ans.

Il débuta au criblage, passant ses jours à tirer la houille dont il emplissait d'interminables wagonnets. Puis il devint galibot, passant ses jours à galoper comme un rat dans tous les coins des galeries aux méandres interminables, à monter, en rampant dans d'étroits boyaux en pente, des morceaux de bois, des outils, des buses d'aérage. Puis il devint herscheur, passant ses jours à charger du charbon à la pelle, à pousser, à tirer, tantôt pleines tantôt vides, d'interminables bennes. Puis il travailla au forage, passant ses jours à creuser, à boiser, à abattre le charbon, à interminablement lutter dans les profondeurs et la nuit de la terre.

Pendant ce temps Vitalie demeurait dans le local qu'ils louaient à l'entresol d'une petite maison plantée à l'alignement d'autres interminables petites maisons au pied des terrils. Elle élevait quelques volailles au fond d'un bout de jardin situé derrière la maison et s'attachait, tant bien que mal, à aider Victor-Flandrin.

Depuis la mort de Théodore Faustin elle ne s'était pas départie de son sourire et de son calme. Victor-Flandrin la soupçonnait de ne plus dormir mais de passer ses nuits en veille. Et c'était vrai, Vitalie ne dormait plus, elle habitait dorénavant si amplement la nuit qu'elle était devenue elle-même un pan de nuit, légère et douce, où la patience faisait la pause en murmurant sans fin sa berceuse des enfants morts.

Un soir en rentrant de la mine Victor-Flandrin remarqua que le sourire de sa grand-mère flottait sur son visage avec plus d'ampleur et de clarté encore que de coutume. Elle était assise à la table, en train de peler des pommes. Il vint s'asseoir en face d'elle et, lui prenant les mains, il les serra dans les siennes en silence. Il ne savait que dire devant un tel sourire où Vitalie semblait s'absenter toujours davantage jusqu'à s'y dissoudre presque. Ce fut elle qui prit la parole après un moment. « Demain, lui dit-elle, tu n'iras pas à la mine. Tu ne retourneras jamais là-bas. Tu dois partir, quitter ce lieu. Va-t'en où bon te semblera, mais pars, il le faut. La terre est vaste, et quelque part certainement existe un coin où tu pourras bâtir ta vie et ton bonheur. Peut-être est-ce tout près, peut-être est-ce très loin.

« Vois-tu, nous n'avons rien. Le peu que j'ai eu autrefois, je l'ai perdu. Je ne peux rien te donner, sinon le peu qui va rester de moi après ma mort, — l'ombre de mon sourire. Emporte-la, cette ombre, elle est légère et ne te pèsera pas. Ainsi ne te quitterai-je jamais et resterai-je ton plus fidèle amour. Et cet amour je te le lègue, il est tellement plus grand, plus vaste que moi. Dedans passent la mer, les fleuves et les canaux, et tant de gens, hommes et femmes, et des enfants aussi. Ce soir, sais-tu, ils sont tous là. Je les sens là, autour de moi. » Puis elle se tut, soudain distraite par quelque présence invisible et s'égara dans son drôle de sourire comme si elle n'avait rien dit, comme si rien ne se passait.

Victor-Flandrin voulut la retenir, lui poser des questions car il ne comprenait pas ces mots étranges qu'elle venait de lui dire d'un ton à la fois si tendre et distant, — d'un air d'adieu, mais il se sentit pris par un irrépressible sommeil et sombra lourdement sur la table, sa tête roulant dans les pelures de pommes, ses mains toujours tenant celles de sa grand-mère. Lorsqu'il se réveilla, il était seul. À la place de Vitalie tremblait une lueur légère comme une brume dorée par le soleil levant. Sitôt qu'il se leva de sa chaise et appela sa grand-mère la lueur glissa sur le sol et, tournant à travers la pièce, elle vint se fondre dans son ombre.

Victor-Flandrin fit comme Vitalie lui avait demandé. Il ne retourna pas à la mine. Il partit, sans savoir où, droit devant lui à travers terre. Il emportait pour tout héritage les sept larmes de son père et le sourire de sa grand-mère qui blondissait son ombre. Dans son visage, dont la peau était encore tout incrustée de poussière de charbon, brillait l'éclat de la tache d'or qui étoilait son œil gauche et qui, partout où il passait, lui valait le surnom de « Nuit-d'Or ».

DEUXIÈME NUIT

NUIT DE LA TERRE

II

NUIT DE LA TERRE

En ce temps-là les loups erraient encore par les nuits glacées d'hiver à travers la campagne et s'en venaient chercher pâture jusque dans les villages, égorgeant aussi bien la volaille, les chèvres et les moutons que les ânes, les vaches ou les cochons. Faute de mieux il leur arrivait même de dévorer les chiens et les chats, mais dès que l'occasion se présentait, ils festoyaient de très bon cœur de mets humains. Ils semblaient d'ailleurs affectionner tout particulièrement les enfants et les femmes dont les chairs plus tendres savaient plaire à leur faim. Et leur faim était vraiment prodigieuse, elle croissait à l'envi avec le froid, la famine ou la guerre dont elle semblait alors être l'écho ultime et la plus insolente expression.

Ainsi vivaient certains des gens d'à-terre, dans l'alarme toujours resurgissante de cette insatiable faim, et ils désignaient les loups d'un nom unique qui sacrait tout à la fois leur peur et leurs ennemis, — ils les nommaient « La Bête ».

Cette Bête au corps multiple, ils la disaient œuvre du Diable envoyée sur la terre pour éprouver les pauvres. Certains prétendaient même qu'elle n'était autre que l'âme vengeresse d'un homme voué aux affres de la damnation pour avoir osé défier l'ordre du monde, ou encore la métamorphose de quelque sorcier maléfique avide de sang. D'autres allaient jusqu'à y voir le doigt même de Dieu en courroux contre les hommes dont il châtiait ainsi, dès ce monde, la désobéissance et les péchés. Aussi, lorsque les paysans s'en allaient en battue pour dépister La Bête, ils chargeaient leurs fusils bénits sur les marches de l'église de balles fondues dans le métal de médailles de la Vierge et des saints.

Mais La Bête savait se tenir hors de vue et de prise des chasseurs. Elle gîtait dans les penombres les plus touffues des forêts qui résonnaient parfois de sourds rauquements et ne se montrait qu'aux élus de sa faim.

Il arrivait que certaines de ses victimes soient retrouvées encore en vie mais la moindre morsure de La Bête semblait vouer à la mort ceux qui la recevaient. On avait beau alors soigner les blessés en frottant leurs plaies avec des gousses d'ail trempées dans du vinaigre jusqu'à ce que le sang en sorte, ou encore en y posant des cataplasmes faits d'oignons pilés mélangés à du miel, du sel et de l'urine, et couvrir leurs corps d'amulettes, ils n'en mourraient pas moins, à plus ou moins court terme, dans d'atroces souffrances.

Plus la mort approchait et plus ces victimes de La Bête semblaient se transformer à leur tour en loups tant devenait alors terrible la violence qui les habitait, allumant dans leurs yeux des flamboiements pareils à ceux des yeux obliques de La Bête et déformant leurs ongles et leurs dents en griffes et en crocs toujours prêts à attaquer. Il n'était pas rare alors que les parents de l'enragé mettent fin à cette effrayante métamorphose en étouffant le pauvre mourant écumant de folie entre deux matelas. Après quoi ils le recouchaient bien sagement dans son lit, et le veillaient très chrétiennement afin que son âme ne s'en aille pas errer dans les bois où régnait La Bête et ne s'en revienne ensuite rôder autour de leur maison avec de sourdes plaintes.

Pour conjurer de tels retours et surtout pour tenir éloignée La Bête de leurs fermes, les paysans avaient coutume, lorsque enfin ils réussissaient à abattre un loup, d'accrocher aux portes des granges les pattes, ou encore la tête ou la queue de l'animal. Car il ne fallait pas que La Bête puisse s'approcher, fût-ce de loin, des vivants. On disait en effet que son seul regard, à peine entrevu, suffisait à priver les hommes de voix et de mouvement, et que surtout l'odeur putride de son haleine risquait d'empoisonner celui qui la sentait. On prétendait d'ailleurs que les gitans, ces hommes eux-mêmes si ressemblants aux loups, qui s'en venaient parfois installer leurs campements au large des villages, fumaient dans leurs pipes du tabac mêlé à du foie de loup séché au feu afin d'épouvanter par cette odeur infecte les chiens de garde des troupeaux.

Tels étaient les vrais ogres qui hantaient les forêts d'alors, terrorisant les gens d'à-terre ; ils s'appelaient La Bête et étaient plus redoutables encore que les mauvais esprits, les géants et les dragons des légendes et des contes.

Mais Victor-Flandrin lui, en ce temps-là, n'avait encore mémoire que de l'eau si douce et lente des canaux où il avait vécu son enfance, et des entrailles noires de la terre où pendant sept années il avait dû descendre.

1

Victor-Flandrin marcha longtemps, retrouvant, après plus de vingt ans, le chemin que son père avait parcouru et qui l'avait irrémédiablement séparé des siens. Mais lui marchait sans compagnons, ne portait pas de fusil à l'épaule et ne se languissait d'aucune nostalgie. Il ne pouvait plus être séparé des deux seuls êtres qui avaient été toute sa famille. Le sourire de sa grand-mère le suivit pas à pas, indissolublement lié à son ombre, et les larmes de son père, enfilées sur un lacet sous sa chemise, ceignaient son cou.

Il traversa des villes, des champs, des ponts et des forêts, les mêmes qu'autrefois son père avait décou-verts, mais lui n'en éprouvait ni surprise ni crainte. C'était l'hiver, et il faisait si froid que les branches des arbres cassaient comme du verre avec un bruit très sec qui se répercutait longtemps dans le silence. Le bâton qu'il tenait étincelait de glace et sonnait drôlement sur les routes gelées. Il se sentait le cœur léger, non pas qu'il fût joyeux, mais il était dorénavant si seul que ce monde désert qui s'ouvrait devant lui à perte de vue lui était étranger jusqu'à la douceur.

La neige était tellement dense et lamifiée que les pas n'y laissaient nulle trace et lorsque vers midi le soleil d'un jaune plus pâle que le sable perçait un peu

71

le ciel toute la campagne alentour resplendissait d'absence. Dans cet ébouissement de vide et de silence Victor-Flandrin sentait croître son corps en force et en présence, car enfin il éprouvait en toute liberté la vigueur de sa jeunesse. Il ne souffrait pas du froid qui pourtant faisait craquer les ponts et se fendre les pierres, et qui chassait hors des forêts les loups meurtris de faim.

Il arriva au pied d'une colline couverte de chênes, de hêtres et de sapins; la bise filait à ras de neige avec des sifflements aigus. Il gravit la route étroite qui serpentait au flanc de la colline selon des méandres de plus en plus tortueux. Il était impossible de s'orienter dans cette forêt transformée en immense congère où la lumière ne parvenait qu'assourdie et Victor-Flandrin avançait avec peine.

Il finit par être tellement essoufflé qu'il s'assit un moment sur une roche en saillie au bord d'une clairière. Le jour commençait déjà à décliner et pour la première fois depuis son départ Victor-Flandrin s'inquiéta de savoir où il coucherait la nuit venue. Il était complètement égaré, prisonnier de ce labyrinthe strident de vent.

Ce vent d'ailleurs se modulait bien étrangement, on aurait dit la voix d'un homme en émoi hurlant sa peine à la folie et Victor-Flandrin tressaillit soudainement tant cette voix avait des accents pareils au rire souffrant de son père.

Et voilà maintenant que ce vent se mettait à rôder autour de la clairière, se rapprochant imperceptiblement. Il restait là, cloué sur sa pierre, n'osant pas bouger ni même tourner la tête. L'obscurité s'était épaissie jusqu'à la pénombre, la nuit était déjà là, et le fin croissant de lune qui brillait très haut dans le ciel comme une infime virgule blanche parmi les étoiles n'éclairait que le centre de la clairière. Mais ce peu de lumière attira Victor-Flandrin ; il se leva enfin de la pierre où il commençait à s'engourdir et marcha vers elle comme si ce pauvre bout de clarté pouvait lui offrir un plus sûr asile. Deux autres lueurs perçaient la nuit. Il les découvrit alors qu'il s'avançait vers le halo de lune ; elles se tenaient assez loin encore, mais il put les distinguer grâce à la tache d'or qui donnait à son œil gauche une vision de chat. C'étaient deux minces traits obliques d'un jaune étincelant qui semblaient le fixer. Il ralentit son pas, et son cœur également se mit à ralentir. L'autre émergea enfin de la pénombre mais ne se dirigea pas directement sur Victor-Flandrin ; il se mit à longer la bordure de la clairière sans le quitter des yeux. Sa démarche était remarquablement souple et soulignait la minceur de ses reins. Son poitrail au contraire était ample et bombé, et son pelage gris argenté par le givre s'y hérissait en touffe plus claire.

Victor-Flandrin fit comme l'animal, il commença à tourner en rond, à sa cadence, ses yeux également rivés aux siens, et bientôt il répondit à ses grondements par des sons aussi rauques. Cette ronde à l'amble dura longtemps, puis le loup fit une brusque incartade qu'imita immédiatement Victor-Flandrin. Ainsi les deux se retrouvèrent-ils bientôt tout proches l'un de l'autre, tournant en cercles de plus en plus resserrés.

Ils marchaient maintenant en plein dans le halo de lune et se suivaient de si près que chacun frôlait l'ombre de l'autre. La ronde s'arrêta à l'instant où le loup posa sa patte dans l'ombre de Victor-Flandrin. Aussitôt l'animal s'immobilisa et, poussant une plainte aiguë, il se tapit au sol, les oreilles plaquées contre la tête. Victor-Flandrin retira sa ceinture et la boucla autour du cou de la bête tremblante puis il y attacha la courroie de son sac. Le loup se laissa mettre en laisse avec docilité.

Victor-Flandrin n'éprouvait plus la moindre peur, — elle semblait s'être entièrement déportée dans le corps de l'animal qui gisait à ses pieds. Mais il ressentait une grande fatigue et il décida d'attendre le lever du jour pour reprendre sa marche. Alors il s'enroula dans sa cape et, s'allongeant sur la neige, il se blottit tout contre le loup et s'endormit dans sa chaleur.

Il fit un rêve ; à moins que ce ne fût le loup qui rêvât à travers lui. Il rêva la forêt ; il marchait à travers elle et bientôt les arbres s'articulèrent, se recouvrant d'armures en métal brillant ; les arbres caparaçonnés commencèrent lentement à se mouvoir, à tendre leurs branches comme les bras et à les tordre en tous sens, puis ils prirent têtes. Des têtes très rondes et lourdes, casquées, et qu'ils roulaient d'une épaule à l'autre. Ils s'arrachèrent, avec douleur, de l'étreinte du sol, et se mirent en marche ; ils semblaient avancer à contre-vent tant ils se tenaient courbés et faisaient des gestes de nageurs avec leurs bras.

Les arbres en armure étaient maintenant assis dans de longues barques à fond plat qui descendaient un fleuve gris au fond duquel passaient des lueurs rouges. D'autres hommes, tête nue ceux-là, marchaient sous l'eau, à contre-courant, portant des torches.

Les arbres en armure avaient dû quitter les barques car ils avançaient à présent vers une bâtisse très longue et basse ; plus ils s'approchaient d'elle et plus elle bleuissait. Ils voulurent rentrer dans cette maison, mais sitôt qu'ils franchissaient le seuil ils disparaissaient, comme dissous dans l'ombre profonde qui emplissait les murs.

Une chambre vide ; par les fenêtres ouvertes le vent pénètre et tord les rideaux. Au milieu de la chambre, un grand lit de fer. Au milieu du lit, une femme vêtue d'une chemise blanche. Son ventre est énorme, tout gonflé, prêt d'accoucher. Un bruit fantastique survient. La femme, toujours allongée sur le dos, se soulève lentement en l'air et se met à flotter à travers la pièce. Elle se cambre au point de se saisir les chevilles dans les mains. Le vent l'emporte par la fenêtre.

Les toits d'une ville, grise et noire, se profilent sur un fond de ciel brouillé. D'entre les cheminées remarquablement hautes surgissent deux yeux. Ils sont très noirs, cernés d'ombres bleuâtres, et brillent d'un éclat sourd. La ville entre doucement en dérive et défile au ras des yeux. Les arbres en armure, toujours brassant l'air de leurs longs bras, entrent dans la ville, pénètrent dans les yeux.

Les yeux ne sont plus que deux grands poissons glissant à travers les maisons dont les murs se liquéfient au fur et à mesure de leur passage.

Un loup est assis à l'entrée d'un pont ; il joue de la scie, la tête tournée vers le fleuve.

Là-bas, sur les quais, une fenêtre s'ouvre à la façade d'une maison. Quelqu'un se penche, jette par-dessus le rebord un tapis et se met à le secouer. Il y a un motif imprimé sur le tapis, cela semble être un visage ; à force d'être secoué ainsi le visage se détache du tapis et tombe dans le fleuve.

Le loup a disparu, mais la scie, demeurée debout à l'entrée du pont, continue à vibrer et faire entendre sa mélodie.

Dès les premières lueurs de l'aube Victor-Flandrin se réveilla. Le vent sifflait avec des chuintements aigus. Le loup n'avait pas bougé. Le ciel était limpide et la forêt semblait moins repliée sur elle-même ; elle dévoilait des chemins inaperçus la veille. Victor-Flandrin hésita un moment puis décida d'obliquer sur la gauche. Il se releva et le loup se redressa aussi, puis tous deux partirent.

Après une longue marche à travers la forêt ils débouchèrent sur un vaste espace de champs en enfilade en contrebas desquels s'étageaient des maisons. Les marais et les étangs qui un peu partout trouaient le paysage étaient gelés et prenaient un éclat de métal dans le soleil levant. Tout au fond de la vallée un fleuve traçait de larges méandres d'un gris cendreux. Victor-Flandrin se sentit rasséréné à la vue de ce hameau dispersé au pied des champs. Ce lieu lui plaisait, pour sa simplicité et sa rigueur. Il en aimait la solitude, semblable à celle des canaux. Bien que solidement ancrées en terre, ces fermes accroupies là-bas comme des chiens veillant les champs et les forêts paraissaient cependant dériver au ras du ciel. Et c'était là une dérive infiniment plus lente encore que celle des péniches.

Il regardait se dérouler au-dessus des toits puis s'ébouriffer dans le vent les minces frisures de fumée d'un gris laiteux. Tandis qu'il contemplait cela les paroles de Vitalie lui revinrent en mémoire : « La terre est vaste, et quelque part certainement existe un coin où tu pourras bâtir ta vie et ton bonheur. Peut-être est-ce tout près, peut-être est-ce très loin. »

Cet endroit n'était ni près ni loin, il était de nulle part. Il ne jouissait ni de la splendeur des littoraux sculptés par les mers, ni de la souveraineté des paysages architecturés par les montagnes, ni de la magnificence des déserts arasés par la lumière et le vent.

C'était un de ces lieux perchés aux confins du territoire et qui, comme toute les zones frontalières, semble perdu au bout du monde dans l'indifférence et l'oubli, — sauf lorsque les maîtres des royaumes jouent à la guerre et les décrètent alors enjeux sacrés.

2

Victor-Flandrin fut détourné de sa rêverie par le loup qui tiraillait sur sa laisse en geignant. Il considéra la bête accroupie devant lui et décida soudain de la libérer. L'animal resta un moment immobile puis se releva et, se dressant tout droit, il posa ses deux pattes avant sur le torse de Victor-Flandrin.

La gueule du loup et le visage de l'homme se trouvaient face à face, tout près l'un de l'autre. Le loup se mit alors à lécher le visage de Victor-Flandrin tout doucement, comme s'il léchait une plaie ouverte sur son propre corps, puis il se laissa retomber sur ses quatre pattes, se détourna et reprit lentement le chemin de la forêt. Victor-Flandrin regarda l'animal s'éloigner jusqu'à ce qu'il disparaisse et à son tour il se remit en route.

Lorsqu'il arriva au hameau le soleil était déjà haut. Il n'avait encore rencontré personne. Il inspecta l'endroit; d'un coup d'œil circulaire il dénombra les maisons alentour. Il en compta dix-sept, mais plus de la moitié semblaient à l'abandon. Il remarqua que l'une d'entre elles, la plus vaste de toutes, se situait très en retrait des autres. Elle se dressait au flanc d'une colline entre deux bosquets de sapins. Mais le terrain à cet endroit était si heurté qu'il n'y avait pas deux maisons bâties à même hauteur. Il vint s'asseoir sur la margelle d'un puits situé au centre d'un groupe de cinq maisons. Il avait faim ; il fouilla dans sa besace mais n'y trouva qu'un morceau de pain complètement rassis. Un chien se mit à aboyer, puis d'autres lui firent bientôt écho. Un homme sortit enfin d'une de ces maisons ; il passa près du puits mais fit mine de ne pas apercevoir Victor-Flandrin bien qu'il lui jetât un regard curieux à la dérobée. Victor-Flandrin l'interpella. L'autre se retourna avec une lenteur qui confinait à la lourdeur. Victor-Flandrin lui demanda comment s'appelait le hameau et s'il pouvait trouver quelque travail à faire dans le coin. L'autre lui répondit tout en continuant à le lorgner de biais et avec une méfiance accrue à cause de l'accent de l'étranger, il lui dit qu'à Terre-Noire, en hiver, il n'y avait rien à faire, mais qu'il pouvait toujours aller voir chez les Valcourt, là-bas, à la Ferme-Haute. Victor-Flandrin regarda dans la direction que lui indiquait l'homme, c'était la grande maison entre les bosquets de sapins. Il se mit aussitôt en route pour cette ferme.

Celle-ci était plus loin qu'il ne l'avait pensé ; le chemin n'en finissait pas, peut-être parce qu'il ne cessait de zigzaguer. C'était en effet moins une route qu'un drôle de jeu de piste tout en détours. Il fit même une pause en cours de route. La faim le tenaillait de plus en plus.

Lorsqu'il parvint enfin à la ferme et entra dans la grande cour déserte il fut accueilli par une nouvelle explosion d'aboiements, à croire qu'il y avait des chiens cachés dans tous les coins. Il s'avança jusqu'au milieu de la cour et appela à voix forte : « Holà ! Il y a quelqu'un ? » Les aboiements redoublèrent mais personne ne répondit. Les chiens se mirent d'ailleurs bientôt à gémir comme s'ils sentaient sur l'intrus l'odeur du loup. Au bout d'un moment une femme parut enfin. Il n'aurait su dire son âge tant elle était emmitouflée dans d'épais lainages. Il distingua juste ses yeux ; étroits et d'un noir luisant comme des pépins de pomme ils lançaient des regards vifs. La femme laissa sans mot dire Victor-Flandrin se présenter et s'expliquer puis, tournant brusquement les talons, elle se dirigea vers la bâtisse centrale. Arrivée au seuil elle se retourna et cria : « Eh bien, venez ! »

Il régnait dans la cuisine une chaleur moite saturée d'odeur de choux, de graisse et d'oignons frits. La femme le fit asseoir à la table qu'elle essuya d'un rapide coup de torchon et prit place face à lui après s'être débarrassée de son grand châle. Victor-Flandrin put constater alors qu'elle était jeune et robuste. Elle devait avoir environ vingt-cinq ans ; elle était très brune, avec un visage tout en rondeur aux pommettes hautes et saillantes et une jolie bouche aux lèvres rouges et dodues comme des fraises.

Tous deux se dévisagèrent un moment en silence ; la femme ne détachait pas son regard des yeux de Victor-Flandrin, scrutant particulièrement son œil gauche. Il pensa que c'était à cause de la tache d'or ; il finit par baisser les yeux, moins par gêne du regard insistant de son hôte que parce que la chaleur et la faim l'engourdissaient doucement. Lorsque la femme se décida enfin à rompre le silence il sursauta presque sur sa chaise où son corps s'était complètement affaissé. « Alors, comme ça, vous cherchez du travail ? » dit-elle. Il la regarda étonné, comme s'il ne comprenait pas sa question. « Et vous pouvez faire

79

quoi ? » continua-t-elle. Victor-Flandrin trouva la voix de la femme aussi ronde que son visage ; il avait l'impression que les paroles qu'elle prononçait roulaient dans l'air comme de grosses boules de mie fraîche et pour toute réponse il se mit à sourire. « Vous êtes bizarre, observa la femme. — Je suis très fatigué, dit-il pour s'excuser ; j'ai beaucoup marché et n'ai rien mangé depuis hier. » Puis il ajouta : « Mais je peux faire beaucoup de choses. J'ai l'habitude des travaux durs. »

La femme se leva de table, s'affaira un moment dans un angle de la cuisine près d'une grande maie en bois sombre et revint poser devant Victor-Flandrin un pain gros comme une meule à aiguiser les couteaux, un morceau de fromage et un bout de saucisse. Puis elle se rassit et le regarda manger. « C'est que du travail, il y en a, se décida-t-elle à dire. Et encore, on est en hiver. Mais le père est malade, le voilà tout courbé maintenant, il marche comme les vieux. On a bien deux aides, mais ils sont pas bons à grand-chose. » Puis elle fit le compte des vaches, des bœufs et des cochons qu'ils élevaient, et encore le compte des champs et des prés dont ils étaient propriétaires. La ferme des Valcourt était la plus importante de Terre-Noire, mais il fallait y mettre bon ordre pour qu'elle ne décline pas comme tant d'autres fermes du hameau l'avaient fait déjà. Puis elle raconta comment plus de vingt ans auparavant la guerre, en passant par Terre-Noire, avait tout dévasté. Des fermes avaient brûlé, des champs avaient été saccagés, et tant d'hommes tués qu'il ne restait maintenant plus guère que des vieux. Plus de la moitié des maisons du hameau étaient à l'abandon.

« J'en ai compté dix-sept, de maisons », fit remarquer Victor-Flandrin. La femme sursauta à ce chiffre comme s'il venait de dire quelque chose d'incongru. Devant cette réaction de surprise il ajouta : « Peut-être je me suis trompé... — Non, finit-elle par répondre. Mais c'est que... » Elle n'acheva pas sa phrase. « Eh bien ? » insista Victor-Flandrin. « Les taches, dans votre œil... » À nouveau elle s'interrompit. Cette fois ce fut Victor-Flandrin qui sembla surpris. « Les taches ? répéta-t-il en portant machi-nalement sa main à ses yeux comme si c'était un miroir, mais il n'y en a qu'une. » La femme se contenta de secouer négativement la tête, puis elle se leva à nouveau, quitta la pièce et revint avec une glace qu'elle tendit à Victor-Flandrin. Mais il n'eut pas plutôt soulevé la glace à hauteur de son visage que celle-ci s'obscurcit et devint tout à fait mate comme si elle venait de perdre tout son tain. Victor-Flandrin la reposa sur la table. Jusqu'à sa mort il ne devait plus jamais pouvoir contempler son visage et il lui fallut désormais vivre en miroir du seul regard des autres.

Mais Mélanie Valcourt n'était pas femme à s'ef-frayer de tels phénomènes. Elle reprit la glace et la fourra dans le tiroir de la table qu'elle referma avec un bruit sec. Ses gestes étaient aussi vifs et précis que les regards lancés par ses petits yeux en pépins de pomme. Dès qu'elle avait rencontré dans la cour cet étranger à la face noircie et à l'œil constellé de poussière d'or, sa décision avait été prise, — elle garderait cet homme et saurait le faire sien, dût-il détamer tous les miroirs de la ferme. Ses yeux à elle ne risquaient en tout cas nullement de se laisser plom-ber ; ils voyaient juste et savaient peser le poids et la valeur de toute chose, et surtout des hommes, en un clin d'œil. Celui-là était jeune et plein de force, et il avait la beauté d'une nuit d'hiver comblée d'étoiles. Ainsi Victor-Flandrin fut-il embauché le jour même à la Ferme-Haute. Cette embauche fut d'ailleurs passagère car dès le lendemain il sut qu'il en serait le maître, ce qu'il ne tarda pas à devenir effectivement.

Son errance n'avait duré que le temps d'une saison, son enracinement devait durer près d'un siècle.

3

Le père Valcourt se tenait en effet si courbé que ses mains touchaient presque le sol lorsqu'il marchait. Mais il marchait d'ailleurs moins qu'il ne trottinait, arc-bouté sur une canne aussi noueuse et distordue que lui. La majeure partie du temps il demeurait assis, tout tassé et somnolent ; il ne sortait de sa torpeur que lorsqu'il évoquait l'empereur. Il l'avait vu, lui avait même parlé, et dès le lendemain partagé avec lui l'humiliation de la défaite. C'était à Sedan, plus de vingt ans auparavant, et les années avaient transformé dans son imagination de plus en plus fantasque la pitoyable bataille et son empereur déchu en fait et héros de légende dorée. Plus il astiquait sa légende de Napoléon III, plus il noircissait celle du vieux Guillaume, cette misérable fripouille dont le diable en personne, assurait-il en vitupérant et en frappant sa canne contre le sol, avait taillé le crâne en pointe pour mieux déchirer le ciel du bon Dieu et celui de France, ce qui au reste dans son esprit revenait au même.

Victor-Flandrin s'abstint de tout commentaire lorsque le vieux lui exhiba avec force cris sa quincaillerie guerrière rutilante de gloire ; pour sa part l'imagerie de cette guerre se réduisait à celle offerte par le visage de son père que le diable avait taillé, non pas en pointe, mais tout bonnement en morceaux.

Quant aux deux autres hommes employés comme lui à la ferme, Mathieu-la-Framboise et Jean-François-Tige-de-Fer, ils avaient un âge si indéterminé qu'ils pouvaient avoir aussi bien la trentaine que la soixantaine passée. Ils semblaient tous deux avoir été vaguement équarris à coups de serpe dans quelque morceau de bois mort, l'un en largeur, l'autre en hauteur. Et ce bois mort ne cessait de se gondoler et de se couvrir de taches violacées comme les parois d'un tonneau empli trop longtemps de vieux vin.

Tous deux logeaient dans l'enceinte de la ferme, Mathieu-la-Framboise dans le foin, à mi-hauteur de l'étable, et Jean-François-Tige-de-Fer dans une cambuse accotée à la grange. Ni l'un ni l'autre ne désiraient d'autre endroit, et surtout pas Mathieu-la-Framboise qui était pourtant le plus mal loti. Il aimait la chaude moiteur de l'étable gorgée du remugle des bêtes et de l'humide odeur de paille croupie dans l'urine, la bouse et le lait renversé. En guise de femme, engeance qu'il n'avait au demeurant jamais approchée, il s'en était donné plusieurs sous la forme succincte, mais efficace, de trous creusés dans les murs de son antre. Il ne se passait pas de jour sans qu'il ne s'accouple à l'un de ces sexes de pierre taillés à la mesure et tout moussus de molle chancissure. Au printemps, il lui arrivait de prendre femme à même la terre amollie et couverte d'herbe tendre. Quant à Jean-François-Tige-de-Fer, le coup de tête qu'un bélier lui avait un jour assené en plein dans le bas-ventre avait résolu la question de ses activités sexuelles en les mettant pour toujours au point mort.

Tels étaient les deux compagnons qui échurent à Victor-Flandrin. Lui-même se vit attribuer le premier soir une soupente dans un recoin de la cuisine, mais dès le second soir un lit plus vaste et plus profond lui fut offert, celui de Mélanie dont le corps tout exultant de chair rose et savoureuse restée si longtemps en souffrance trouvait enfin ses aises et sa pleine mesure.

Victor-Flandrin n'avait connu jusqu'alors que deux femmes. La première il l'avait rencontrée à la mine où elle était trieuse. Elle s'appelait Solange. Elle était tout efflanquée et avait les lèvres et les mains si rêches que ses baisers et ses caresses n'avaient jamais eu d'autre goût que celui d'une râpe. La deuxième, il l'avait rencontrée à un bal. Il l'avait désirée pour son teint pâle et ses grands yeux toujours ombrés de cernes bleus. Mais celle-ci mettait si peu d'entrain et de goût à l'amour qu'elle s'endormait à chaque fois incontinent sitôt couchée, comme frappée de léthargie par les premiers baisers. Il ne se souvenait d'ailleurs même plus de son nom qu'elle n'avait certainement jamais dû dire autrement qu'en bâillant.

Ainsi, avec Mélanie, Victor-Flandrin découvrait-il enfin la vraie saveur de l'amour, d'une douceur aiguë à affoler sans fin la chair.

Le vieux Valcourt mourut au cri de « Vive l'Empereur ! ». Il ne termina d'ailleurs pas son vivat, la mort lui coupa la parole au milieu. « Vive l'Emp... », glapit-il, mais sa mâchoire retomba et il s'effondra bouche bée, le temps du leurre était fini.

Mélanie respecta la dernière volonté de son père d'être enterré dans son uniforme de soldat, avec son fusil et tout son barda. Mais les rhumatismes avaient à ce point concassé le corps du vieux fantassin qu'il était impossible de le revêtir de son ancien uniforme. Mélanie entreprit donc de découdre entièrement le costume pour le recoudre sur le corps de son père replié sur lui-même comme un gros insecte à demi momifié. Cette précaution s'avéra cependant inutile

84

dès qu'il fut question de mettre le mort en bière car il fallut alors pour pouvoir le coucher correctement dans son cercueil lui briser tous les os à coups de barre de fer, ce qui, du même coup, fit se déchirer de toutes parts les coutures de l'uniforme. Quoi qu'il en soit, le brave soldat Valcourt, fidèle jusqu'à la fin à son empereur, fut enterré dans sa tenue de combat en lambeaux, raidi au garde-à-vous entre ses quatre planches de bois, son vieux fusil rouillé bringuebalant à son côté.

Peu de temps après Mathieu-la-Framboise suivit l'exemple de son maître. La mort le saisit également au beau milieu de son activité favorite. Jean-François-Tige-de-Fer le retrouva un matin dressé face au mur sous les combles de l'étable, immobile, les bras ballant le long du corps, le pantalon tombé sur les sabots. Il dut appeler Victor-Flandrin à la rescousse pour arracher la Framboise à l'étreinte du mur. La dernière femme de Mathieu-la-Framboise refusant obstinément de lâcher son amant, il fallut recourir à la scie ; ainsi fut-il enterré allégé de la seule partie de lui-même à laquelle il ait jamais porté intérêt. Celle-ci demeura enchâssée dans le mur de l'étable où d'ailleurs, comme l'observa Jean-François-Tige-de-Fer en rebouchant le trou avec un peu de plâtre pour protéger la relique de son compagnon, elle était beaucoup mieux que dessous la terre froide où gisait le reste du corps.

De saison en saison Victor-Flandrin prenait goût à la terre. À la fonte des neiges il découvrit les champs et les prés détrempés qui entouraient la ferme, ainsi que les étangs, ruisseaux et marais où lentement faisaient retour les bancs d'oiseaux qu'avait chassés l'hiver.

Les Valcourt possédaient le plus vaste des champs de Terre-Noire, et il était également l'un des mieux exposés. On l'appelait le champ Graisse-d'Azur tant son sol était riche et ses sillons, après le labour, luisaient dans la lumière comme s'ils étaient huilés par le soleil.

À Terre-Noire il n'y avait pas un arpent de terre qui ne portât un nom propre à définir sa nature et son histoire. Ainsi y avait-il l'Étang-aux-Lunes, le Bain-aux-Loups, la Mare-qui-fume, le Puits-du-Sanglier et le Ruisseau-Quinteux. Les pans de forêt aventurés près des maisons s'appelaient le bois des Amours-à-l'Évent, le Petit-Bois-Matin et le bois des Échos-Morts. C'était dans ce dernier, le plus touffu et profond des trois, que Victor-Flandrin avait rencontré le loup. Chacune des dix-sept maisons se désignaient également par un nom, même celles dont il ne restait plus que des ruines. Quant aux habitants de tous ces lieux-dits ils portaient presque tous un surnom accolé à leur nom, sinon un sobriquet. La Ferme-Haute, après avoir été la maison de Valcourt-Vive-l'Empereur, devint celle de Péniel dit Nuit-d'Or.

Nuit-d'Or voyait la terre s'étendre autour de lui, plus silencieuse et lente que l'eau douce des canaux, aussi austère et dure que la mine dans le combat qu'il fallait chaque jour lui livrer. Mais tous les fruits qu'il apprenait à arracher à cette terre étaient siens, et il les extirpait de l'obscurité du sol pour les porter à la lumière.

Victor-Flandrin ne parlait jamais à Mélanie de son passé et ce fut en étranger qu'il s'installa dans sa vie. Elle ne lui posa d'ailleurs jamais de questions bien qu'elle s'étonnât de ce que son ombre fût si blonde et qu'il portât autour du cou cet étrange collier de sept perles d'un blanc laiteux qui restaient immuablement froides. Mais elle se doutait qu'un homme dont le seul regard détame les miroirs ne pouvait donner à ces questions que des réponses encore plus étranges. Et puis que lui importait de savoir d'où venait cet homme, — ce qui comptait, c'était qu'il fût là, maintenant, avec elle. Auprès de lui elle voyait sa ferme reprendre vie, ses troupeaux et ses terres prospérer, et son propre corps devenir fertile. Car voilà qu'enfin ça venait de bouger dans son ventre.

4

Ce fut par un jour d'été qu'il reparut. Personne ne comprit pourquoi il avait quitté la forêt en une telle saison pour venir s'aventurer en plein après-midi dans le hameau. Lorsqu'il traversa les rues de Terre-Noire les paysans d'abord épouvantés barricadèrent leurs enfants et leurs bêtes au fond des cours, puis ils s'armèrent de fourches, de haches et de faux et se lancèrent, escortés de leurs chiens, à la poursuite de La Bête. Mais le loup filait droit son chemin, sans chercher pâture dans les prés et les cours, sans prêter attention à la meute d'hommes et de chiens qui se pressait en hurlant à ses trousses. Il allait à une telle foulée que nul ne put le rattraper et lorsqu'il arriva à la Ferme-Haute après avoir coupé à travers champs, ses poursuivants se bousculaient encore au pied de la colline.

Victor-Flandrin reconnut immédiatement le cri du loup. Mais ce cri, l'animal le modulait cette fois moins comme un rire souffrant et fou que comme une longue plainte.

Le loup vint s'échouer au milieu de la cour et c'est là que Victor-Flandrin le trouva, couché sur le flanc. Il n'éprouva en le voyant ni frayeur ni même surprise bien que plus de deux ans se soient écoulés depuis sa nuit dans la forêt. Il vint s'accroupir auprès de l'animal dont il souleva doucement la tête jusqu'à son visage.

Le loup avait cessé ses plaintes et l'on n'entendait plus que les coups saccadés de son cœur qui haletait toujours plus en sourdine. Victor-Flandrin vit dans les yeux de l'animal la lueur du regard flamboyer vivement puis refluer très lentement vers le trou noir de la pupille comme un feu follet s'éloignant dans la nuit, et bientôt toute lumière disparut. Un mince filet de larmes glissa des yeux du loup et Victor-Flandrin, resserrant son étreinte autour de la tête de l'animal, lécha ces larmes d'un goût aussi puissant qu'amer. La tête du loup s'affaissa sur ses cuisses.

Lorsqu'il aperçut la horde des chasseurs monter à l'assaut de sa ferme, Victor-Flandrin saisit l'animal à bras-le-corps et l'emporta dans la grange où il l'enferma.

Tous les hommes du hameau étaient là, certains même étaient accompagnés de leurs femmes, et dès qu'ils entrèrent dans la cour Nuit-d'Or vint à leur rencontre et leur annonça que le loup était mort et qu'ils pouvaient rentrer chez eux. Mais ils voulaient voir La Bête morte et jeter sa dépouille aux chiens. Nuit-d'Or refusa et leur dit qu'il n'était pas encore temps de leur montrer le loup puis il les chassa hors de sa cour.

Quelque temps plus tard, alors que la nuit était depuis longtemps tombée, un grand vacarme se fit soudain entendre sur la route montant à la Ferme-

Haute. C'était un fracas de casseroles, pots et marmites entrechoqués les uns contre les autres, de cris d'hommes et de femmes entrecoupés de chants discordants, de trépignements et de rires mauvais. Cela s'enflait comme une houle roulant à l'assaut de la ferme, cela ne cessait de s'approcher, de menacer.

Les chiens se mirent à aboyer et bientôt le bétail joignit ses sourds beuglements à tous ces aboiements. Mélanie, qui était déjà grosse, se redressa dans son lit et pressa ses mains contre son ventre. « Ils viennent nous porter la honte ! s'écria-t-elle apeurée ; ils veulent nous punir. » Nuit-d'Or ne comprit pas tout de suite ce que cela signifiait. « Qu'avons-nous donc fait ? demanda-t-il. — Ils ne nous aiment pas, dit-elle simplement. Tu es un étranger et tu m'as épousée. Cela ne se fait pas. Et puis, c'est l'histoire du loup... »

Victor-Flandrin se leva, s'habilla, et dit : « Toi, tu restes ici. Je vais leur parler. — Ce n'est pas possible, répondit Mélanie. Ils ont bu, ils sont ivres, pleins de colère et de haine. Ils ne t'écouteront pas. Reste avec moi, j'ai peur... — Non. Moi je n'ai pas peur. J'irai. »

La horde du charivari s'engouffra dans la cour en redoublant son tapage et en psalmodiant sur des airs grotesques des injures et des moqueries contre Nuit-d'Or et Mélanie. Ils se mirent ensuite à lancer des pierres contre les murs, la porte et les fenêtres et à proférer des menaces en brandissant leurs torches. Au milieu de leur troupe se tenait un vieil âne qui portait en croupe, face tournée vers sa queue, un mannequin de paille et de chiffon à l'effigie de Péniel. « Hé ! Gueule de Loup ! criaient-ils en frappant leurs casseroles. Viens-t'en là qu'on te rosse, sale bête, qu'on te courbe l'échine comme à une vieille carne ! Hou ! Hou ! Gueule de loup ! »

La porte s'ouvrit, et Nuit-d'Or parut sur le seuil. Il

portait sur les épaules la peau du loup qui l'enveloppait jusqu'aux mollets. « Me voici ! » dit-il. À cette vue tous se turent, puis la clameur reprit, plus sourde et effrayante. « C'est un garou !... » s'écrièrent certains en reculant. Nuit-d'Or s'avança vers eux. « Que voulez-vous ? » demanda-t-il. Mais pour toute réponse il ne reçut qu'un brouhaha d'injures. « Sur l'âne ! Sur l'âne ! » cria quelqu'un. « Barbouillons-le de fumier et de plumes ! » « Tiens, voilà ton chapeau ! », s'esclaffa encore un autre en lui tendant un vieux panier de paille tout souillé de détritus. « Maudit ! Mort au garou ! Brûlons-le ! Brûlons-le ! » lancèrent alors quelques-uns, et bientôt tous reprirent ces cris en chœur.

Mais alors que les hommes approchaient de lui leurs faces distordues par la lueur des torches, l'âne se précipita au milieu d'eux, faisant basculer le mannequin qui roula à terre puis, après avoir tourné autour de Victor-Flandrin, il s'enfuit et personne ne put le rattraper. « Maudit chien ! lui cria-t-on, même les bêtes ont peur de toi ! » Mais les assaillants ne purent resserrer leur encerclement autour de Nuit-d'or, le tour que l'âne venait de faire autour de lui avant de se sauver semblait avoir tracé un cercle invisible impossible à franchir. Les autres avaient beau trépigner, jeter leurs poings vers lui ou tenter de s'élancer, aucun ne parvint à franchir le cercle et à l'atteindre. Alors ils se retournèrent avec une rage accrue contre le mannequin roulé à terre, le relevèrent et le piquèrent bien droit sur une fourche qu'ils plantèrent au milieu de la cour, puis y mirent le feu.

Le bonhomme de paille flamba tout entier aussitôt à la grande joie des assistants. Mais alors que le feu déjà s'éteignait il surgit soudainement du tas de cendres sept minces flammes d'un jaune presque blanc qui s'élevèrent à hauteur d'homme, se balancèrent, puis retombèrent et se dispersèrent vivement comme des feux follets à travers la nuit.

La colère des paysans retomba comme les flammes et ils furent pris de peur. Ils s'éloignèrent lentement, à reculons, en murmurant. Et ce fut en silence que tous quittèrent la Ferme-Haute pour rentrer chez eux.

De ce jour on n'organisa plus jamais de charivari contre Victor-Flandrin, mais son surnom de Nuit-d'Or se doubla désormais de celui, plus infamant, de Gueule-de-Loup.

Mélanie accoucha en automne. Cela eut lieu un soir, et par deux fois. Tout le temps de l'accouchement Victor-Flandrin demeura debout derrière la porte de la chambre, Mélanie n'ayant accepté auprès d'elle que les trois femmes du hameau venues l'assister dans son travail d'enfantement. Il n'entendait que ces femmes qui ne cessaient de proférer, tantôt à voix forte, tantôt à voix très basse, des ordres, des conseils et de drôles de sons ; à cette rumeur se mêlait le bruit que faisaient leurs gestes et leurs pas. Seule Mélanie ne disait rien. Aussi Victor-Flandrin finit-il par avoir l'impression que ces femmes s'activaient en vain autour d'un lit désert, et il en arriva même à penser, à force d'attendre dans l'obscurité du palier, que Mélanie était devenue la proie de trois sorcières en train de s'ingénier à la faire disparaître par quelques tours de magie. Il se mit à frapper violemment contre la porte en ordonnant aux femmes de lui ouvrir, mais elles ne le laissèrent pas entrer.

Il ne pouvait plus supporter ce silence et ce doute qui l'accablaient plus que des cris de douleur et à la fin il ressentit lui-même dans son ventre cette souffrance que Mélanie refusait d'exprimer. Et ce fut lui qui se mit à hurler, à hurler plus fort que toute femme en couches ne l'avait jamais fait, à hurler si fort même que tous ceux qui l'entendirent, tant les gens que les bêtes, se sentirent pris d'angoisse. Il ne cessa que lorsque s'éleva le cri du premier-né. Alors, pour la première fois, il se laissa prendre par les larmes, pleurant tout à la fois d'épuisement, de délivrance et de bonheur. Au cri du second-né il se prit à sourire et se sentit lui-même redevenu enfant.

Le monde soudain lui devint infiniment léger comme si toute chose, et lui-même, était fait de papier. Il retrouva le goût qu'autrefois le vent prenait en remontant l'Escaut, et l'odeur de la terre quand le soir descendait, tremblant de vapeurs roses, sur les berges au printemps. Il se revit courant le long des chemins de halage jonchés du crottin des chevaux que les mouches en été fleurissaient en essaims vert bleuté. Et il sentit contre sa joue le doux frôlement des mains de Vitalie lui remontant les draps pour qu'il s'endorme au chaud dans les beaux songes qu'elle lui préparait chaque soir en lui racontant des histoires. Il se sentit aussi effleuré par autre chose de moins palpable encore qui semblait monter du dedans même de son corps ; c'était comme un regard étranger, et si proche à la fois, qui se serait faufilé en lui pour venir explorer son sommeil et caresser ses rêves. Mais il ne parvenait pas à définir ce regard qu'il pressentait être celui de sa mère et sœur venue le visiter, et suspectait en même temps être celui de son père l'épiant à son insu.

Lorsque les femmes quittèrent enfin la chambre et le laissèrent entrer, il était encore tout éperdu de songe et d'étonnement.

Mélanie reposait au milieu du lit, la tête renversée

contre les oreillers où s'étalait sa chevelure dénouée. Il s'approcha et contempla longtemps sa femme endormie qui tenait serrés contre elle les deux fils qu'elle venait de mettre au monde. Il la trouva d'une beauté presque effrayante, avec son visage pâli, ses yeux cernés de gris bleuâtre, et sa bouche entrouverte dont les lèvres, plus gonflées que de coutume, avaient le rouge translucide des groseilles. Ses cheveux, encore trempés de sueur, rayonnaient autour de son visage en longues mèches onduleuses qui prenaient, dans la lumière du couchant, une teinte rougeâtre. Puis il regarda les enfants lovés dans la saignée de ses bras ; ils se ressemblaient absolument. Le corps de Mélanie semblait ainsi être un miroir dédoublant un unique enfant et il chercha à son tour sa propre image dans ce corps réfléchissant. Mais il se heurta à la même opacité qu'il rencontrait face à tout miroir et se sentit exclu de ce triple corps plongé dans un commun sommeil. Alors, ne pouvant pas partager ce sommeil, il s'assit au bord du lit et resta là à le veiller.

5

Si Victor-Flandrin ne parvenait jamais à capter son propre reflet il essaimait par contre autour de lui des traces de lui-même. Ainsi son ombre blonde traînait-elle souvent dans son sillage longtemps après qu'il avait passé, et lorsque les gens de Terre-Noire la rencontraient sur leur chemin ils s'en écartaient toujours avec la plus grande méfiance. Tous prenaient soin de ne jamais marcher dans l'ombre de Nuit-d'Or-Gueule-de-Loup qu'ils redoutaient plus encore que sa présence.

Il laissa également trace de sa nuit d'or dans les yeux de ses fils, Augustin et Mathurin. Ceux-ci portaient en effet chacun un grain d'or à l'œil gauche. Et cette tache devait, de même que la gémellité, marquer toute la lignée des enfants qu'il engendra.

Pour ses fils il déploya encore davantage sa force et son entrain, se faisant progressivement le maître des champs, des bois et des étangs de Terre-Noire. Et bientôt sa renommée s'étendit jusqu'aux villages d'alentour et même jusqu'au bourg où chaque mois se tenait la foire. Mais cette renommée, à l'instar de son ombre et de sa peau de loup, inspirait autant de respect que de défiance et son éclat jetait le même trouble qu'un soleil invisible perché au bout d'un ciel d'hiver, dissolvant sa lumière dans la blancheur aveuglante des nuages.

Nul ne savait vraiment d'où il venait, ni pourquoi ni comment il était arrivé là. Les légendes et ragots les plus fantasques couraient au sujet de son teint noirci par la poussière du charbon, des taches d'or de son œil qu'il se mettait maintenant à distribuer à sa progéniture, de son ombre blonde qui hantait toute seule les chemins, de son accointance avec les loups, de sa voix dont l'accent différait de celui de la région, de son regard capable d'éteindre les miroirs et de sa main mutilée.

Il n'était pas du pays et quand bien même il s'ingéniait à conquérir les terres et s'imposer en maître, il ne serait jamais du pays, dût-il y vivre des siècles. Il demeurait pour tous et pour toujours l'étranger.

Mais lui traversait les saisons et ses terres d'un pas égal et calme et son cœur, longtemps enténébré, s'ouvrait lentement à la clarté froide et pure du jour. Et l'amour qu'il portait à sa femme et ses fils, à sa ferme, à ses champs, ses troupeaux et ses bois, poussait pareil à l'herbe drue et vivace des prés. S'il avait dû donner un autre nom à la Ferme-Haute, il ne l'aurait pas appelée comme son grand-père et son père l'avaient fait de leur péniche. Ni *À la Grâce de Dieu,* ni *Colère de Dieu,* — mais *À l'aplomb de Dieu.*

Sa croyance était en effet vide de toute image et de tout sentiment. Il ne comprenait d'ailleurs rien aux mystères de la religion et aux rites et contes de l'église. Une chose pour lui était sûre : Dieu ne saurait se faire enfant et venir dans le monde car alors le monde, n'étant plus suspendu à la verticale de son point d'attache, se serait écroulé pour s'aplatir dans le chaos. Et puis un Dieu, même enfant, était trop lourd pour descendre sur terre, il n'aurait pu en fouler le sol sans tout écraser sur son passage.

Féru de cette idée il n'allait à la messe qu'une fois l'an, — ce qui ne manquait pas d'aggraver les clabauderies traînant contre lui. Nuit-d'Or-Gueule-de-Loup passa pour un mécréant.

La seule fête de l'année à laquelle il se rendait était la Pentecôte ; ce jour-là il allait à l'église car il était alors fait mémoire de l'unique geste qu'il reconnaissait digne d'un Dieu : « ... quand tout à coup vint du ciel un bruit tel que celui d'un violent coup de vent qui remplit toute la maison où ils se tenaient. Ils virent apparaître des langues qu'on eût dites de feu ; elles se partageaient, et il s'en posa une sur chacun d'eux. Tous furent alors remplis de l'Esprit Saint et commencèrent à parler en d'autres langues, selon que l'Esprit leur donnait de s'exprimer. »

Dieu ne pouvait se manifester autrement aux hommes qu'en déversant sur leurs têtes sa surabondance tout en demeurant à sa place. Ainsi l'équilibre était-il préservé et le lien entre ces deux inconciliables se trouvait renforcé. Il se représentait une pluie fantastique ruisselant bien à pic des confins du ciel jusque sur la terre, et les gouttes de cette pluie étaient autant de minces flammes transparentes et brillantes comme des perles de verre qui venaient se briser sur le front et les épaules des hommes dressés tête nue sous elle. Le langage que se mettaient alors à parler les hommes ainsi touchés n'était autre que le bruit même du vent, — d'un très grand vent en route folle par le ciel et la terre. Nuit-d'Or-Gueule-de-Loup n'aimait rien tant que le vent qu'il ne se lassait jamais d'écouter courir en sifflant ou feulant. Et il ne pensait pas autrement à la mort que comme à un ultime coup de vent vous arrachant le cœur à cru pour l'emporter dans son élan là-haut, tout là-haut, dans une trouée du ciel.

Augustin et Mathurin se ressemblaient tant que seuls leurs parents parvenaient à les distinguer. S'ils tenaient de leur père leur tignasse brun-roux perpétuellement ébouriffée ainsi que cette marque d'or à l'œil gauche, ils avaient hérité de leur mère la rondeur du visage aux pommettes hautes. Il n'était pas un geste, pas une expression, que les deux n'aient en partage. Mais ce partage n'était cependant pas toujours égal et c'était en d'infimes décalages que s'esquissait leur différence. Ainsi leurs voix et leurs rires, s'ils avaient un timbre identique, ne se modulaient pas toujours de la même façon ; à partir d'une même sonorité ils laissaient percevoir un certain jeu de variations. Il y avait toujours plus d'enjouement et de clarté dans la voix et surtout le rire de Mathurin, alors qu'un je-ne-sais-quoi d'hésitant assourdissait ceux d'Augustin. Et cela se retrouvait jusque dans leur souffle.

Cette imperceptible nuance du souffle était justement ce à quoi Victor Flandrin était le plus sensible. Chaque soir il venait s'asseoir au pied du lit de ses fils et il leur racontait les mêmes histoires qu'autrefois Vitalie lui murmurait pour l'endormir. Les deux garçons ne tardaient pas alors à glisser dans le sommeil, ravis d'images et d'aventures merveilleuses qu'ils poursuivaient encore longtemps en rêve. Et lui restait là un moment, à regarder dormir ses fils, à les écouter respirer, tâchant de retrouver dans leurs visages empreints de calme et d'insouciance un peu de sa propre enfance qu'il avait dû quitter si tôt, et si brutalement. Puis il allait s'enfouir à son tour dans son lit où l'attendait Mélanie pelotonnée sous le gros édredon. Son corps en boule exhalait dans l'ombre tiède des draps une odeur humeuse pareille à celle des fourrés après une averse d'automne. Il aimait se couler dans cette touffeur, rouler sa tête dans l'épaisse chevelure déjetée sur son oreiller, et glisser vivement sa jambe entre les genoux repliés de sa femme. Il commençait toujours par s'imbriquer ainsi à son corps puis tous deux s'étreignaient selon un jeu d'enchevêtrement souple et rapide qui liait et déliait sans cesse leurs membres jusqu'à ce qu'ils se nouent complètement l'un à l'autre.

Dans l'amour Mélanie mettait autant de fougue que de silence comme si sa sensualité pleine d'ardeur devait rivaliser avec une pudeur farouche, ce qui donnait à leurs ébats des allures de lutte rituelle. Mais tout en Mélanie était ainsi tacite et contenu. D'ailleurs elle ne parlait que peu, s'exprimant surtout avec son corps et son regard. Elle semblait être habitée par un grand feu caché au-dedans de son ventre qui consumait les mots et élançait par contre de hautes flammes dans ses gestes et ses yeux.

Le siècle touchait à sa fin ; à son tournant, comme pour saluer ce renouveau du monde, Mélanie réenfanta. Cette fois-ci elle donna naissance à deux petites filles, également jumelles et marquées du signe d'or à l'œil gauche. À l'inverse de leurs frères elles prirent de leur mère l'épaisse chevelure noire et de leur père les traits plus anguleux du visage.

Une fois encore Victor-Flandrin éprouva cette impression étrange d'être face à une unique personne dédoublée comme en un miroir. Mais dans ce miroir-là également il apprit à distinguer les failles imperceptiblement glissées dans le jeu des reflets. En l'une, Mathilde, tout semblait avoir été taillé dans une roche dure, alors que l'autre, Margot, paraissait modelée dans quelque glaise douce. Et c'était sur de telles impondérables différences que se soudaient avec le plus de force l'intimité et l'attachement des jumeaux et des jumelles entre eux, chacun recherchant et aimant dans son double ce presque rien qui précisément lui manquait.

Les gens de Terre-Noire voyaient dans ce quatuor des enfants Péniel un nouveau signe de l'étrangeté de Nuit-d'Or-Gueule-de-Loup qui s'obstinait décidément à faire toujours tout dans l'excès et l'incongruité. Ces enfants du moins, sur lesquels rejaillissait d'emblée un peu de leur méfiance, n'avaient chacun qu'une seule tache d'or à l'œil gauche et surtout n'étaient pas affublés de cette effrayante ombre blonde et baladeuse de leur père. Mélanie pour sa part ne concevait ni trouble ni étonnement ; elle se sentait de taille à affronter toutes les autres doubles naissances qu'il lui serait donné d'accomplir. D'ailleurs elle n'était jamais si belle et bien portante que pendant ses grossesses ; elle aimait sentir mûrir en elle ce poids fantastique qui l'enracinait toujours plus solidement et profondément à sa terre, à la vie, à Victor-Flandrin. Pour elle, tout ce qu'il y avait de bon et de beau dans le monde relevait de la plénitude de la rondeur. Rondeur gravide d'herbe et de blé, de lumière, de bonheur, de désir et de force. Et sa tendresse pour les siens était à l'image de cette rondeur de la vie et de toutes choses au monde, — pleine, calme et voluptueuse.

À la rondeur des jours où elle voyait grandir ses enfants et fructifier ses champs succédait celle des nuits, plus ample et magnifique encore.

Victor-Flandrin lui, restait à l'aplomb de Dieu, de ce Dieu lointain sinon absent, vers lequel il ne fallait jamais cesser de tendre à travers vide afin de ne pas fausser l'équilibre du monde. Et ses enfants étaient pour lui autant de balanciers greffés sur son propre corps pour lui permettre d'assurer toujours davantage son assise sur la terre.

6

Le plus proche village de Terre-Noire se situait à quelque six kilomètres de la Ferme-Haute par la route. Mais cette route, coudée sur le flanc de la colline où se dressait la ferme, n'en finissait pas de contourner des fagnes, des saillies rocheuses, des petites combes emplies de broussailles épineuses. Puis elle traversait le hameau lové en contrebas ; serpentait le long de la lisière du bois des Amours-à-l'Évent, suivait un moment les méandres du Quinteux et s'élançait à nouveau à travers champs et prés pour atteindre enfin le village de Montleroy.

Aussi, lorsque ses fils furent en âge d'aller à l'école, Victor-Flandrin décida de tracer lui-même un chemin traversier qui coupait à travers ses champs, et obliquait ensuite droit vers une autre route plus courte et moins tortueuse en direction de Montleroy. Ainsi ses enfants n'auraient plus que trois kilomètres à parcourir chaque matin et chaque soir.

Augustin prit d'emblée goût à l'école et il s'attacha avec zèle à apprendre à lire et à écrire. Il éprouvait pour les livres une immense curiosité et les aimait tout autant pour leur poids dans ses mains, pour l'odeur doucereuse et le grain du papier, pour l'écriture imprimée noir sur blanc, que pour les illustrations qui venaient renforcer les mots. Et très vite il se prit à rêver à travers les livres et les images ; un livre particulièrement et deux images exaltèrent son imagination. C'était *Le Tour de France par deux enfants* de Bruno et les deux grandes cartes géographiques qui encadraient le tableau noir.

À droite du tableau trônait la France installée dans son millénaire équilibre hexagonal, — que rongeait toutefois d'un côté le chancre violet des nouvelles frontières délimitant les provinces perdues d'Alsace et de Lorraine. Ce vaste espace s'ouvrait comme la peau d'une bête mise à sécher où les fleuves traçaient leurs méandres bleu turquoise à travers les zones vertes des forêts et des cultures qu'étoilaient les taches noires de différentes grosseurs des préfectures et des sous-préfectures. Il connaissait par cœur le tracé de la Meuse et pouvait réciter comme une litanie le nom de toutes les villes bâties près de ses eaux.

À gauche du tableau faisait pendant un planisphère où les divers continents s'étalaient comme des taches d'encre claire sur le fond indigo des mers. Les noms de certaines de ces eaux, traversées de courants violents indiqués à force flèches d'un bleu sombre, l'enchantaient : Océan Pacifique, Océan Glacial Arctique, Mer Rouge et Mer Noire, Mer Baltique, Mer d'Okhotsk, Golfes d'Oman, de Panama, de Campèche et du Bengale. Tous ces noms ne signifiaient rien pour lui ; ils étaient des mots, des mots prodigieux, libres comme l'air et vifs comme des cris d'oiseaux. Il ne les récitait que pour jouir de leurs sons dans sa bouche.

Les terres émergées étaient teintes en ocre, les zones non encore explorées béaient dans le blanc, — quant aux territoires conquis par la France, ils exhibaient un rose vivace, délicieux. Ce rose des colonies, l'instituteur n'y pointait jamais le bout de sa règle sans quelque orgueil. « Voici la France africaine ! » disait-il en décrivant un vague cercle au centre du planisphère, « et là, voici la France annamite ! » continuait-il en rejetant sa règle vers l'est. Ces géographies lointaines et baladeuses égaraient tout à fait le petit paysan qu'était Augustin mais il n'en fit pas moins son espace de rêve et d'aventures imaginaires.

Mathurin ne partageait guère cet engouement de son frère pour l'école ; lui n'aimait rien tant que de courir les prés, de grimper dans les arbres dénicher les oiseaux et de fabriquer toutes sortes de choses qu'il taillait dans le bois. Les livres l'ennuyaient, il n'en aimait que les images. Il préférait apprendre à lire ailleurs, à même la terre qui l'entourait. Et cette terre lui suffisait ; il n'avait que faire de ces France lointaines, de ces France roses comme des bonbons, aux noms imprononçables, peuplées d'hommes de couleur.

Il aimait les bêtes, et particulièrement les bœufs. Les jours de foire il accompagnait toujours son père au bourg ; sur la grand-place était parqué le bétail. On pouvait voir là les plus beaux bœufs de la région.

Il aimait ces animaux pour leur force lente et paisible, pour la beauté de leur énorme corps au souffle chaud et tendre, et surtout pour l'extrême douceur de leurs yeux. À la ferme c'était lui qui s'occupait des bœufs.

Mathurin, avec l'aide de son père, avait construit une petite carriole. Les jours de beau temps il l'attelait à l'un des bœufs de la ferme et emmenait son frère et ses sœurs en balade le long de la mince route que leur père avait aménagée pour eux sur le versant ouest de la colline. Mais il lui arrivait même de partir seul ainsi en promenade certains jours de pluie. La carriole cahotait dans le chemin bourbeux et lui, assis derrière la croupe ruisselante du bœuf pataugeant, tenait les rênes de son attelage tel un capitaine le gouvernail de son navire pris dans une tourmente. Le monde autour de lui s'ouvrait alors comme un territoire libéré, fulgurant d'espace et de solitude.

Au retour de ses escapades, il retrouvait toujours sa mère debout sur le seuil de la ferme à l'attendre et dès qu'il arrivait, trempé et plein de boue, elle se saisissait de lui et l'emportait en maugréant près de l'âtre pour le frotter et le sécher. Mais les semonces de Mélanie dénotaient plus sa tendresse pour l'enfant mise en alarme par son imprudence que de la colère. De tous ses enfants Mathurin était celui qui lui était le plus proche car il avait de la terre un sens et un amour pareils aux siens. Augustin également l'attendait, mais lui ne disait rien. Il regardait son frère revenir de la pluie en silence, d'un air triste qui semblait lui faire reproche de l'avoir laissé seul. Ce n'était pas qu'il aimât particulièrement les bœufs ou les promenades sous la pluie, mais il ne pouvait se passer de son frère. D'ailleurs, lorsque celui-ci quitta l'école, Augustin fit de même, malgré son désir de continuer à étudier.

Victor-Flandrin, lui, gardait la nostalgie des chevaux. Ceux-ci avaient été les seuls compagnons de son
enfance solitaire. Un jour de foire il revint donc avec
un cheval de trait à robe baie empanaché d'une
magnifique queue brune à reflets roux aussi touffue et
lustrée que la chevelure de Mélanie. Il nomma le
cheval Escaut, en souvenir de sa vie d'autrefois,
lorsqu'il n'était pas encore tout à fait de la terre, et
dont lui seul conservait mémoire. Tous ses enfants
étaient nés sur ce sol que lui avait mis près de vingt
ans à atteindre, et déjà leur mémoire était autre.

Mais il rapporta également autre chose du bourg,
quelque chose de beaucoup plus fantastique encore, et
qui réconcilia la mémoire de tous en l'éveillant à des
images absoutes du temps et de l'espace, — sinon
ceux du seul songe.

C'était une boîte, une grosse boîte noire en carton
toilé. Elle enfermait une autre boîte de forme plus
compliquée, en tôle peinte au vernis couleur de prune
rehaussée à sa base d'une frise de petites fleurs roses et
jaunes. Cela ressemblait à une sorte de poêle minia-
ture armé de deux tuyaux, l'un horizontal et l'autre
vertical. Le premier était court et large et se terminait
par une petite lucarne ronde, l'autre était beaucoup
plus long et son sommet était crénelé.

Quand Victor-Flandrin ramena cette boîte mysté-
rieuse à la ferme il ne voulut rien en dire et il l'enferma
au grenier où il passa plusieurs soirées à travailler
seul, en grand secret. Enfin un soir il convoqua toute
sa famille et Jean-François-Tige-de-Fer au grenier et
les invita à s'asseoir sur les bancs qu'il avait installés
face à une tenture de coton blanc translucide derrière
laquelle se profilait la fameuse boîte posée sur une
table. Il se glissa derrière cet écran et s'activa un
moment autour de la boîte dont le hublot projeta

soudain une vive lumière qui illumina la toile tandis qu'une vague fumée s'échappait de la cheminée crénelée. Alors surgirent des animaux fantastiques dans l'obscurité du grenier. D'abord une girafe couleur d'orange occupée à brouter un petit nuage dans le ciel, puis un rhinocéros cuirassé de noir bleuâtre, un singe hilare suspendu par un bras dans le vide à la branche d'un bananier, un paon faisant la roue, une baleine sautant hors des vagues bleu turquoise et jetant une grande fleur d'eau dans le ciel, un ours blanc en équilibre sur une roue, tenu en laisse par un bohémien en costume chamarré, un dromadaire endormi sous un ciel étoilé à côté d'une tente à rayures vertes et jaunes, un hippocampe bombant son torse comme une armure de bronze, un perroquet rose et rouge perché sur la trompe levée d'un éléphant, et bien d'autres créatures encore qui émerveillaient les enfants. Puis passèrent des trains enguirlandés de fumées noires, des paysages sous la neige, des scènes comiques de petits personnages biscornus et des scènes plus terrifiantes montrant des diablotins armés de fourches, des fantômes volant sous la lune et toutes sortes de monstres ailés, cornus, onglés, griffus, tirant la langue et roulant de gros yeux. La séance dura longtemps et se renouvela souvent tout au long de l'hiver.

Lorsqu'il s'enfermait ainsi avec tous les siens dans la pénombre du grenier et qu'il manipulait pour eux sa lanterne magique, Victor-Flandrin ressentait ses plus vives joies. Il lui semblait alors que c'étaient ses propres rêves qu'il projetait, des images inscrites au-dedans même de son corps et qu'ainsi il partait en voyage avec tous ceux qu'il aimait dans des paysages intérieurs connus d'eux seuls, et ces géographies uniquement faites de taches de couleurs et de lumière les conduisaient plus loin encore, dans les coulisses du temps et de la nuit, là où les morts gardent séjour. Il n'allumait d'ailleurs jamais la lampe à huile pour la glisser dans la chambre noire de la lanterne sans repenser à sa grand-mère ; c'était à chaque fois comme si la mince flamme qui donnait vie à toutes ces images n'était autre que le sourire de Vitalie. Il finit même par confectionner lui-même ses propres images en peignant sur des plaques de verre de naïfs dessins de péniches halées par des chevaux, et illustra les histoires qu'il avait si souvent racontées à ses enfants.

7

Avec le printemps firent retour les travaux et les séances de magie lumineuse se firent plus rares. Mais la nature remettait en mouvement sa propre magie. Émergeant tout juste de la neige elle se reprenait à fleurir, fructifier et pousser. Les oiseaux rentraient de leur long exil en criaillant à travers ciel et retrouvaient leurs nids enfouis dans les arbres, les fourrés ou les berges des ruisseaux et des marais. Les bêtes sortaient de la torpeur des étables le corps gonflé de faim nouvelle et braillant de désir. Escaut, qui n'avait pas de jument à saillir, braillait plus fort et farouchement que tous.

La magie du printemps opérait même en lui avec une telle vigueur qu'il semblait ne plus pouvoir tenir en place. Un matin il s'échappa des mains de Victor-Flandrin et de Jean-François-Tige-de-Fer occupés à l'atteler à la charrette. C'était jour de foire et Victor-Flandrin se préparait à partir au bourg avec ses fils.

Escaut renversa les deux hommes ainsi que la charrette qui bascula sur le flanc et il se précipita au milieu de la cour où la volaille s'égailla en tous sens en piaillant. Puis il se mit à s'agiter sur place devant les marches de la maison, martelant les pavés à grands coups de sabot et agitant sa lourde tête comme s'il était en proie à quelque danse incantatoire. Les hennissements qu'il poussait étaient si rauques qu'ils semblaient provenir d'un autre corps que le sien, — d'un corps archaïque enfoui au fond de ses flancs distendus. Mélanie, alertée par tout ce vacarme, sortit précipitamment de la cuisine, le tablier retroussé à la taille où elle s'essuyait les mains couvertes de farine. Elle n'eut pas le temps de reculer ; d'une ruade le cheval la précipita contre l'escalier qu'elle venait juste de descendre et elle chuta à la renverse, écartant les bras comme un pantin disloqué tandis que son tablier lui retombait sur le visage. Escaut rua encore une fois dans le vide et continua sa course vers les granges en hennissant de plus belle.

Nuit-d'Or bondit à son tour vers l'escalier, suivi par Jean-François-Tige-de-Fer qui se tenait les reins en avançant clopin-clopant. Mélanie n'avait pas bougé, elle gisait écartelée en travers des marches, le haut du corps dissimulé sous son tablier gris à petites fleurs mauves, les mains enfarinées ballant dans le vide et les pieds drôlement pointés en l'air dans ses sabots tout de guingois.

Les quatre enfants étaient également accourus et se tenaient serrés les uns contre les autres au pied de l'escalier, fixant leur mère bouche bée, les yeux écarquillés de surprise et d'effroi. Nuit-d'Or retira le tablier de dessus le visage de Mélanie. Elle aussi était bouche bée, mais ses étroits yeux noirs jetaient un

regard plus vif et aigu que jamais. « Ma..aal.. »,
gémit-elle sans bouger la tête.

Margot commença à pleurer mais sa sœur aussitôt
la secoua rudement. « Tais-toi, idiote ! Maman n'a
rien ! Elle va se relever, lui affirma Mathilde. — Sûr,
qu'elle va se relever ta mère, fit Tige-de-Fer en écho,
c'est qu'elle est dure, tu sais... » Mais sa voix était
morne et ses yeux déjà s'embuaient de larmes.

Nuit-d'Or saisit tout doucement Mélanie par les
épaules et Tige-de-Fer lui prit les jambes puis tous
deux la soulevèrent. Elle poussa un cri suraigu qui
faillit faire lâcher prise aux deux hommes. Margot se
sauva à l'autre bout de la cour sans plus se retenir de
pleurer. Augustin se tenait raide comme un piquet
aux côtés de son frère qui lui serrait la main à lui
briser les doigts. Les deux hommes réussirent avec
difficulté à monter Mélanie jusqu'à la chambre et
l'installèrent sur le lit. Son visage était si blême qu'il
semblait lui aussi avoir été couvert de farine.

Mélanie ne quittait pas des yeux Victor-Flandrin,
fixant sur lui un regard à la fois implorant et
enflammé. Mais lui n'aurait su dire de quoi brûlait ce
regard, — de colère, de désir, de peur, de désespoir ou
de douleur. Peut-être de tout cela à la fois d'ailleurs.
Elle voulut parler, mais elle avait beau ouvrir en
grand la bouche, aucun son n'en sortait, sinon un
affreux râle qui lui tordait les lèvres. Nuit-d'Or
approcha son visage tout près du sien, essuyant son
front trempé de sueur. Des mèches de cheveux se
collaient sur ses tempes, ses joues, son cou. Pour la
première fois il remarqua que quelques cheveux
blancs striaient la lourde chevelure brune de sa femme
et pour la première fois il prit conscience de tout ce
flux d'années passées depuis son arrivée à Terre-
Noire. Il mesura aussi combien il s'était lié à cette

femme, au point de ne plus distinguer sa propre vie de la sienne, et c'était un peu lui-même qu'il tenait là, gisant et gémissant, une part surprenante de lui-même. Elle essaya de soulever sa tête vers lui mais retomba tout aussitôt.

Elle eut la sensation étrange de retomber non pas contre les oreillers mais de sombrer dans quelque puits sans fond, moelleux de boue et de silence. Nuit-d'Or avait beau la tenir solidement par les épaules, elle n'en continuait pas moins à couler lentement dans cette boue obscure et douce. Il glissa ses bras sous son torse et la souleva à nouveau légèrement, la pressant tout contre lui. Elle s'agrippa à ses épaules, la tête enfouie au creux de son cou, cherchant dans la force et l'odeur du corps de son mari un refuge contre cet envasement qui l'emportait. Mais cette boue était tellement visqueuse qu'il semblait impossible de lui faire lâcher prise.

Un moineau aventuré sur le rebord interne de la fenêtre sautillait gaiement en poussant des petits cris grêles. Le matin baignait la chambre de clarté bleue et de fraîcheur. Mélanie eut soudain l'impression que le moineau était rentré en elle, qu'il était son cœur. « Piou piou piou », faisait-il en sautillant toujours plus vivement. Des taches d'un vert très tendre et lumineux s'essaimèrent dans ses yeux comme une nuée d'éphémères. « Piou piou piou... » Ça sautillait dans son ventre maintenant comme si son cœur avait roulé jusqu'au fond de ses entrailles.

À force de tressauter ainsi tout finit même par se décrocher et s'emporter dans un énorme flux de sang qui lui éclaboussa les cuisses et le bas-ventre. Elle s'accrocha plus tenacement encore à Victor-Flandrin, non plus pour se retenir, car il était trop tard maintenant, elle se sentait irrémédiablement aspirée dans ce remous de boue gluante, mais pour l'emporter avec elle dans sa chute et son enlisement.

Elle ne voulait pas le lâcher, car il lui était plus que sa propre vie, et mourir sans lui était comme perdre son salut. Elle l'aimait d'un amour trop farouche, trop charnel, pour ne pas ressentir en cet instant de perte et de disparition l'effroi de la jalousie. Elle en oubliait tout, ne songea même pas à ses enfants, à sa terre, ni surtout au mystère terrifiant qui s'ouvrait déjà à elle, — en elle. « Ne me laisse pas ! Ne me quitte pas ! » voulut-elle lui crier. Mais le goût du sang lui empoisonnait la bouche et déjà la mort lui encombrait la gorge de silence. Elle s'agrippa si fort à lui qu'elle lui déchira sa chemise et lui griffa le cou. Son corps n'éprouvait rien d'autre que l'insoutenable déchirement de son amour, et cette douleur se fit bientôt fureur, basculant d'un coup cet amour hanté de jalousie dans les affres de la haine. « Piou, piou, piou... », ressassait le moineau sautillant au soleil.

À l'instant où elle sentit son cœur la lâcher elle resserra encore plus violemment son étreinte, enfonçant ses ongles dans le cou de Victor-Flandrin et le mordant à l'épaule. Mais plus que ces griffades et cette morsure qui venaient de lui déchirer la peau, il ressentit la pétrification soudaine des ongles et des dents de Mélanie incrustés dans sa chair. Il tenta de se dégager de son étreinte mais elle lui opposa une invincible résistance. La mort lui donnait plus de puissance qu'elle n'en avait jamais eu de son vivant.

Nuit-d'Or fut soudain pris de peur ; l'image du loup dont il portait la peau lui traversa vivement la mémoire. Il le revit rôdant dans la clairière, la gueule retroussée sur ses crocs prêts à mordre, ses yeux obliques couleur de miel, fluorescents, et il eut l'impression que la lutte qui n'avait alors pas eu lieu s'accomplissait maintenant. Il n'avait jusqu'alors jamais connu vraiment la peur, pas même lors de la nuit du loup. Le jour où son père lui avait tranché deux doigts il lui avait du même coup fauché à ras cet obscur sentiment de la peur. Un autre sentiment avait poussé à la place, — celui de la révolte. Et même durant son séjour au fond des mines où la mort organisait régulièrement des rafles, il n'avait jamais éprouvé la peur. Devant les corps de ses camarades de travail pulvérisés par les coups de grisou ou écrasés sous les éboulis, il n'avait ressenti que colère et révolte, mais point de peur. Il n'avait jamais craint pour sa vie. Or voilà que la peur surgissait brutalement, le surprenant dans sa propre chambre, par un beau matin de printemps grisollant, à travers le corps de celle qui avait été sa compagne, sa femme, son amour.

La folie de son père avait donc peut-être bien coupé à ras sa peur mais elle n'en avait pas extirpé les racines. Et maintenant la peur poussait vivement en graine, ardue comme une touffe de chiendent. Cela se mit même à si bien fleurir et proliférer que ça étouffa tout autre sentiment, le privant de mémoire, de chagrin, de pensée. Mélanie n'avait plus ni nom ni histoire, elle venait même de perdre visage. Elle n'était plus qu'une femelle-louve gravide de mort, dont les crocs et les griffes le tenaient prisonnier. Il essaya à nouveau de s'en libérer, mais elle ne desserra aucunement sa prise.

Les écorchures à son cou commencèrent à l'élancer et son épaule mordue devenait de plus en plus endolorie. Exaspéré par la résistance obstinée de la morte-de-proie il finit par se saisir d'un des lourds sabots de bois dont il était chaussé et en assena de violents coups sur les mains et la mâchoire crispées sur lui. Les doigts craquèrent avec un bruit sec de fagot jeté au feu, la mâchoire accusa le coup avec un son plus mat. Ces bruits résonnèrent à l'intérieur de son propre corps comme si on fracassait en lui quelque organe de plâtre.

L'étreinte se desserra enfin et il se redressa aussitôt en repoussant brutalement le corps vaincu. Il se rechaussa et s'éloigna du lit, allant à la fenêtre comme pour chercher un air plus vif. L'oiseau, toujours occupé à gambader sur le rebord en sifflotant, n'eut pas le temps de s'envoler. Nuit-d'Or l'attrapa et l'enferma dans sa main. Il se sentait en proie à une fureur fantastique. Le moineau cessa immédiatement son gazouillement et se recroquevilla en tremblant dans l'étau abattu sur lui. Nuit-d'Or sentait le cœur minuscule de l'animal terrorisé battre au creux de sa paume et l'envie le prit de le briser net dans son poing, pour en finir avec cette peur-là également. Toute forme de peur d'un coup le dégoûtait. Le moineau, à moitié suffocant, tentait de maintenir sa tête en l'air et gardait son bec entrouvert.

Nuit-d'Or éleva sa main et considéra de près le misérable volatile. Il s'apprêtait à lui briser sa noisette de crâne contre le montant de la fenêtre quand son attention fut arrêtée par l'œil de sa victime, pas plus gros pourtant qu'une tête d'épingle et quasi dépourvu de regard. Mais dans cet œil infime se clamaient tant de douceur et de fragilité, tant de supplication, qu'il ne trouva pas la force d'accomplir son geste. La peur et la colère s'éclipsèrent ensemble, chassées d'un coup par un autre sentiment, qui ne portait aucune violence celui-là, mais au contraire était tout à fait désarmant. C'était la honte, qui avant même d'atteindre sa conscience venait de la toucher dans son corps en lui effleurant le creux de la paume tiédie et imperceptiblement battue par le cœur affolé du moineau. Sa main s'ouvrit en grand, libérant l'oiseau qui s'enfuit d'un vol d'abord mal assuré en zigzaguant puis fonça droit vers le potager où il disparut. Nuit-d'Or retourna vers le lit.

Mélanie gisait en boule sur l'édredon maculé de sang. Sa peau était d'une pâleur extrême ; elle s'était vidée complètement de son sang. Il se pencha à nouveau vers elle et s'efforça de lui rendre une position plus digne, celle que l'on donne toujours aux morts. Son corps était redevenu étonnamment docile, se laissant manier comme une poupée de son. Ses doigts brisés étaient complètement mous et se tordaient n'importe comment. Quant à sa mâchoire elle était si disloquée qu'elle ne cessait de retomber lamentablement sur sa poitrine, donnant au visage livide un aspect grotesque. Nuit-d'Or arracha un pan de tissu au rideau du lit et le noua autour de la tête de Mélanie. Il lui vint alors à l'idée de vêtir entièrement Mélanie dans le tissu de ces rideaux d'indienne à larges fleurs rouges, roses et orangées. C'était elle qui avait acheté ce tissu l'année précédente, mais au lieu d'y tailler une robe et des tabliers pour elle et ses filles elle avait choisi d'y confectionner des rideaux pour le lit. Dès les premiers beaux jours elle avait retiré les lourds rideaux de lainage qui tenaient l'hiver leur couche au chaud pour installer ces nouveaux rideaux fleuris à leur place. Ils ne servaient en fait à rien, sinon à jouer avec la lumière. Mélanie aimait voir poindre le matin à travers ce tissu bariolé et léger, la lumière montante éclaboussant alors l'espace du lit de flaques de couleurs vives. Lui-même aimait contempler cette clarté aqueuse du matin glisser sur la peau nue de

Mélanie qui se moirait ainsi de reflets rosâtres délicieusement tendres.

Il entreprit de la déshabiller puis de la laver de tout ce sang déjà séché qui cuirassait sa peau de croûtes noirâtres. Il redescendit à la cuisine chercher de l'eau. Il ne prêta même pas attention à ses enfants assis autour de la table, terrés dans le silence et l'attente. « Papa, demanda soudain Mathilde d'une voix bizarrement assourdie, c'est quoi tout ce sang ? » Mais il ne répondit pas et se hâta de quitter la cuisine avec ses brocs d'eau.

Dès qu'il eut achevé la toilette de Mélanie il arracha les rideaux du lit et enroula dedans le corps des épaules aux chevilles. Avec sa peau devenue couleur de plâtre, son visage enturbanné et son corps drapé dans le tissu à fleurs, Mélanie ne se ressemblait plus. Il la contemplait sans la reconnaître, ahuri de la voir si blanche et immobile, et si petite aussi. D'un coup en effet Mélanie semblait avoir perdu sa robustesse et ses rondeurs ; elle se tenait toute serrée et rapetissée au milieu du lit devenu trop grand pour elle. Il n'entendit pas les discrets coups frappés à la porte et les pas de ses enfants se faufilant dans la chambre. Ils se glissèrent jusqu'au lit et fixèrent longtemps, sans comprendre, la scène étrange qui s'offrait à eux : les draps, l'édredon et les vêtements de leur mère tachés de sang jetés en vrac dans un coin, leur père debout face au lit et leur tournant le dos. Ses épaules leur parurent fantastiques de largeur. Et puis là-bas au creux du lit défait il y avait cette toute petite femme à demi nue, ridiculement entortillée dans les rideaux.

« Où est maman ? » demanda brusquement Mathurin qui ne pouvait reconnaître sa mère dans ce pauvre mannequin couché là devant eux. Nuit-d'Or sursauta et se retourna vers les enfants. Il ne sut quoi leur répondre. Margot s'avança plus près du lit et s'exclama, comme dans un rêve : « Oh ! On dirait une poupée ! Maman est devenue une poupée !... Qu'elle est jolie !... — Maman est morte », interrompit brutalement Mathilde. « ... Elle est jolie... », répéta Margot qui ne prêtait plus aucune attention aux autres. « Maman est morte ? » demanda Augustin mal assuré du sens exact de ces mots. « Jolie... jolie... jolie... », murmurait inlassablement Margot penchée au-dessus de sa mère. « Elle est morte », assena à nouveau Mathilde.

Nuit-d'Or voyait ses enfants se distordre devant ses yeux comme s'ils étaient la proie des flammes. Il éclata subitement en sanglots et s'effondra au pied du lit. Plus que la mort de leur mère, les larmes et l'effondrement de leur père terrifièrent les garçons. Augustin se plaqua contre le mur et se mit à débiter d'un ton mécanique, à toute vitesse, la liste des départements et de leurs chefs-lieux par ordre alphabétique : « Ain, préfecture Bourg-en-Bresse / Aisne, préfecture Laon / Allier, préfecture Moulins... »

Mathilde s'avança vers son père et, cherchant à lui relever la tête de force, elle lui dit : « Papa, ne pleure pas. Moi, je suis là. Je ne te quitterai jamais. Jamais, c'est vrai. Et jamais ne ne mourirai. » Nuit-d'Or attrapa l'enfant dans ses bras et la pressa contre lui. Il n'avait rien compris de ce qu'elle venait de raconter, — mais elle, elle savait ce qu'elle venait de dire. C'était une promesse, et elle s'engageait absolument à la remplir. Mathilde devait effectivement passer sa vie à tenir sa promesse qu'elle seule avait entendue et par laquelle elle allait s'astreindre à une indéracinable présence auprès de son père. Une présence qui ne devrait d'ailleurs cesser de se grever de solitude et d'insolence, car sa promesse de veille, et de fidélité s'était doublée d'une farouche jalousie, comme si elle n'avait su prendre pour part d'héritage de sa mère que son amour entier et possessif pour Victor-Flandrin. « Jolie, jolie... », chuchotait toujours Margot en caressant timidement les joues glacées de Mélanie. « ... Somme, préfecture Amiens/Tarn, préfecture Albi... », continuait Augustin d'un air buté comme un gamin mis au piquet et forcé de réciter cent fois une leçon en punition.

Nuit-d'Or repoussa soudain Mathilde et se releva comme si rien ne s'était passé. Il semblait avoir tout ravalé avec ses larmes, — la peur, la honte, le chagrin. Il quitta la chambre sans se retourner, dévala les escaliers et sortit sur le seuil. Escaut s'était calmé ; posté au milieu de la cour il dandinait sa lourde tête comme s'il avait voulu la rouler dans le soleil qui était déjà haut et blanchissait le ciel pommelé de petits nuages ronds. Nuit-d'Or se dirigea vers la grange, en ressortit armé de la grosse hache à bois, retraversa la cour et marcha droit vers le cheval.

Dès qu'il sentit son maître approcher Escaut se mit à piaffer puis tourna vers lui sa tête en la balançant doucement dans le vide comme s'il se préparait déjà à la frotter contre son épaule. Mais Nuit-d'Or esquiva les caresses du cheval, le contourna un peu sur le côté et, assurant fermement le manche de l'instrument dans ses mains, il prit à la fois équilibre et élan, dressa bien haut la hache et l'abattit lourdement sur le cou de l'animal. Escaut eut un drôle de tremblement par tout le corps qui le déséquilibra, comme s'il dérapait sur une plaque de glace. Le cri qu'il proféra était plus un braillement affreusement rauque qu'un hennissement. Nuit-d'Or releva sa hache et assena un nouveau coup. Le cri du cheval monta sans transition à l'aigu pour s'enrouer à nouveau. Ses pattes commencèrent à fléchir. Pour la troisième fois Nuit-d'Or abattit sa hache, visant toujours l'énorme entaille qu'il lui avait ouverte à l'encolure. Cette fois Escaut s'effondra. Le sang giclait par jets saccadés et formait déjà une mare gluante et brune sur le sol. Nuit-d'Or s'acharna sur le cheval renversé jusqu'à ce qu'il lui eût complètement décollé la tête. Le corps décapité continua un moment à s'agiter, secouant convulsivement ses pattes dans le vide. La tête gardait ses yeux encore exorbités de frayeur qui fixaient sur leur maître un regard incrédule.

Comme autrefois les paysans suspendaient les dépouilles des loups qu'ils avaient réussi à tuer aux branches des arbres à l'entrée de leurs villages pour mettre en garde leurs compères et les tenir éloignés de leurs fermes, Nuit-d'Or accrocha la tête du cheval au fronton du porche de la cour. Mais ce défi ne s'adressait à aucun autre animal ni même aux hommes, — il ne visait que Celui à l'aplomb duquel la mort surgissait toujours sans rime ni raison, se permettant de saccager d'une simple ruade la lente et laborieuse construction du bonheur des hommes.

Pendant des jours le porche de la ferme de Nuit-d'Or-Gueule-de-Loup ouvrit le bal aux busards, aux autours et aux milans.

Mélanie quitta la Ferme-Haute par le chemin des écoliers, elle n'eut pas ainsi à passer sous la tête d'Escaut livrée en pâture aux rapaces, — et dont le crâne devait longtemps armorier la ferme des Péniel.

Victor-Flandrin refusa que le corps de sa femme soit conduit au cimetière dans la charrette attelée aux bœufs. Il chargea le cercueil sur une simple brouette qu'il convoya lui-même tout le long du chemin qu'il avait ouvert à travers ses champs et la mena ainsi, escorté de ses enfants et de Jean-François-Tige-de-Fer, jusqu'à l'église de Montleroy autour de laquelle s'étendait le cimetière où reposaient déjà le père Valcourt ainsi que tous les ancêtres de Mélanie.

Dès le retour de l'enterrement Mathilde assuma la succession de sa mère, prenant en main la tenue de la maison et s'occupant de tous. Personne, à commencer par Nuit-d'Or, ne s'opposa à l'autorité de cette enfant de sept ans qui d'emblée sut mener le train de la vie familiale avec rigueur et adresse. Augustin, qui avait quitté l'école depuis déjà plus d'un an, y retourna pour accompagner Margot qui continuait à s'y rendre, selon le vœu même de Mathilde qui rêvait de voir sa sœur devenir plus tard institutrice. Margot d'ailleurs se rodait déjà à ce rôle en partageant chaque soir à son retour ce qu'elle avait appris en classe avec Mathilde et Mathurin. Ainsi se transformèrent les relations des enfants entre eux maintenant que l'entourage adulte leur faisait défaut.

Nuit-d'Or, avec la mort de Mélanie, se referma en effet comme un sauvage sur son deuil, ne parlant plus guère aux siens et s'attardant encore davantage dans ses champs et ses travaux. Il semblait qu'avec Mélanie l'enfance de tous avait été portée en terre. Et puis, quelque chose du regard d'Escaut frappé de stupeur et de crainte par le geste fou de Victor-Flandrin se reflétait dans les yeux et le cœur des enfants. Même pour eux, dorénavant, il était devenu Nuit-d'Or-Gueule-de-Loup, un homme doué d'une force rare, terrible même, traînant partout son ombre trop blonde, et portant à son cou, autour du collier des sept larmes de son père, les traces des doigts de Mélanie comme un second collier incrusté à même la chair.

Quant à Jean-François-Tige-de-Fer, lui-même inconsolé de la mort de sa maîtresse, il errait incessamment dans l'ombre des enfants, cherchant maladroitement auprès d'eux un peu de pitance affective dont son cœur, — le seul d'entre eux tous qui soit demeuré à ce point naïf et vulnérable, était affamé jusqu'aux larmes.

NUIT DES ROSES

III

NUIT DES ROSES

« ... Eh bien ! moi je suis *l'Enfant...*, avait-elle écrit. Ce ne sont pas les richesses et la Gloire (même la Gloire du Ciel) que réclame le cœur du petit enfant... Ce qu'il demande c'est l'Amour...

« Mais comment témoignera-t-il son *Amour*, puisque *l'Amour* se prouve par les œuvres ? Eh bien le petit enfant *jettera des fleurs.*

« ... je n'ai d'autre moyen de te prouver mon amour, que de jeter des fleurs, c'est-à-dire de ne laisser échapper aucun petit sacrifice, aucun regard, aucune parole, de profiter de toutes les plus petites choses et de les faire par amour... Je veux souffrir par amour et même jouir par amour, ainsi je jetterai des fleurs devant ton trône ; je n'en rencontrerai pas une sans *l'effeuiller* pour toi... puis en jetant mes fleurs, je chanterai... je chanterai, même lorsqu'il me faudra cueillir mes fleurs au milieu des épines et mon chant sera d'autant plus mélodieux que les épines seront longues et piquantes [1]... »

Mais elle avait dû fermer le petit cahier noir où elle effeuillait son amour tant les épines étaient devenues

---

1. Sainte Thérèse de Lisieux, *Cahiers.*

longues et déchirantes. Et elle était entrée en agonie. Elle, l'enfant aux roses. « Ma Mère, est-ce l'agonie ? avait-elle demandé. ... Comment vais-je faire pour mourir ? Jamais je ne vais savoir mourir !... » Et elle s'était encore écriée : « Mais c'est l'agonie toute pure, sans aucun mélange de consolation... » Elle était morte cependant, absoute de tout repentir de s'être livrée aussi absolument à son amour.

Des fleurs, il en poussait partout de par le monde, même à Terre-Noire, là-bas, dans ce petit recoin de terre austère oublié de tous. Il en poussait des sauvages, dans les forêts et les clairières, dans les prairies, les champs et les tourbières, au bord des ruisseaux et des marais et jusque dans les décombres. Il en poussait d'autres aussi, dans les jardins et dans les serres, que l'on dressait à être belles. Mais la beauté est épineuse, imprévisible et coléreuse, comme peut l'être l'amour.

Victor-Flandrin, dit Nuit-d'Or-Gueule-de-Loup, gardait de l'une et de l'autre un goût amer qui lui faisait violence, car toujours s'y mêlaient d'âcres relents de sang.

Mais la beauté, comme l'amour, veulent toujours faire retour et monter à l'aigu. Et ils ont de l'enfance le charme allègre et insolent, l'instinct du jeu, l'art de la séduction et l'absence de remords.

Des fleurs, ça poussait même en pagaille à la Ferme-Haute ; il y en avait jusque sur les rideaux de lit et dans la mémoire des enfants. Et toutes demandaient à être effeuillées. Mais les Péniel, en ce temps-là, n'avaient pas encore connaissance d'un chant tel que celui célébré par cette enfant-aux-roses consumée de passion. La beauté et l'amour leur flambaient si violemment dans les mains qu'ils ne connaissaient du désir que la force d'élan, la flamme jaillissante, et son déclin en cri.

Mais les plus simples mots jetés dans un cahier ont besoin, pour effeuiller leur voix, de se tenir longtemps reclus dans le silence, de se désœuvrer dans l'oubli. Et un tel chant, peut-être, ne devient-il audible qu'à ceux qui à leur tour traversent en s'étonnant une pure agonie, dénuée de toute consolation.

1

Le règne de Mathilde dura moins de cinq ans. Une autre femme vint, qui la déposséda. En fait, cela ne fut qu'une apparence qui ne causa qu'un bref ébranlement. Mathilde surabondait d'orgueil et de volonté, tandis que l'autre souffrait d'une alarmante carence d'être.

Ce fut Margot qui provoqua la venue de cette femme. Alors âgée de onze ans, elle continuait toujours à fréquenter l'école, mais depuis quelque temps elle s'y rendait seule, Augustin ayant rejoint définitivement son père et son frère dans les travaux des champs et de la ferme. Alors souvent en chemin elle oubliait sa destination et s'égarait ailleurs. Toujours ailleurs, du côté de l'église de Montleroy. C'était une très vieille église, dédiée à saint Pierre dont elle portait le nom et qu'elle célébrait une fois l'an à force carillonnement de sa cloche au son fêlé. Mais Margot n'y rentrait pas, elle restait dehors, dans le cimetière qui entourait l'église où elle se promenait toujours un moment avant d'aller s'asseoir près de la tombe des Valcourt. Là, elle extirpait du fond de son sac un petit paquet qui enveloppait la poupée qu'elle s'était fabriquée. C'était une poupée de toile grossièrement cousue, bourrée de paille et affublée de cheveux en laine noire. Elle la posait sur ses genoux et la langeait alors dans un bout de tissu d'indienne à fleurs rouges, roses et orangées. Puis elle s'appliquait à prodiguer à la poupée des soins pleins de tendresse, lui peignant les cheveux, la berçant, lui racontant des histoires, et surtout lui donnant à manger. Peu importait la nature du repas qui pouvait aussi bien se composer de terre, de mousse ou de brindilles, — ce qui comptait, c'était qu'elle mange. Mais un jour cela parut soudain insuffisant à Margot qui se mit à craindre pour sa mère le froid et l'humidité de la terre. Elle entreprit de couvrir la tombe avec tout ce qui traînait alentour, allant jusqu'à ramasser les croix et les fleurs posées sur les autres pierres. Elle ne fit que ressentir alors un froid plus douloureux encore devant tous ces Christ à demi nus, exposés au vent et à la pluie, et elle décida de les enfouir à leur tour dans la terre. Mais cela ne put suffire cependant à calmer son inquiétude ; le froid s'était insinué en elle jusqu'à lui glacer le cœur. Une autre idée lui vint. Elle rentra dans l'église, s'avança jusqu'au chœur, grimpa sur l'autel et arracha le Christ en bois doré de la croix trônant devant le tabernacle. À sa place elle suspendit sa poupée en robe à fleurs et reposa le crucifix. Puis elle collecta toutes les petites veilleuses qui nimbaient les pieds des statues des saints de faibles lueurs rougeoyantes et les regroupa autour de la croix. Cela formait ainsi sur l'autel comme un parterre de roses écloses sur leurs globes d'étamines en feu. La poupée mise en croix jetait, dans ce sourd rougeoiement, une ombre tremblante sur le rideau brodé du tabernacle. Cette métamorphose de sa poupée en coulées d'ombre et de lumière teintées de rouge, de rose et d'orangé enchanta Margot qui trouvait là l'image si longtemps recherchée de sa mère disparue. Une image qui magnifiait la mort et sécurisait enfin sa propre peur. Dressée sur la pointe des pieds, les bras accoudés à l'autel, elle admirait sa poupée flamboyante suspendue à la croix avec des airs de danseuse.

Elle fut tirée de sa contemplation par un bruit de toux rauque et saccadé auquel elle reconnut aussitôt le père Davranches.

Le curé de Montleroy, dont la maison jouxtait le mur du cimetière, était un homme vieilli prématurément par la maladie et, plus les années passaient, puis il se claquemurait dans un mutisme morose dont il ne sortait que pour ses prêches et les litanies, et pour tousser. Sa toux explosait toujours par rapides rafales de sons creux qui lui secouaient violemment les épaules et l'interrompaient à tout moment dans la moindre de ses activités. C'est pourquoi il avait fini par ne presque plus parler car il ne pouvait achever une phrase sans être coupé par une de ces quintes au sortir desquelles il perdait souvent le fil de sa pensée. Cet égarement perpétuel que provoquait son incurable tousserie le jetait parfois dans des rages formidables et il n'était pas rare que ses sermons ainsi frappés d'incohérence se terminent en vitupérations et trépignements du haut de sa chaire. Son impatience et sa colère s'excitaient particulièrement à l'égard des enfants qui le surnommaient le Père-Tambour et se moquaient de lui à toute occasion. Aussi Margot fut-elle prise de frayeur dès qu'elle l'entendit arriver et elle se faufila prestement dans le confessionnal accoté à la petite chapelle latérale.

Le père Davranches se heurta à un banc ce qui aggrava sa toux et du même coup sa mauvaise humeur. Margot, terrée dans la pénombre humide du confessionnal, sentait son cœur battre avec une telle force qu'elle redouta que le Père-Tambour ne l'entende. Mais toute l'attention de celui-ci venait d'être happée par le spectacle de l'autel dont la croix profanée arborait une affreuse poupée de chiffon. Margot ne comprit pas les exclamations qu'il proféra en s'élançant vers l'autel, il lui sembla seulement qu'il rugissait. Ce rugissement ne tarda pas évidemment à s'étouffer en une toux plus brutale que jamais.

Cette quinte n'en finissait pas, elle dura même tant qu'elle se transforma en crise convulsive à travers tout le corps du pauvre homme qui tournait comme une toupie sur les marches de l'autel en tapant des pieds par colère et dépit.

Margot, qui ne cessait de se recroqueviller dans son coin, se boucha les oreilles pour ne plus entendre tempêter et trépigner le Père-Tambour. Elle priait confusément la Vierge, les saints et tous les morts du cimetière de venir à sa rescousse, d'ouvrir une trappe sous ses pieds et de la sauver de cette peur insoutenable. Lequel d'entre tous répondit à sa supplique, elle ne le sut pas, mais toujours est-il que lorsqu'elle retira ses mains de dessus ses oreilles elle n'entendit plus rien, à croire que c'était le Père-Tambour lui-même qui venait de disparaître dans une trappe. Elle attendit encore un long moment avant de risquer un regard au-dehors en soulevant légèrement un coin du lourd rideau violet qui masquait l'isoloir. Elle aperçut juste les pieds du curé et un bout de ses jambes. Les pieds, chaussés de gros godillots crottés de boue, reposaient, semelles en l'air, sur la plus haute marche de l'autel. La soutane retroussée laissait voir les jambes jusqu'aux mollets, vêtues de bas de laine grise. Tout le reste du corps lui était masqué par un pilier. Elle se glissa furtivement hors du confessionnal et s'aventura sur la pointe des pieds derrière les piliers. Arrivée à hauteur de l'autel elle jeta à nouveau un bref coup d'œil, aussi curieux qu'inquiet, vers le Père-Tambour. Il gisait de tout son long en travers des marches, tête en bas et bras tendus en avant comme s'il avait voulu plonger et s'était écrasé en chemin. Sa crise de toux l'avait tellement secoué qu'il en avait perdu l'équilibre et il avait glissé sur les marches tandis qu'il trépignait, allant buter son front contre le sol. Ce choc avait mis fin tout à la fois à la toux, à la colère et à la vie du Père-Tambour.

Margot s'approcha en retenant son souffle. Elle vit qu'un mince filet de sang s'écoulait de la bouche du curé, déployant progressivement sur les dalles une flaque d'un rouge épais et brillant. Elle releva son regard vers la poupée juchée sur la croix et elle pensa que cette tache rougeâtre n'était qu'un reflet de plus jeté par la lumière des veilleuses qui l'entouraient. Elle regrimpa jusqu'à l'autel et reprit sa poupée puis souffla sur toutes les mèches des petites lampes qui dégagèrent alors une fumée grasse et âcre. Elle tenta de remettre la statuette du Christ à sa place, mais elle ne réussit qu'à l'accrocher tout de guingois à la croix, puis elle fourra sa poupée sous sa robe et redescendit les marches.

Mais elle eut peur de quitter l'église, imaginant soudain le parvis pris d'assaut par un autre Père-Tambour, plein d'autres Père-Tambour même, regroupés là pour l'invectiver en toussant et lui cracher du sang au visage. Elle s'assit donc sur le premier banc et attendit. Comme il n'y avait rien à attendre, elle sombra doucement dans un vague sommeil. Cette fois-ci elle fut réveillée non plus par le bruit d'une toux mais par de drôles de petits cris plaintifs bientôt entrecoupés de sanglots. Elle ouvrit des yeux ronds d'étonnement et embués de sommeil; une jeune femme pleurait, accroupie devant le corps du Père-Tambour. Dans l'obscurité du chœur elle ne distingua pas nettement la femme. « Maman?... », demanda-t-elle en se mettant debout. Le femme releva la tête, les yeux encore plus étonnés et embués que les siens. C'était Blanche, la nièce du père Davranches. Celui-ci l'avait recueillie chez lui à la mort de sa sœur et elle faisait dans la cure office de gouvernante. Elle arrivait du jardin les bras chargés de feuillage, de pivoines et de roses dont elle venait fleurir l'autel. Mais le corps de son oncle s'interposait implacablement entre elle et les vases posés en haut des marches et elle avait laissé tomber ses fleurs en vrac par terre.

Blanche avait déjà plus de vingt ans mais on ne l'avait jamais vue sortir et prendre part à la vie du village. Elle passait tout son temps recluse dans l'enceinte de l'église et de la cure, à s'occuper des travaux de la maison et du jardin et à veiller à l'entretien de l'église. Elle se plaisait derrière tous ces murs qui la protégeaient de tout et de tous. Car le monde, dont elle ne connaissait rien pour ne s'y être jamais risquée, ne lui inspirait que frayeur. Mais comment aurait-elle pu oser se présenter à ce monde où elle était entrée par effraction, en fraude? La sœur du père Davranches lui avait en effet donné naissance sans même prendre garde de lui donner également un père et du coup elle était née frappée d'incomplétude et de faute. Cet irrémédiable péché perpétré par sa mère, ainsi que le jugeait son oncle, avait fatalement rejailli sur elle et c'est pourquoi elle portait en pleine face la marque de cette honte congénitale. Le désir fautif de sa mère s'était inscrit à même sa peau, couvrant la moitié gauche de son visage d'une immense envie couleur lie-de-vin. À la mort de sa sœur le père Davranches avait tout de même consenti à recevoir cette enfant maudite, alors juste adolescente. Sitôt installée chez son oncle la pauvre fille s'était vue confirmée dans son malheur et son déshonneur d'être née qu'il lui rappelait sans cesse. « Cette tache, avait-il coutume de lui déclarer en pointant du doigt son envie d'un air où se mêlaient le dégoût et l'opprobre, est la preuve même du péché de ta mère. Vois donc ce qu'engendrent le vice, la luxure et la concupiscence ! Tu as été conçue dans la saleté et te voilà souillée à jamais. Il n'est certes pas juste que tu expies les péchés de ta mère, mais il est encore moins juste que tu sois née, donc, en fin de compte, la justice ne penche pas de ton côté ! » Blanche ne saisissait rien aux discours de son oncle, ne connaissant même pas le sens exact des mots qu'il employait, tels luxure et concupiscence ou encore expiation, et n'entendait rien à sa logique, mais elle comprenait au moins ceci : elle était de trop et se sentait irrémédiablement coupable de tous les maux du monde.

Toujours est-il que lorsqu'elle découvrit son oncle vautré raide mort en travers des marches de l'autel, elle ressentit cette mort comme un nouvel effet de sa néfaste présence au monde et c'est pourquoi elle sanglotait, accablée par ce crime qu'elle venait de commettre à son insu.

Margot aperçut avec un certain effroi la tache qui masquait la moitié gauche du visage de la jeune femme car cette envie était de même taille et de même couleur que la flaque de sang écoulée de la bouche du Père-Tambour. Elle imagina même un instant que cette tache de sang était contagieuse et qu'elle-même venait peut-être d'en être atteinte, aussi porta-t-elle vivement ses mains à son visage comme pour en vérifier l'intégrité. « Mais pourquoi ?..., demanda Blanche à l'enfant. — Pourquoi quoi ? fit Margot. — Pourquoi il est mort ? » continua la fille en larmes qui cherchait désespérément à comprendre ce qui se passait. « J'sais pas, répondit Margot, il a dû tomber. » Puis elle ajouta, d'une voix mal assurée : « Je veux rentrer chez moi. J'ai peur. » Blanche aussi avait peur, mais elle n'avait plus de chez elle. Elle n'avait plus rien. Elle considéra l'enfant et se sentit d'emblée liée à elle, de par leur peur commune. « Oui, oui, répondit-elle précipitamment en se relevant. On va rentrer chez toi. » Elle s'avança vers Margot et tenta gauchement de lui sourire. « Tu m'accompagnes, dis ? » lui demanda Margot en lui prenant la main.

Toutes deux sortirent ainsi de l'église, pressées l'une contre l'autre, sans se retourner, se faufilant dans l'allée centrale en rasant les bancs comme deux voleuses pourchassées par des chiens.

Blanche ne posa aucune question, elle se laissa conduire par l'enfant qui ne lui lâchait pas la main. Elles firent tout le parcours en silence, à pas rapides, sans jamais tourner la tête, effrayées l'une et l'autre à l'idée que peut-être le Père-Tambour les suivait pour les punir. Arrivées à hauteur de la Ferme-Haute elles rencontrèrent Nuit-d'Or-Gueule-de-Loup qui sortait de ses champs. Il s'étonna de voir rentrer sa fille en pleine journée alors qu'elle aurait dû être à l'école et se demanda quelle était donc cette femme qui l'accompagnait. À sa vue les deux fuyardes se figèrent. « Eh bien, Margot, questionna-t-il, qu'est-ce que tu fais là à cette heure ? — Le curé est mort ! s'exclama la petite pour toute réponse. — Et alors ? » fit-il, ne voyant pas en quoi la mort du curé concernait sa fille. « Il est vraiment mort », renchérit Blanche d'une

132

petite voix. Victor-Flandrin considéra alors l'inconnue au profil flanqué d'une énorme tache lie-de-vin comme si elle venait de recevoir un formidable coup de soleil. « Et alors ? » répéta-t-il en s'adressant cette fois à la jeune femme. « C'est mon oncle », dit-elle. Sur quoi elle se referma sur sa peur et resta tête baissée au milieu du chemin. La disgrâce et la détresse de la femme touchèrent Victor-Flandrin qui du coup tempéra sa sauvagerie coutumière. « Venez », dit-il en invitant sa fille et l'inconnue à entrer à la ferme.

2

Blanche Davranches ne devait plus jamais repartir de la Ferme-Haute. La simple invitation que lui fit Nuit-d'Or-Gueule-de-Loup d'entrer un moment dans la cuisine pour se reposer de sa longue route devint engagement à rester et se termina en demande en mariage. Tout cela se passa d'ailleurs très vite, à la plus grande surprise de tous, à commencer par celle des plus concernés qui s'étonnèrent toujours de cet inattendu engrenage des choses. Les enfants Péniel, hormis Mathilde, acceptèrent sans drame l'étrange et brusque remariage de leur père. Les deux fils n'y prêtèrent même guère d'intérêt car eux-mêmes entraient dans cet âge où toute l'attention se concentre sur soi jusqu'à devenir obsession de son propre corps pris soudainement d'assaut par des pulsions et des désirs nouveaux, — luxure et concupiscence aurait dit le Père-Tambour. Margot accueillit avec joie le fait que Blanche s'installe parmi eux car elle se sentait en confiance auprès de la jeune femme dont la fragilité et la peur lui étaient familières. Toutes deux éprouvaient l'une à l'égard de l'autre cette obscure sympathie que ressentent d'emblée les malades, les infirmes ou les étrangers les uns pour les autres.

Mathilde, en revanche, réagit avec hostilité et déclara ouvertement son inimitié. Elle ne pouvait admettre qu'une autre femme vienne usurper la place de sa mère et ce simple fait suffisait à provoquer son ressentiment et sa colère. En osant reprendre femme son père avait failli, et trahi, — et cette trahison à l'égard de sa mère rejaillissait sur elle qui s'était déclarée garante du souvenir de la morte. Elle se sentait blessée, humiliée même, alors qu'elle découvrait simplement la pernicieuse maladie de la jalousie qui devait lui ronger le cœur toute sa vie. À partir de ce jour elle ne s'adressa plus à son père qu'en le vouvoyant.

Et puis Mathilde ne parvenait pas à comprendre le choix incongru de son père car elle considérait que le terrible défaut qui entachait le visage de Blanche aurait dû suffire à disqualifier cette femme du mariage, sinon même de l'amour en général. Cette immense tache violacée n'était autre qu'une magistrale claque du destin en pleine face d'une femme rejetée par la vie, ainsi en jugeait Mathilde qui partageait ce rejet. Le fait est que Blanche elle-même partageait aussi cette opinion, mais elle accepta toutefois de passer outre pour la première fois à sa honte, trouvant dans l'intérêt que voulait bien lui porter Victor-Flandrin assez de force pour la débouter de la tenace infamie que n'avaient jusqu'alors cessé de faire peser contre elle son illégitime naissance, son envie et son oncle, et elle-même par habitude et fatalisme.

C'était justement cette envie, qui dégoûtait tant Mathilde et accablait tellement Blanche, qui avait fini par séduire Victor-Flandrin. Lui-même portait une marque suffisamment étrange à l'œil et traînait une ombre bien plus bizarre encore qui lui avaient toujours attiré la curiosité plus ou moins malveillante des gens. Cela suffisait pour qu'il considère la tache saugrenue de la jeune femme avec quelque tendresse.

Par ailleurs Blanche était assez jolie si on se donnait la peine de détailler le reste de son visage. Elle avait des cheveux châtains tout frisés qui s'irisaient d'innombrables nuances couleur de paille, de miel ou de blé selon la lumière et de très beaux sourcils dont la courbure parfaite soulignait avec douceur la forme ovale des yeux. Ses yeux étaient verts, tantôt bronze, tantôt plus clairs, selon la lumière également mais surtout selon son humeur. Lorsqu'elle restait pensive ou était fatiguée ses yeux s'éclaircissaient et tendaient au vert pâle allant même jusqu'à prendre la teinte fade du tilleul séché quand elle s'égarait dans ses lubies de honte et de culpabilité. Par contre dès qu'elle s'animait et reprenait goût à la vie le vert de ses yeux se faisait plus intense et se moirait de brun, de doré et de bleu. Victor-Flandrin ne tarda pas ainsi à apprendre à reconnaître les humeurs de Blanche à la seule couleur de ses yeux, car autrement elle ne se plaignait jamais et ne s'exprimait que très peu. Il lui arrivait cependant parfois de se mettre à parler ; ça la prenait d'un coup, sans raison apparente, et elle déversait alors tout un flot de paroles sur un ton pépiant et enjoué. Cette manière qu'elle avait ainsi de gazouiller tout à trac en agitant drôlement ses mains menues et sa tête frisée avait l'art de charmer Nuit-d'Or-Gueule-de-Loup qui trouvait alors Blanche particulièrement désirable et comme en général ses crises de pépiement la prenaient le soir au lit il ne manquait jamais de lui faire et de lui refaire l'amour jusqu'à ce que le sommeil finisse par avoir raison des gazouillis de Blanche, et de son propre désir par contrecoup.

Tout le temps de sa grossesse Blanche se porta à merveille comme si le poids qui grandissait dans son ventre la lestait enfin pleinement de vie et lui assurait une plus ferme assise dans le monde. Le vert de ses yeux devenus presque rieurs avait en permanence le bel éclat brun bleuâtre du bronze et elle ne cessait de pépier. Mais dès qu'elle accoucha elle sombra à nouveau dans la peur et le doute. Il lui sembla d'un coup qu'en enfantant à son tour elle venait de perpétrer le crime de sa mère. Son crime était d'ailleurs d'autant plus grave qu'il était double.

Elle mit en effet au monde deux petites filles pas plus grosses que des chiots et fripées comme des pommes. Cependant les fillettes ne tardèrent pas à prendre plus de force et de grâce et, lorsqu'elles ouvrirent les yeux, elles attestèrent à leur tour de la puissance de l'héritage Péniel : une tache d'or brillait à leur œil gauche. Mais leur héritage était double, non seulement parce qu'elles avaient reçu la couleur des yeux de leur mère et ses beaux cheveux frisés, mais surtout parce qu'elles affichaient à la tempe gauche une tache lie-de-vin. Cette tache toutefois était beaucoup plus réduite et discrète que celle de leur mère ; elle avait la taille d'un sou et une forme rosacée. Ainsi munies d'un double legs les petites reçurent chacune en prime un double prénom. L'une s'appela Rose-Héloïse, l'autre Violette-Honorine. Ces prénoms, elles devaient plus tard les échanger contre d'autres noms, chargés d'un héritage infiniment plus lourd et exigeant.

Mais ce n'était pas seulement cette double naissance qui accablait tant Blanche. Elle pressentait quelque chose de terrible, de fou. Elle ne se releva pas de couches tant cette chose effrayante qui venait de se révéler à elle la tourmentait et l'épuisait.

Elle voyait la terre mise à feu et à sang, elle entendait crier, crier tout autour d'elle à en perdre la raison. Elle décrivait des choses extravagantes, — des hommes par milliers, des chevaux et aussi d'étranges machines qui évoquaient le rhinocéros vu dans la lanterne magique, en train d'exploser, de se démembrer dans la boue. Et d'énormes oiseaux de fer piquer contre la terre, sur les villes et les routes dans des gerbes de feu. Et ses yeux délavés par l'effroi et les larmes devenaient de jour en jour plus pâles, si bien qu'à la fin ils perdirent toute couleur et ne furent plus que transparence absolue. Elle se disait que s'il lui était donné de voir tout cela, d'entendre et de souffrir toute cette misère, cette violence et cette mort, c'était pour la punir. Pour la punir d'avoir osé prétendre à l'existence, d'avoir osé contaminer le monde avec sa faute en enfantant. Et tout ce sang qu'elle voyait couler du flanc des hommes jusqu'à embourber la terre, les chemins et les villes, assurément, la source en était cette sourde nappe maléfique étalée sur sa face.

Elle se claquemura dans sa chambre. Margot venait lui porter à manger tandis que Mathilde s'occupait des petites. Mais Blanche refusa bientôt de s'alimenter ; elle trouvait à la nourriture un goût de pourriture et de sang et à toute boisson une âcre odeur de sueur et de larmes. Elle devint si maigre que sa peau, tirée sur ses os saillant comme des pierres cassées, prit l'apparence du papier cristal. La transparence gangrenait son être jusqu'à l'effacer progressivement du monde visible. Et c'est ce qui lui arriva finalement, — elle disparut. Il ne resta d'elle qu'un grand pan de peau tannée jusqu'à la trame, d'une texture qui semblait faite de fibres de verre. Lorsqu'il fallut la mettre en bière elle se brisa comme une vitre avec un joli bruit, pareil au rire d'un tout petit enfant.

Margot glissa dans le cercueil la poupée qu'elle avait toujours gardée secrète, afin qu'elle accompagne Blanche et la préserve de la trop grande solitude où on venait de l'enfermer.

Cette fois-ci la brouette à laquelle s'attela Nuit-d'Or-Gueule-de-Loup pour conduire sa seconde épouse au cimetière fut de si peu de poids qu'il eut l'impression de marcher les mains vides. Ainsi reprit-il le chemin des écoliers, celui-là même par lequel Blanche était apparue, juste trois ans plus tôt. Ses fils, Margot, ainsi que Jean-François-Tige-de-Fer, l'accompagnèrent. Malthilde demeura à la ferme, prétextant la nécessité de s'occuper de Rose-Héloïse et de Violette-Honorine alors âgées de quelques mois. Elle regarda du haut du jardin qui surplombait la route, tenant solidement dans ses bras les deux petites filles endormies, s'éloigner le sinistre cortège à travers les remous des blés mûrs où nageaient des oiseaux chapardeurs malgré la présence farouche et dérisoire de deux épouvantails plantés là par ses frères. Si elle n'éprouvait aucune peine, elle ne ressentait pour autant aucun plaisir ; depuis longtemps son aversion pour Blanche s'était muée en indifférence. Quant aux deux petites qui venaient de lui échoir elle saurait bien s'en débrouiller. Sa force à elle était intacte. Il lui semblait même parfois, non sans en éprouver quelque trouble, qu'elle avait pris la part de tous les autres.

Ce qui restait du pauvre corps de Blanche fut déposé au cimetière de Montleroy, dans la tombe où reposait son oncle. Le Père-Tambour se trouva ainsi contraint d'accueillir une fois de plus sa nièce égarée par erreur dans le monde des vivants, et maintenant échouée par frayeur dans celui des morts. Elle retrouvait le calme enclos replié entre ses murs épais couverts de lierre et de liseron, loin du bruit et de toute violence.

Ce jour-là le tocsin sonna longuement à travers la campagne ; de village en village les églises se renvoyaient leur solennel écho. Mais cet écho venait de loin, — c'était depuis Paris que les cloches avaient donné le branle, ricochant à travers tous les clochers de France en une interminable et majestueuse alarme.

Ce n'était pas pour Blanche que les cloches sonnaient avec autant de gravité, car même auprès des habitants de Terre-Noire et de Montleroy sa disparition passa presque inaperçue, tout comme l'avait été sa vie. C'était pour annoncer une autre mort, bien plus grandiose et fantastique. Une mort fort digne et qui portait la tête haute, — et vide, n'ayant pas encore eu le temps de prendre corps, visages et noms. Et pour l'honorer on ne dépliait pas de suaire ni de linceul, — on étendait des drapeaux aux fenêtres. Bleu, blanc, rouge, comme de beaux mouchoirs de fête. Mais tous ces grands mouchoirs à rayures devraient bientôt s'avouer insuffisants pour essuyer toutes les larmes et le sang déversés.

Ce fut donc en sortant du cimetière que les Péniel entendirent le clocher de Saint-Pierre sonner le tocsin. Mais la cloche fêlée avait beau faire, elle ne parvenait guère à imposer un son à la hauteur de la situation ; elle gardait quelque chose de grêle, de défaillant, comme si la peur et la douleur de Blanche enterrée juste là y faisaient déjà entendre leur voix plaintive.

Les gens sortaient sur le pas de leurs portes, et ceux qui étaient dans les champs se relevèrent de dessus la terre. Chacun interrompait sa tâche, sa marche ou sa parole, et tous se tournaient d'un air consterné vers le clocher de leur église. Les plus vieux se découvrirent les premiers, et les plus vieilles se mirent à pleurer les premières. Certains hommes crièrent, levant le poing et redressant fièrement la tête, d'autres demeurèrent tête baissée, lourds et silencieux, plantés au sol comme s'ils venaient d'y prendre racine. La guerre venait de lancer sa grande invitation à la vengeance et à l'honneur, et déjà chacun y répondait selon son cœur. Mais les tambours et les clairons du bal qui s'ouvrait n'allaient pas tarder à mettre à l'unisson tous ces cœurs plus ou moins accordés, — en les réduisant presque tous au silence.

Victor-Flandrin, qui approchait la quarantaine et était père de six enfants, ne fut pas appelé. De toute façon la prévoyance de son père l'avait rendu indésignable. Ses fils, par contre, qui allaient bientôt fêter leurs dix-sept ans, étaient de beaux garçons aux corps solides, aux mains habiles et vigoureuses. Et pour la première fois il vint à Nuit-d'Or-Gueule-de-Loup cette pensée que jamais il n'aurait cru possible : il regretta de n'avoir pas donné à ses fils, au lieu de cet éclat doré dans l'œil, sa propre infirmité de la main. Il aurait aimé au moins pouvoir leur donner en partage cette ombre blonde que Vitalie avait attachée à ses pas afin de le protéger. Mais ni cette mutilation ni cette trace n'étaient héréditaires, et elles n'étaient en aucun cas séparables de son corps. Cela appartenait à son seul corps, — son corps dont il découvrait d'un coup, jusqu'au vertige, l'effrayante solitude, plus violemment et douloureusement même qu'après la mort de Mélanie et celle de Blanche. Ce n'était plus en effet la solitude d'un corps soudain privé de la tendresse et du plaisir du corps de l'autre, mais celle d'un corps menacé dans son élan et sa postérité. Un corps menacé dans cet autre et ce plus de lui-même, — ses fils. Et pour la première fois aussi il se glissa dans son cœur un soupçon de pitié, sinon même de pardon, à l'égard de son père.

Son père, voilà qu'il se mettait, après tant d'années d'oubli, à faire retour. Le temps du bannissement venait d'arriver à expiration et sa mémoire recouvrait ses droits, — elle se révélait soudain aussi prolixe en images que sa lanterne magique. Il revoyait le visage de son père défiguré par le coup de sabre du uhlan, et la plaie sur sa tête battre le pouls de la folie. Il finit même par imaginer le visage du jeune cavalier aux fines moustaches blondes pointées vers le soleil, et son sourire écœurant de douce indifférence. Peut-être vivait-il encore, peut-être avait-il eu lui aussi des fils, qui à leur tour avaient engendré d'autres fils, tous armés du même sabre, de la même moustache et du même sourire, — et prêts à recommencer le geste de leur ancêtre. Contre ses propres fils. À lui.

3

Assurément le uhlan avait dû engendrer de très nombreux fils et davantage encore de petits-fils car c'est en hordes que bientôt ils déferlèrent, franchissant déjà les frontières et menaçant cette fois-ci d'enserrer tout le pays dans l'étau d'un gigantesque Sedan. Ils avaient troqué le costume flamboyant de leur ancêtre contre un uniforme taillé dans la raideur et la griseur, et ils avançaient têtes hautes, chassant devant eux des troupeaux de transhumants humains apeurés fuyant en hâte leurs villes incendiées.

C'était vraiment prodige que de voir, en plein été, déferler de tels mouvements de transhumance en plat pays, mêlant sans plus de distinctions ni d'égards hommes et bêtes. Les rangs de tous ces fugitifs ne cessaient de se gonfler tant les récits qu'ils colportaient au hasard de leur débandade effrayaient et ralliaient ceux qui les entendaient. Car, à les écouter, il n'était pas de ville qui ne soit derechef jumelée avec la mort sitôt que les cavaliers gris y pénétraient. Liège, Namur, Louvain, Bruxelles, — Andenne, tous ces noms n'évoquaient plus d'un coup des pierres, des rues, des places, des fontaines et des marchés, mais seulement des cendres et du sang.

Et le hameau de Terre-Noire se retrouva une fois encore arraché à son recoin d'oubli pour être promu au balcon de l'Histoire en flammes. De la Ferme-Haute, la nuit, on pouvait voir les grandes lueurs des brasiers rosir le ciel à l'horizon comme des fulgurances d'aubes trop tôt et trop vite levées.

Mais le temps tout d'un coup s'emballait, les jours et les nuits se désheuraient, sonnant à tout moment et grand fracas des heures hautement fantaisistes, sinon fantasques. C'était en fait sempiternellement la même heure, — la même impossible dernière heure, qui n'en finissait pas de congédier hors de la vie des cents de soldats tout juste arrivés à l'âge d'homme.

Alors, bien sûr, il fallut presser toutes choses au même rythme, à commencer par l'amour. Mathurin s'initia ainsi à l'art de la conquête qu'il lui faudrait bientôt exercer à son tour sur les champs dits d'honneur, en basculant plus d'une fille dans des champs beaucoup plus humbles de blé ou de luzerne. L'une de ces filles, une jolie brune aux yeux bleu sombre, sut cependant brider son désir en cavale en l'attachant à sa seule personne. Elle s'appelait Hortense Rouvier, habitait Montleroy, avait seize ans et des seins drus et ronds qui laissaient une empreinte ineffaçable au creux des mains.

Lorsque Mathurin la quittait il lui semblait longtemps après sentir encore la chaleur et le poids délicieux de ses seins dans ses paumes et le goût de ses lèvres dans sa bouche affolée de baisers. Il lui arrivait même certains soirs de ne pas souper pour garder ce seul goût toute la nuit et il s'endormait, le visage enfoui dans ses mains, le corps endolori tout à la fois de manque et de plénitude.

Augustin, lui, s'attacha d'emblée à une fille aussi douce et rêveuse que lui, de cinq ans son aînée ; elle était du hameau de Terre-Noire, de la maison dite « des Veuves ». Dans cette maison située à la sortie du hameau vivaient là en effet cinq femmes auxquelles, tantôt la guerre, tantôt la maladie ou les accidents, avaient volé un époux. Juliette était la sixième, mais elle n'avait jamais été mariée. Ce n'était nullement parce qu'elle n'était pas désirable qu'elle restait célibataire, mais la mort avait frappé chaque fois si brutalement les hommes de sa famille qu'on avait fini par penser qu'une obscure malédiction était attachée à ces femmes toujours vêtues de noir. Le grand-père était tombé tout jeune à la bataille de Froeschwiller, puis le père, plus jeune encore, était tombé tout simplement du toit un jour où il avait entrepris d'aller en déloger une branche de chêne jetée là par l'orage. L'oncle était mort plus vieux, mais était tombé de beaucoup moins haut, — du haut de sa propre taille, frappé d'un coup d'apoplexie. Le frère, lui, n'était pas tombé; peut-être même était-ce pour s'empêcher de jamais tomber qu'il s'était pendu un beau jour, sans raison apparente, au fond de la grange. La sœur aînée de Juliette avait toutefois pris le risque de se marier, mais elle n'avait pas tardé à rejoindre le clan des veuves. Son époux fut tué dans un accident de chasse. Juliette perdit ainsi le goût du mariage avant même d'y avoir songé et, tout comme son frère s'était pendu pour ne pas avoir à tomber, elle s'était enfermée d'emblée dans sa solitude afin de ne pas avoir à souffrir plus tard d'une autre solitude, plus doulou-reuse car endeuillée. Mais Augustin vint mettre en péril cette défense et le désir exorcisa la peur de la malédiction.

Joffre avait proclamé : « La victoire est maintenant dans les jambes de l'infanterie ! » Mais la victoire se laissait attendre avec une coquetterie si meurtrière que l'infanterie finissait par manquer tout bonnement de jambes. Alors on décida d'avancer l'appel des jeunes recrues et la classe 17 fut conviée avant son temps d'aller rejoindre ses aînés sur le front. Mais Augustin et Mathurin, que visait cet appel précoce, ne pouvaient déjà plus y répondre, — ils se trouvaient, sans même avoir eu le temps de combattre, prison-

144

niers de la guerre. Assurément les petits-fils du uhlan avaient eux d'excellentes jambes car ils avaient déjà pénétré très avant dans les terres, repoussant et distordant les frontières que délimitait désormais un feu fluctuant et continu. Un feu qui se plaisait à incendier villes et villages, forêts, champs et chemins. La terre tout alentour n'était plus qu'immenses essarts trop profondément et trop longtemps brûlés pour pouvoir y faire lever à nouveau la moindre culture. Les labours de la guerre ouvraient des sillons larges et gluants comme des plaies où pour toutes semailles on jetait des débris de corps.

Terre-Noire n'était plus qu'une zone retranchée du pays, déjetée hors du temps et du monde ; une zone d'armée au combat de laquelle Mathurin et Augustin ne pouvaient même pas se joindre. L'ennemi qui occupait cette zone prenait d'ailleurs la précaution de déporter loin à l'intérieur de ses propres terres les hommes pris dans cet encerclement de feu et arrivés à l'âge de combattre à leur tour. C'est ainsi que Mathurin et Augustin, au moment même où ils se sentaient appelés d'un côté du front, se virent interpellés de l'autre côté. Alors leur bonheur insolent d'aimer en plein cœur de la débâcle, leur insouciance de croître en force et en désir parmi les cendres, se cabrèrent brusquement. La guerre se dressa du coup devant eux comme un obstacle défiant tout à la fois l'élan de leur jeunesse, l'ardeur de leurs amours, l'éternité de leur terre. Déjà ils étaient de nulle part, et maintenant on les menaçait d'exil vers un ailleurs plus terrifiant encore. Alors la colère se saisit d'eux et ne les lâcha plus. C'est ainsi qu'ils décidèrent de répondre à l'appel lancé de l'autre côté du front. « Mais vous ne pourrez jamais passer, ne cessait de leur répéter Victor-Flandrin, le pays est occupé, les combats font rage partout autour de nous, les soldats sont à tous les coins de champs et de forêts. » Mais ni les mises en garde de leur père ni les suppliques d'Hortense et de Juliette ne parvinrent à les dissuader.

« Tu m'écriras ? » avait demandé Hortense à Mathurin qu'elle ne pouvait se résoudre à voir partir ; mais elle ne savait pas plus lire qu'il ne savait écrire, et puis aucune lettre n'aurait pu de toute façon franchir les lignes. « Qu'importe, insista Hortense, tu m'écriras quand même. Augustin écrira pour toi, tu lui dicteras, et Juliette lira pour moi. Et puis, s'il le faut, je dresserai les oiseaux, les poissons, tous les animaux, et la pluie et le vent, à nous porter nos lettres. » Elle lui fit don d'une longue mèche de ses cheveux. Juliette ne voulut rien donner à Augustin de peur que la malédiction ancrée dans la maison des Veuves ne se réveille et ne vienne rendre mortel le talisman dont elle l'aurait paré.

Ils partirent à la tombée d'une nuit d'automne, glissant à travers les forêts dont les lisières parfois tremblaient et rougeoyaient de loin en loin. Ils se laissèrent dériver le long des rivières, se mêlèrent à des hordes de gens hagards abandonnant leurs villages en cendres et même à des troupeaux de bêtes chassées des prés dévastés. Ils se vêtirent d'ombre et de silence et se couchèrent souvent parmi les morts qui traînaient au hasard de leur route. Ils traversèrent le pays de leur père mais ne le surent pas ; d'ailleurs il n'y avait rien à découvrir, le paysage depuis leur départ était partout le même, la guerre avait tout arasé et indifférencié. Mais plus ils s'éloignaient ainsi de chez eux et plus leurs cœurs y faisaient retour.

Tout le temps de leur fuite ils ne se parlèrent pas et jamais ne se séparèrent, seul comptait pour chacun d'entendre et de sentir le souffle de l'autre à son côté.

Un jour ils parvinrent au bout de la terre et découvrirent la mer; ils n'avaient jamais vu la mer, ils étaient des hommes des champs et des forêts. Ils restèrent un long moment à contempler cette énorme masse d'un gris plombé qui mugissait une plainte rauque et continue comme une supplication vide. Mathurin aima la mer qui lui évoquait le beuglement de ses bœufs. Augustin ne l'aima pas, il lui trouva un goût de mort.

Lorsqu'il s'élança vers eux, hors d'haleine, ils ne le reconnurent pas. Il s'affaissa aux pieds de Mathurin et s'échoua sur le flanc. Ses pattes étaient en sang et son pelage noir était roussi, souillé de boue, marqué de plaies à plusieurs endroits. Ses yeux étincelaient de l'éclat fixe et sourd des cailloux au fond de l'eau. À son cou il portait une petite sacoche de cuir qu'une balle avait dû traverser. Il haletait si fort que la rumeur de la mer reflua en sourdine. « Folco! » s'exclama enfin Mathurin en soulevant le chien dans ses bras. Son chien, le gardien de ses bœufs, il le retrouvait là, au terme de sa marche, aux confins de la terre. Il le serra tout contre lui, roulant sa tête dans son cou. « Folco... », ne cessait-il de répéter en berçant l'animal épuisé. Augustin aussi s'était approché et caressait Folco en souriant. « Il porte quelque chose à son cou », remarqua-t-il. Le chien gémissait doucement maintenant. Augustin détacha le sac et l'ouvrit. Il en sortit un gros rouleau de feuilles que l'humidité avait collées les unes aux autres. « Juliette! » dit-il en passant ses doigts sur l'écriture bien droite et appliquée qui recouvrait le papier. « Juliette? s'écria Mathurin, mais alors Hortense

147

aussi a écrit ! Lis, lis vite ! » Mais les lettres étaient illisibles tant le papier était mouillé et enroulé. « Il faut laisser sécher les feuilles. Après je pourrai lire », dit Augustin en glissant le rouleau sous ses vêtements.

Le chien s'était endormi sur les genoux de Mathurin et le long mugissement de la mer emplissait à nouveau la plage déserte. Les deux frères s'assoupirent à leur tour, assis épaule contre épaule, en regardant la mer d'un gris violâtre refluer lourdement devant eux. La pluie tombait, tout là-bas, à l'horizon, froissant le ciel comme un grand rideau de gaze sombre. Ils avaient traversé la zone impossible, avaient rampé sous les balles et roulé dans la boue de champs non moissonnés dont les épis noirs s'entortillaient autour des débris d'armes et aux doigts des morts ; ils s'étaient égarés si souvent qu'ils s'étaient crus irrémédiablement perdus, s'étaient nourris de racines et avaient bu l'eau des flaques ; ils avaient dormi recroquevillés au fond de trous sur des cailloux gelés. Et maintenant ils étaient là, saufs et inséparés, assis face à la mer qui reculait devant eux comme pour mieux leur ouvrir à nouveau l'espace et l'espérance.

Il sembla même à Mathurin que la mer s'était calmée et que son meuglement était d'une infinie douceur. Il rêva d'Hortense, de son corps tendre et chaud, et sentit dans ses mains le poids délicieux de ses seins, et le vent de la mer lui porter l'humide fraîcheur de son sexe.

La mer monta et descendit encore sept fois avant qu'ils ne s'embarquent. Le détour qu'ils devaient accomplir pour pouvoir rejoindre leur armée n'en finissait pas de s'agrandir et de dévier. Ils étaient deux apprentis soldats, sans armes ni uniformes, en perpétuelle partance pour la guerre, sans jamais y arriver.

Ils embarquèrent Folco avec eux. Lorsque les feuillets eurent enfin séché et qu'Augustin put les déplier il s'aperçut que l'humidité avait tellement estompé l'encre qu'il ne restait que peu à lire. Les mots semblaient avoir fondu les uns dans les autres. Le trou fait par la balle qui avait traversé la sacoche répercutait son vide de page en page. La voix douce de Juliette semblait à chaque ligne être sur le point de se taire, il n'en parvenait que des bribes comme si elle hésitait, perdait le fil de ses pensées. Mais Augustin sut entendre dans ce murmure confus ce que Juliette avait voulu lui dire ; elle lui parlait de son amour, de sa confiance, de sa patience, lui donnait des nouvelles de Terre-Noire.

Puis le ton si retenu de la lettre changea soudain après quelques pages, Juliette écrivait maintenant sous la dictée d'Hortense criant la fougue de son amour et la douleur de leur séparation à Mathurin. L'écriture même de Juliette semblait légèrement altérée comme si la force et l'audace des mots dictés par Hortense l'avaient affolée, et Augustin à son tour ressentit un profond trouble en les lisant. Ces mots d'ailleurs paraissaient avoir mieux résisté à l'effacement que ceux de Juliette. Puis d'un coup la lettre cessa et les feuillets suivants ne portaient plus d'écriture mais étaient bariolés de dessins. Hortense, arrivée tout à la fois à bout de mots et ne supportant plus de devoir passer deux fois par des intermédiaires pour s'adresser à Mathurin, avait eu l'idée de dessiner. La vivacité de ses figures naïves exprimait plus justement son amour et son désir. Le dernier dessin représentait Folco quittant la Ferme-Haute pour aller retrouver son maître ; un chien noir dévalant le chemin des écoliers, désert et verglacé.

Les deux frères suivirent l'exemple de Juliette et d'Hortense. Augustin écrivit une longue lettre dans laquelle il raconta leur voyage d'hommes-ombres à travers le feu et les ruines, leur traversée de la mer jusqu'en Angleterre et de là leur retour sur le continent. « Et quand je reviendrai dans notre terre à nouveau libre, nota-t-il à la fin de sa lettre, je t'épouserai et tu quitteras pour toujours ta maison de veuves et tu viendras vivre avec moi dans la ferme de mon père. » Puis il écrivit au nom de Mathurin. Celui-ci parlait d'un amour si violent, si charnel, qu'il bouleversa Augustin. Le corps d'Hortense mis à nu par les mots et les images de son frère se dévoila à lui avec une fantastique impudeur et à son tour il se mit à rêver d'elle quand bien même il pensait tout le jour à Juliette. Mais Mathurin abandonna bientôt les mots et se mit lui aussi à dessiner, faisant un usage particulièrement intense des couleurs qu'il appliquait par taches contrastées.

Des couleurs exacerbées, éclatées comme des fruits trop mûrs. Des couleurs qui n'existaient même pas dans les prés et les champs de Terre-Noire en été, et peut-être même nulle part ailleurs dans la nature. Des couleurs jaillies de son seul désir. Le corps d'Hortense qu'il dessina ainsi se mit alors à se distordre en images folles, ivres de couleurs crues, en perpétuelle métamorphose. Tantôt il multipliait ses bras et ses jambes, tantôt mettait le feu à ses cheveux ou les chargeait d'essaims d'abeilles, tantôt crevait tout son corps de bouches énormes. Parfois ce corps fleurissait comme un jardin sauvage ; des coquelicots s'ouvraient à la pointe de ses seins, des chardons orangés lui brûlaient

aux aisselles, des campanules et des ronces s'entortillaient à ses membres, des grappes de groseilles
s'écroulaient de ses lèvres, des libellules aux ailes bleu
pervenche s'envolaient de dessous ses paupières, des
renoncules jaune vif et des lézards vert acide s'enla-
çaient à ses doigts. Sur ses fesses il écrasait des fraises,
son sexe, il l'embroussaillait et le couvrait de lierre,
l'étoilait de bleuets et laissait toujours percer au
milieu de ce buissonnement un bulbe rond et charnu
comme un bouton de rose prêt d'éclore. Il couvrit des
pages et des pages de tels dessins.

Folco reprit sa course aventureuse, la sacoche de
cuir ballotant à son cou. Augustin et Mathurin
regardèrent le chien noir filer vivement sur la route et
ils restèrent à fixer cette route longtemps après qu'elle
fut redevenue déserte. Ils ne pouvaient détourner
leurs regards de cette ligne brune ouverte entre les
arbres couverts de neige, en fuite à ras du ciel vers leur
pays. Leurs regards s'arrachaient à eux-mêmes pour
s'élancer à la poursuite du chien ; ils s'en allaient au-
delà de leur vue, se transfondaient dans le corps même
du chien. « Et s'il n'y arrive pas, s'il est tué en
chemin ?... », ne cessait de se tourmenter Augustin,
mais il n'osa pas exprimer sa crainte tant la présence
tendue à ses côtés de Mathurin interdisait le doute et
semblait capable de défier l'impossible.

4

Ils furent d'abord envoyés dans un camp d'instruction où on les initia à la hâte à la pratique de la guerre.
Mais aussi accélérée et poussée fût-elle cette instruc-

tion ne leur révéla rien de la réalité de la guerre. Et ce fut sous le nom printanier de « Bleuets » qu'on les envoya avec leurs compagnons encore empreints d'enfance rejoindre leurs aînés sur le front. Mathurin et Augustin glissèrent chacun au fond de leur sac, entre leur linge et leurs gamelles en fer-blanc, le cahier qu'ils tenaient, l'un en dessinant, l'autre en écrivant.

« Je ne sais pas ce qui me fait le plus peur, nota Augustin la veille de leur départ, si c'est tuer ou mourir. Au camp d'instruction, on a toujours fait semblant de tuer, mais là-bas, il y aura des hommes devant nous. De vrais hommes, comme Mathurin et moi. Et on devra leur tirer dessus. Que devient-on quand on a tué des hommes ? » Cette question obsédait Augustin, il lui arrivait même parfois en rêve de voir les têtes de ceux qu'il allait tuer orner le fronton du porche de la Ferme-Haute comme autrefois le crâne du cheval Escaut avait témoigné tout à la fois de son crime et de celui de Nuit-d'Or-Gueule-de-Loup.

Mathurin s'étonna du nom du front où ils montaient. « Le Chemin des Dames », — un si joli nom, comme une invitation pour une promenade du dimanche. Il songeait au Petit-Bois-Matin où tant de fois il avait fait l'amour avec Hortense, — l'odeur de leurs corps se rehaussait encore de la senteur rauque et doucereuse des feuilles et des branches pourrissant doucement sur la mousse. Il dessina un chemin creux bordé de talus en fleurs que des femmes aux cheveux dénoués et tordus par le vent cueillaient et liaient en gerbes de flammes. Au bout du chemin s'ouvrait une rose, immense, insoumise au vent, au feu et à la mort qui soufflaient tout autour. « Le Chemin des Dames », — un chemin de ronces et de mort que défiait, et exaltait, la beauté plus violente encore d'une rose de chair.

Dans le train qui les conduisait au front ils oublièrent cependant leurs rêves et leurs images tant la réalité qu'ils découvraient surpassait et bouleversait leur imagination. La terre ne cessait de leur jeter à la face le spectacle effrayant de ses blessures, et plus le paysage était défiguré et détruit, plus il se faisait douloureusement humain, comme si la terre était de chair.

Et c'était vrai, terre et chair se confondaient en une unique matière, la boue. La ligne se signala à eux de loin. Le ciel était d'un gris sale déchiré à sa base par d'incessants jaillissements de flammes comme un grand torchon qui prend feu. Cette ligne de fracture ouverte entre le ciel et la terre se soulignait encore par un fracas ininterrompu de canonnade, d'explosions d'obus et de mitraille. Les nouveaux arrivants, tout frais sortis de leur bref camp d'instruction militaire, furent aussitôt jetés dans la mêlée. On les enfourna par centaines au fond de tranchées fangeuses que la neige obstinée ne parvenait cependant jamais à blanchir.

Mais il n'y avait pas que la neige qui tombait en cet endroit, — il tombait de tout, des obus, des fusées, des avions parfois, des hommes à chaque instant, d'énormes mottes de terre, des débris de bois, des cailloux, des bouts de barbelés. On finissait même par s'attendre à voir tomber des morceaux de ciel, des nuages, le soleil, la lune et les étoiles, tant ce coin de terre semblait doué d'une force d'attraction extraordinaire. Un lieu de chute, vraiment. Ce fut en ce lieu, au fond d'une tranchée, à la lueur des obus, qu'ils fêtèrent leurs vingt ans.

153

Mathurin et Augustin se quittaient moins que jamais, ils se battaient coude à coude de crainte de se perdre. Les autres ne tardèrent pas à se moquer de ce couple inséparable qu'ils surnommèrent « les Siamois ». Mais rien, personne, ne parvenait à les dissuader de rester ainsi toujours ensemble. L'amour avait bien pu faire dévier leurs chemins et les mener à deux femmes en tous points différentes l'une de l'autre, cela ne les avait pas séparés. Ils s'étaient même retrouvés encore plus profondément liés dans la distance même ouverte par cette différence de leurs amours. Mais il ne pouvait être question de mourir chacun de son côté, du moins pas tout de suite, pas à vingt ans, car ils sentaient bien que de porter l'absence de l'autre tout le reste de leur vie eût été une charge beaucoup trop lourde et douloureuse.

Cet attachement maladif qui les assignait perpétuellement à la présence de l'autre ne les empêcha cependant pas de fraterniser avec leurs camarades. Sept d'entre eux leur devinrent particulièrement proches. C'étaient Roger Beaulieu et Pierre Fouchet, deux Parisiens qui venaient juste d'être mobilisés, Frédéric Adrian, accouru d'Alsace dès la déclaration de la guerre et qui était déjà passé par Verdun, Dieudonné Chapitel, un paysan, comme eux, mais du Morvan, François Houssaye, un peintre paysagiste dont les yeux reflétaient jusqu'au fond des tranchées la luminosité grise du ciel de Normandie, Michel Duchesne, qui venait d'Orléans, et Ange Luggieri, tout à fait égaré d'avoir dû quitter pour la première fois son île de Corse. Leur amitié avait l'ardeur qu'allument le danger et l'urgence ; quelques jours passés au fond de ces boyaux de boue et de sang, à souffrir du manque d'eau, de nourriture et de som-

154

meil, à craindre la mort à chaque instant, avaient suffi à tisser des liens plus denses et profonds qu'une longue amitié fidèlement entretenue au fil d'une vie calme n'aurait pu le faire. C'était une amitié forgée à la hâte et qui poussait dans ces décombres comme une plante en serre qui chaque jour renouvelle des fleurs inattendues et dresse toujours plus haut ses feuilles vives.

Augustin se mit bientôt à rêver à tous ces coins de terre d'où venaient leurs camarades qui leur parlaient de leurs pays respectifs, et le nom de chacun d'entre eux ouvrit alors sur des géographies fabuleuses qu'il décrivit dans son cahier. La Seine, la Loire, le Rhin roulaient pour lui des eaux immenses scandées de ponts, d'arbres et d'îles et qui ravissaient, en traversant les villes, le reflet d'anges de pierre et de jambes de femmes. Les hautes terres du Morvan et les vastes plages de Normandie lui évoquaient des dérives infinies de vent et d'eau, et la Corse dressait entre le bleu du ciel et de la mer, absous de toute ombre, le rose vif et l'ocre austère de ses roches. Des noms, des paysages et des couleurs inconnus imaginés à travers les récits nostalgiques de leurs camarades ; et dorénavant les deux frères qui étaient venus se battre pour défendre leur petit coin de terre perché là-haut au bout du territoire étendirent leur lutte à la défense de ces régions d'où venaient leurs compagnons. Après la guerre, se disait parfois Augustin, le monde en marche leur ouvrirait ses routes et avec son frère il partirait découvrir toutes ces régions, ils partiraient comme ces deux jeunes garçons partis à travers la France dont il avait autrefois si souvent lu les aventures dans le livre de Bruno.

Mais récits et légendes ne tardèrent pas à tourner court ainsi que désirs et projets, car chacun de leurs

155

compagnons arrêta là son histoire. Pierre Fouchet commença la série. Alors qu'il venait d'entr'apercevoir dans le brouillard laiteux qui poissait la terre depuis des jours une rangée de tirailleurs couchés au sol, il voulut sauter s'abriter dans un boyau situé juste derrière lui. Mais il s'empêtra dans les barbelés qui en hérissaient l'abord et une rafale le punit de cette maladresse, le trouant comme une passoire depuis les talons jusqu'à la tête. Cette rafale, ce n'était même pas les tirailleurs plaqués au sol qui la lui avaient tirée dans le dos, car ils étaient déjà tous morts et c'est pourquoi ils gisaient là, ventre à terre, bien à l'alignement. Et si le brouillard avait été moins épais, il aurait pu voir qu'ils portaient l'uniforme français. La rafale avait jailli de derrière eux.

François Houssaye, lui, mourut par petites étapes. À la suite d'une grave blessure qui ne tarda pas à se gangrener, on lui coupa le pied, puis la jambe, puis la cuisse jusqu'à l'aine. Après quoi on ne pouvait plus continuer à couper. Alors la gangrène déferla librement sur le reste du corps et il était déjà complètement pourri avant même d'avoir rendu son dernier souffle.

Un autre jour, alors que Mathurin, Augustin et Dieudonné Chapitel se tenaient épaules contre épaules au ras d'une tranchée d'où ils tentaient de repousser l'attaque d'un groupe de fantassins allemands, après une interminable mitraille le calme tomba abruptement. « Quel silence ! chuchota Mathurin, on se croirait au commencement du monde ! — Au commencement, ou à la fin ? » fit Dieudonné en scrutant l'immense paysage de cratères fumants qui s'étendait au ras de son regard. Mais ce n'était ni le commencement ni la fin du monde, tout juste une courte pause, le temps de recharger et de réajuster les tirs. Dieudonné n'avait pas plutôt posé sa question qu'un sifflement aigu de balles vint la trancher. Puis à nouveau le silence retomba, comme pour mieux souligner la réponse apportée. « Ben tu vois, conclut Augustin à l'adresse de Dieudonné, c'était pas la fin. » Mais Dieudonné n'ajouta rien de plus, il se contenta de laisser tomber son casque sur l'épaule d'Augustin. Un casque rempli à ras bord d'une matière blanchâtre et molle, fumante, qui se déversa dans les mains d'Augustin. Dieudonné, le crâne parfaitement décalotté et béant, scrutait toujours l'horizon.

À partir de ce jour les récits d'Augustin ne parlèrent plus que de boue et de sang, de faim, de froid, de soif et de rats. « ... Nous avons passé trois jours terrés au fond d'un trou d'obus, encerclés par une mitraille continue. On a fini par boire l'eau croupie des flaques boueuses et même par lécher nos vêtements. Il gèle à pierre fendre, nos capotes craquent de croûtes de glace. Il y a avec nous des Noirs. Ils sont encore plus malheureux que nous, si cela est possible. Ils tombent tout de suite malades et ils toussent, ils toussent tout le temps, et ils pleurent. Si tous les gens savaient comme on souffre ici, comme c'est l'enfer ici, eh bien eux aussi ils tomberaient malades et ils pleureraient, sans plus pouvoir s'arrêter, jamais. Blanche, elle avait vu tout cela, elle avait tout compris, avant même que ça commence. C'est pour ça qu'elle est morte. Elle était trop douce, trop gentille, Blanche, alors elle est morte de chagrin. C'est vraiment trop de douleur. L'autre jour, un de ces Noirs est devenu fou. Cinq de ses camarades projetés en l'air par un obus sont venus s'écraser autour de lui, en morceaux. Alors il s'est assis au milieu de ces débris de corps et il s'est mis à chanter. À chanter comme ils chantent chez eux. Puis il s'est déshabillé. Il a jeté son fusil, son casque, a arraché ses vêtements. Il s'est mis tout nu. Et là, au milieu du cercle tracé par ses camarades en lambeaux, il s'est mis à danser. Je crois que les Boches en face étaient aussi étonnés que nous. Ça a duré longtemps. Il neigeait. Il y en a dans la tranchée qui pleuraient de voir ça. Parce que son chant, ça fait rien si on y comprenait rien. C'était beau. Moi, j'avais envie de crier, et d'aller le rejoindre, mais j'étais comme paralysé. Et son corps, si long et mince, si noir, il était beau aussi. Beau à devenir fou. Mathurin, il a dit comme ça : " C'est plus possible, la terre va s'arrêter de tourner. " Eh bien, non, la terre n'a pas arrêté de tourner, et il s'est trouvé un salaud qui a eu le cœur de descendre le grand Noir, de tirer sur lui, un homme tout nu. Et je ne sais même pas de quel côté on a tiré, si c'est du nôtre ou de l'autre. J'ai pleuré. Et Mathurin lui, voilà qu'il voulait aller chercher le corps, pour le garder, le consoler. Beaulieu et moi on a dû le retenir, il aurait sinon été tué aussitôt. Blanche, elle a eu raison de mourir, de mourir tout de suite. Au moins elle, on l'a couchée proprement dans la terre, dans le silence, dessous les fleurs. Ici, on est écrasé dans la boue, et nos restes, les rats les bouffent. »

Mais il n'était même pas sûr que Blanche ait eu raison de mourir, car même sa paix avait été violée. Les exigences de l'occupant ne connaissaient en effet plus de limites et partout où il faisait loi il s'emparait de tout, dépouillant les reclus de la guerre jusque de leurs loquets de portes et de fenêtres, de leurs matelas et même des poils de leurs chiens et de leurs chats. À force de démunir ainsi les vivants de leurs moindres biens, l'occupant en arriva à se tourner vers les morts et à les rançonner, fourrageant à fond dans les cimetières pour s'assurer que rien n'y était soustrait à sa rapacité dans l'ombre des caveaux. Il en fut ainsi au cimetière de Montleroy et tant la tombe des Valcourt que celle des Davranches furent ouvertes et fouillées. « Vive-l'Empereur » fut même contraint de déposer une fois de plus les armes, — on lui vola son vieux fusil rouillé et on lui arracha les boutons de son uniforme. Le Père-Tambour, lui, fut dépossédé de la croix de bronze qu'il portait sur la poitrine, et le clocher de Saint-Pierre lui-même fut délesté de sa vieille cloche fêlée. Seule la poupée glissée par Margot auprès de Blanche ne fut pas dérobée. Un petit paquet de vieux chiffons pourris.

Augustin continuait à tenir son journal, au hasard des jours et des nuits. Il ne savait même plus pour quoi, pour qui, il faisait encore cela. Au début, il avait écrit pour les siens, pour sa famille et pour Juliette, afin de garder un lien avec eux, de demeurer, tout en étant soldat, avant tout un fils, un frère, un fiancé, — un homme en vie sauvegardé par l'amour. Mais la vie refluait sans cesse, l'espoir se raréfiait, et la colère se glissait dans son cœur. Déjà il n'écrivait plus pour les siens, il écrivait pour personne, pour rien, — il écrivait contre. Contre la peur, la haine, la folie et la mort.

Ange Luggieri se laissa tuer pour un rayon de soleil. L'hiver avait été si long, si rude, que lorsque le printemps amorça une faible percée Ange ne put s'empêcher de pointer le bout de son nez en l'air, risquant une tête d'enfant ravi au-dessus du muret de sacs de sable derrière lequel il s'abritait. « Sentez donc ça, les gars, c'est le printemps ! » s'exclama-t-il en dressant son visage vers le ciel bleuissant. Mais une grenade doubla de vitesse le timide rayon de soleil et emporta la tête du soldat Luggieri dont le sourire allègre éclata en bouillie. Le printemps ne se découragea pas pour autant, il s'entêta à faire éclore sur la terre éventrée des pâquerettes rosées, des touffes de pervenche et de cresson doré, des primevères et des violettes dont l'odeur dérivait dans l'air saturé de relents de poudre et de pourriture. Et comme pour souligner encore la joliesse dérisoire de cette effloraison des oiseaux invisibles se prenaient à chanter. Ils rentraient s'établir sur leur terre, sans souci de la guerre qui la leur disputait pourtant avec rage, et l'on pouvait entendre en contrepoint de la mitraille le léger gazouillis des fauvettes et les sifflements flûtés des grives et des merles. Mais d'autres animaux, plus nombreux et visibles, s'égaillaient également sur le champ de bataille. Ceux-là ne migraient pas avec les saisons, mais avec les allées et venues de la guerre seulement. C'étaient les rats, qui n'attendaient même plus que les soldats soient morts, s'attaquant aussi bien aux blessés sur les brancards.

« En fait les rats c'est nous, écrivit Augustin. Nous vivons comme des rats, à ramper jour et nuit dans la gadoue, les décombres, les cadavres. Nous devenons des rats, sauf que nous on a le ventre creux alors qu'eux ils ont la panse si pleine qu'elle leur pend. Et puis il y a la vermine qui grouille jusque dans nos gamelles. » Elle finit même par grouiller dans l'imagination des soldats qui s'amusaient à attraper poux et punaises pour les faire griller sur le feu après les avoir baptisés Hindenburg, Falkenhayn, Berlin, Munich ou Hambourg et les avoir cérémonieusement décorés de la croix de fer. Les autres, en face, en faisaient tout autant.

Quelques regains de froid vinrent encore défier le

printemps, puis l'été prit le dessus. La guerre s'éternisait toujours. « Tout tremble. La terre est comme un gros animal pris de vomissements. Je ne sais même pas quel jour, quelle heure c'est. Des colonnes de fumées noires, suffocantes, passent en trombe. Le ciel est noir comme une énorme cheminée qu'on n'aurait pas ramonée depuis des siècles. On ne voit même plus le soleil, et pourtant il fait chaud comme dans un four. On nous ordonne de tirer. Alors on tire. Mais on ne sait même pas sur quoi, sur qui. On ne voit rien. La fumée brûle les yeux. On tire les paupières fermées, gonflées de terre et de fumée. Parfois je me dis : " Tiens, je suis mort, et je tire encore. Je vais tirer comme ça toute l'éternité. Tirer, tirer, sans plus jamais arrêter, car il n'y aura pas de jugement dernier pour mettre fin à cette horreur. C'est la mort, je suis là, et je tire. " Voilà ce que je me dis. Eh bien non, la fumée s'est dissipée, le tir a cessé. Ce n'était pas l'éternité. Je me suis frotté les yeux, quand je les ai rouverts, j'ai aperçu Adrian qui avait dégringolé juste à côté de moi. J'ai cru qu'il avait culbuté et qu'il rigolait, la tête à la renverse. Mais quand je me suis approché, j'ai vu. Il avait la mâchoire fracassée, et plus de nez. Il avait aussi perdu une oreille et un œil. Malgré tout, je l'ai reconnu. Il restait un œil, un œil d'un bleu très vif, comme une fleur de chicorée. Voilà, encore un camarade de tué. Quand ce sera mon tour, je pourrai pas raconter comment ça s'est passé. Mais ça ne fait rien, car il n'y a plus rien à raconter, déjà. C'est toujours la même chose. Alors vous autres, vous pourrez bien inventer comment ça s'est passé pour Mathurin ou pour moi quand on sera tués. Parce que maintenant, vous savez tout. Mais c'est quand même encore rien ce que vous pourrez savoir. Et puis, peut-être que vous ne recevrez jamais ce cahier. »

Mais le prochain tour ne fut pas encore pour lui, ni pour Mathurin. Le hasard préféra Michel Duchesne et Pierre Beaulieu.

Les guetteurs avaient pourtant donné l'alarme et les soldats avaient passé leurs masques en toute hâte, mais Beaulieu tarda trop à ajuster le sien et une quinte de toux le saisit si violemment qu'il fut incapable de rattraper son retard. Il tomba sur les genoux, plié en deux, et roula dans la boue jusqu'à ce que sa toux devienne râle. Alors une écume rose lui monta aux lèvres. Il se tordit un moment encore, les mains crispées sur la poitrine, roulant des yeux exorbités tandis que les petites bulles roses qui emplissaient sa bouche se crevaient une à une avec un bruit léger autour de ses lèvres. Ses camarades, impuissants, penchaient vers lui leurs visages consternés, mais lui ne vit, à l'instant de mourir, que des faces effrayantes sans yeux ni traits, enfouies sous des masques-cagoules qui les confondaient tous. Quant à Duchesne, il disparut tout d'un bloc. Un obus tomba pile dessus et en une seconde il ne resta de lui pas même un ongle ou cheveu.

Il ne resta pas davantage récit de ces disparitions car Augustin s'était lassé d'écrire. À force de raconter incessamment la mort les mots eux-mêmes s'étaient épuisés, vidés de sens et de désir de porter témoignage. Il s'était d'ailleurs débarrassé de son cahier qu'il avait même voulu détruire, mais Mathurin l'avait sauvé et le gardait au fond de sa besace. Comme il ne savait ni lire ni écrire l'écriture dont son frère avait couvert toutes ces pages lui paraissait prodigieuse, magique presque. Parfois, il entrouvrait le cahier et passait doucement ses doigts sur les feuilles, touchant les mots qui autrement se refusaient à lui. Il songeait à Hortense, il espérait qu'elle aussi glisserait ses doigts sur ces mots impossibles qui racontaient pourquoi ils étaient séparés et comment même ils risquaient de devenir pour toujours intouchables l'un à l'autre.

Son désir d'Hortense le tourmentait bien plus que la peur de mourir.

Il leur fut enfin accordé une permission. Alors, comme ils ne pouvaient rentrer chez eux, ils partirent avec un de leurs camarades dont le village se situait aux confins de la zone occupée, non loin de la région de Terre-Noire, sur les bords de la Meuse.

Ce fut en revoyant son fleuve que cette idée lui vint. Mathurin entreprit de lancer le cahier, dont il avait couvert les dernières pages de dessins, à l'aventure au fil de l'eau. Il l'enveloppa dans du papier goudronné puis l'enferma dans une boîte en fer qu'il arma de flotteurs, après quoi il confia la boîte au courant. Là-bas, peut-être, à l'endroit où la Meuse passe au pied de Terre-Noire, il se trouverait quelqu'un pour découvrir la boîte dérivant près des berges et pour la porter aux siens, — peut-être. Mais dans cet infime et dérisoire « peut-être » Mathurin mettait plus de foi et d'espérance qu'il n'en avait jamais mis en aucun Dieu.

Et déjà ils étaient de retour au fond de leurs terriers saturés d'odeurs de cadavres dont la chaleur intense de l'été hâtait la décomposition. Des orages parfois éclataient vers le soir, confondant leurs fracas et leurs lueurs fantastiques avec ceux des jeux de salves flamboyants qui de partout jaillissaient. Les pluies violentes qui s'éboulaient transformaient les tranchées en marais. Le ciel, en proie à cette double convulsion

163

de l'orage et de la guerre, ressemblait alors à un ventre de reptile monstrueux en train de se dépouiller de sa mue. Cette peau morte et gluante du ciel, Augustin le sentait, était tout autant celle de Dieu.

Et cependant, ce Dieu desquamé, Juliette l'invoquait encore. Ils ne comprirent pas comment elles avaient réussi à leur faire parvenir l'enveloppe qui leur fut remise en plein cœur de la bataille. La boîte en fer larguée sur la Meuse avait été trouvée prise dans les herbes de la berge, en aval de Terre-Noire, et le cahier avait été remis à Nuit-d'Or-Gueule-de-Loup.

Juliette écrivait au nom de celui-ci, de leurs sœurs, et d'elle-même. Mais elle-même écrivait en absence de nom et de mots, car à la lecture du récit inachevé d'Augustin elle avait senti la malédiction de la maison des Veuves se relever et menacer, non plus seulement son propre destin, mais celui de toutes les femmes de la terre. Elle parlait donc au nom de cette peur et de cette douleur universelles qu'elle se savait par elle seule incapable de vaincre et qu'elle déposait alors entre les mains de Dieu. « Dans les mains déchirées de Dieu, écrivait-elle, le mal ne peut que tomber et toute souffrance disparaître dans les trous de ses blessures. J'ai tant pleuré, pendant des jours et des nuits, quand j'ai lu tout ce que tu as raconté. Et puis j'ai cessé. Parce qu'à la fin j'ai compris que ce malheur était trop grand, trop lourd, pour nous, et que c'était péché et orgueil que de vouloir le porter tout seul. Je suis allée à l'église, et je me suis agenouillée devant la statue en bois du Christ en croix qui est sur l'autel, et là j'ai jeté ma peur, mon désespoir, tout. Et j'ai senti que tout cela qui nous fait tellement de mal roulait loin de moi, tombait dans la blessure qui Lui ouvre le flanc. Tombait jusqu'à Son cœur, et y brûlait. Maintenant, je n'ai plus peur. Tu seras sauvé, je le sais, je le sens, et j'attends ton retour. » Mais ces mots n'avaient plus de sens pour Augustin, cette fois lui était retirée, et dans son cœur il se prit à maudire Juliette de s'être ainsi laissé prendre à ce mensonge. Il ne partageait plus que la révolte de son père.

Hortense, elle, n'avait ni pleuré ni prié. Elle avait seulement eu envie de crier. De crier plus fort que tous les soldats montant à l'assaut, s'écroulant sous les balles. De crier plus fort que la guerre. Oui, elle était un jardin, un grand jardin sauvage tout bruissant d'insectes, de chaleur et de cris d'oiseaux, plein de broussailles en fleurs et de nids d'animaux, gonflé d'ombres humides. Mais un jardin a des odeurs, pas seulement des couleurs. Et la plus forte odeur, la plus profonde, est toujours celles des roses. Elle avait alors dessiné pour Mathurin l'image la plus exubérante qu'elle n'avait jamais faite. C'était un corps foisonnant de couleurs, planté de bras et de jambes multiples qui tous étaient en mouvement comme les branches distordues d'une roue dont le centre était une rose entièrement épanouie.

Avant de glisser son dessin plié dans l'enveloppe, elle avait dormi toute une nuit avec la feuille pressée contre son sexe.

Le jour allait se lever. Ils étaient trois à ramper à travers le terrain battu d'obus, hérissé d'arbres fracassés et de barbelés argentés de rosée qui luisaient comme des buissons d'épines dans la lueur rose de l'aube. De longues stries d'un blanc laiteux soulignèrent l'horizon à l'est. Une alouette s'élança en modulant son premier cri du jour. Cette échappée à l'oblique du ciel donna le signal à d'autres envols, mais de l'autre côté de l'horizon, plein ouest. Ce fut d'abord un bruit sourd puis un long sifflement qui monta à l'aigu. Les trois hommes tournèrent la tête vers cette nuée d'étranges oiseaux aux becs rougeâtres et brillants qui s'élançaient en flèche. « Plaquez-vous ! Les mines ! » s'écria l'un du groupe en se laissant rouler dans un trou engorgé d'eau. Les oiseaux piquèrent soudain droit sur eux. Il y eut une détonation fantastique, la déflagration qui l'accompagna plaqua l'un au sol tandis que l'autre se trouva projeté très haut dans l'air rougeoyant comme s'il voulait répondre à son tour à l'appel de l'alouette et monter à l'assaut du jour.

Ce qui retomba de cet envol fut un jet de pierres, de débris d'armes, de terre pulvérisée, et un bras. Un bras unique, encore emmanché à sa main, et portant au poignet la plaque d'identité tenue par un lacet. Le bras vint s'échouer devant celui qui avait été plaqué contre terre. Mais celui-ci ne prit pas garde au nom inscrit sur la plaque, ni à la mèche de cheveux noirs enroulée autour du lacet. Il vit seulement que c'était là le bras de son frère et il oublia lequel des deux il était, lui, qui restait sauf, et absurdement seul. Il ramassa le bras, contempla longtemps, hébété, la main pareille aux siennes, puis l'enfouit sous sa capote. Une nouvelle explosion le déjeta à nouveau et cette fois il roula dans le fossé empli d'eau où il s'enfonça jusqu'aux genoux. L'automne approchait et le froid commençait déjà à se glisser dans l'eau et la boue, mais ce n'était pas à cause de cela qu'il se mit à claquer des dents. C'était de tendresse qu'il claquait ainsi des dents, une tendresse folle qui lui dévastait le cœur, la mémoire, et le faisait trembler de tous ses membres.

Une tendresse qui lui embuait les yeux de larmes immobiles et le forçait à sourire sans fin. Un drôle de sourire, aussi figé que ses larmes, et doux jusqu'à l'idiotie. Il demeura ainsi, à moitié accroupi dans l'eau, à claquer des dents et à sourire au vide, sans prêter attention à ce qui se passait autour. L'autre camarade qui avait sauté avant lui dans la fosse y gisait toujours, un éclat de mine lui avait troué la tempe. Il serait resté là longtemps, jusqu'à la fin de la guerre, ou tout au moins jusqu'à ce qu'un projectile quelconque l'atteigne à son tour, si ses compagnons ne l'avaient pas retrouvé le troisième jour et emporté de force. Comme il ne cessait de grelotter et de claquer des dents, et qu'il semblait avoir complètement perdu l'esprit, il fut transporté vers l'arrière. Ses pieds, longtemps plongés dans l'eau et la boue, s'étaient gonflés au point de faire craquer les coutures de ses godillots et il fallut le coucher à l'infirmerie. Le bras qu'il avait tenu pendant tout ce temps obstinément serré sous son manteau s'était étrangement momifié. La peau était devenue blanche et froide comme une pierre polie, pareille à celle du collier de leur père. Au creux de la paume une tache rosacée, de couleur rosée, s'était formée.

Au cours de cette nuit où l'un des deux frères avait trouvé la mort, Nuit-d'Or-Gueule-de-Loup fut réveillé en sursaut par une douleur aiguë qui lui traversa l'œil gauche. Il ressentit d'abord une vive brûlure puis aussitôt un froid intense sous la paupière. Mais ce ne fut que quelques jours plus tard que Margot remarqua la disparition d'une des dix-sept taches d'or dans l'œil de son père.

Hortense ne fut pas réveillée. Elle sombra au contraire dans un sommeil si profond et tourmenté de tant de rêves à feu et à sang qu'au matin elle se sentit tout endolorie, comme si elle avait été rouée de coup pendant la nuit. Son corps d'ailleurs garda traces de cet invisible combat nocturne car sa peau, de sa gorge à ses pieds, se couvrit d'innombrables petites ecchymoses rosâtres. Elle semblait ainsi avoir été peinte de haut en bas par quelque tatoueur-rosiériste. Juliette n'éprouva rien d'insolite durant cette nuit ; mais au matin, lorsqu'elle ouvrit ses volets, elle crut pendant un instant voir à la place du soleil monter un immense crâne de cheval d'un blanc crayeux à la verticale du ciel.

À partir de ce jour tous sentirent, même Mathilde et Margot et le vieux Jean-François-Tige-de-Fer, que quelque chose avait dû arriver, que l'un des deux frères avaient certainement été tué. Mais aucun ne se risqua à formuler sa crainte, de peur de défier le sort. Et leur attente redoubla, balancée plus que jamais entre la peur et l'espoir. Ce doute inavouable dura plus d'une année encore, au cours de laquelle ils ne reçurent aucune nouvelle.

5

Il reparut par un après-midi d'hiver si clair et froid que la vue, depuis la Ferme-Haute, semblait ne plus avoir de limites, tant le paysage alentour se découpait avec une remarquable netteté.

Il arriva par le chemin des écoliers dont le sol verglacé renvoyait très loin le bruit de ses pas. Nuit-d'Or-Gueule-de-Loup, qui était en train de couper du bois dans la cour, fut soudain mis en arrêt par ce martèlement sourd de pas qui montait du chemin. Qui donc pouvait bien venir s'aventurer jusqu'à sa ferme par un tel froid ? Il était si rare que quelqu'un vienne les voir. La solitude de sa ferme était devenue semblable à celle qui régnait autrefois à bord de la péniche de son père. Il continua cependant à débiter son bois, et ses coups de hache prirent bientôt la cadence des pas qui gravissaient la colline. Mais le visiteur montait avec tant de lourdeur et de lenteur qu'il n'en finissait pas d'approcher sans jamais arriver.

Il y eut un bruit du côté des étables ; un long mugissement scandé de coups sourds, comme si les bêtes frappaient leurs têtes contre le bois des mangeoires. Victor-Flandrin planta sa hache dans une bûche et se dirigea vers le chemin. Il aperçut en contrebas la silhouette immense et voûtée d'un homme tenant un bâton à la main. Il n'avait jamais vu d'homme si grand dans la contrée. Cependant quelque chose qu'il n'aurait su définir lui était familier dans la silhouette de cet inconnu. Ce qu'il remarqua en premier ce furent les pieds de l'homme. Ils étaient énormes et ne portaient ni bottes ni sabots mais étaient empaquetés dans des chiffons sanglés de ficelles et de lanières de cuir, ce qui donnait à la démarche du géant la lourdeur titubante d'un ours marchant sur ses seules pattes arrière. Il portait une épaisse barbe broussailleuse émaillée de givre. Un grand sac ballottait à son épaule.

Victor-Flandrin attendait toujours. Lorsque l'autre arriva à quelques mètres de lui il releva la tête et s'immobilisa. Les deux hommes se regardèrent. Leurs regards étaient durs et fixes comme ceux qu'échangent deux étrangers habitués à la solitude et qui se rencontrent pour la première fois, et en même temps ils avaient cette intensité douloureuse de ceux qui se connaissent jusqu'au plus profond et secret du cœur. Les yeux de l'arrivant brillaient de cet éclat fiévreux qui tremble dans les yeux des animaux traqués. Victor-Flandrin crut même y déceler quelque chose de cette terrifiante douceur qui agrandit et pétrifie les yeux des bœufs affolés par l'orage. Il remarqua aussi que les deux yeux de l'homme étaient dissemblables. La pupille de l'œil droit était resserrée en un étroit point noir, celle de l'œil gauche était complètement dilatée en une large tache dorée comme si cet œil avait été frappé de nuit au point de ne plus pouvoir se réadapter au jour.

Victor-Flandrin ne prit pas même garde au brusque tremblement qui se saisit de l'homme dont les mâchoires se mirent à claquer tant il restait fasciné par cette étrangeté de ses yeux. « C'est toi ?... » finit-il par demander d'un ton hésitant, puis il ajouta d'une voix étouffée... « mon fils »... Mais il n'aurait su dire lequel. L'autre fixait toujours sur lui son regard d'halluciné qui semblait tout à la fois voir avec l'acuité la plus aiguë, et ne rien voir. Il continuait à claquer des dents tout en grimaçant un sourire.

Nuit-d'Or-Gueule-de-Loup s'avança et leva doucement la main vers lui. « Mon fils... », répéta-t-il comme en rêve en effleurant le visage tremblant et glacé de ce fils qu'il ne pouvait même pas nommer. L'autre redressa subitement la tête d'un air farouche et étonné. « Non pas ton fils, s'écria-t-il. Tes fils ! » Cette fois Victor-Flandrin saisit le visage de son fils dans ses mains et l'y tint fermement. Il voulait savoir, il voulait comprendre. Mais le regard double de l'autre, mi-diurne mi-nocturne, mi-vif mi-mort, le détourna de ses questions.

Leurs deux visages se tenaient si près l'un de l'autre qu'ils se touchaient presque. La neige tout autour d'eux réverbérait jusqu'à l'aveuglement la luminosité du ciel ; le vent chassait à vive allure un banc de nuages gris bleuté dont l'ombre glissait sur les champs étincelants et plus loin, là-bas dans la vallée, sur le cours presque immobile de la Meuse. Mais Victor-Flandrin ne voyait rien d'autre que la face qu'il enserrait entre ses mains, plus immense et vide encore que le paysage désert les entourant. Et là aussi une ombre dérivait. Dans l'œil gauche, dont la pupille d'or demeurait fixe et dilatée, une tache sombre affleurait. Nuit-d'Or-Gueule-de-Loup étouffa un cri. Cette pupille béante était un miroir ardent qui enflammait, non pas ce qui venait s'y réfléchir, mais les images déjà gravées en creux dans son fond. Des images montées comme des oiseaux ivres s'élançant droit à la verticale du ciel depuis les douves d'une mémoire devenue folle. Et ces images étaient visages, Victor-Flandrin y distingua celui de ses fils et celui d'autres jeunes hommes encore qu'il ne connaissait pas. Tous avaient le même air épouvanté et s'embrasaient sitôt parus pour exploser tout aussitôt, disparaissant, resurgissant sans cesse. Il aperçut même son propre reflet prendre figure pour la première fois depuis plus de vingt ans. Et, à la croisée de tous ces visages, il crut soudain reconnaître un autre visage encore, qu'il avait pourtant cru oublié. C'était celui de son père, Théodore-Faustin, avec sa bouche distordue par la blessure du sabre et par un accès de mauvais rire. Ce rire fou, ce rire de douleur, il ne voulait pas l'entendre, plus jamais l'entendre, et il lâcha brutalement la tête de son fils, le repoussant presque, mais il ne trouva pas le temps de se détourner et de s'enfuir. Il se sentit fauché à hauteur des genoux par une irrépressible faiblesse, et il s'affaissa tout d'un bloc aux pieds de son fils. Il voulait crier : « Non ! », chasser l'image, toutes les images, répudier le visage fou du père, mais il ne sut que répéter d'une voix suppliante : « Pardonne-moi !... pardonne-moi... pardonne... » Il ne savait même pas à qui, ni de quoi, il demandait ainsi pardon.

« Mais enfin, dit Mathilde lorsque tous furent réunis autour de la table de la cuisine, tu dois nous raconter. Lequel des deux es-tu ? — Je ne sais pas, je ne veux pas savoir », répondit le frère qui sentait bien qu'il ne pouvait se nommer, départageant ainsi le vivant et le mort, sans cesser d'exister du même coup. Il ne survivait qu'au prix de ce dédoublement intérieur. « Alors, comment on fera pour t'appeler ? » continua Mathilde. L'autre se contenta de hausser les épaules, cela lui était bien indifférent. « Mais l'autre..., se risqua à demander Margot, l'autre, il est mort, vraiment ?... » Cette question, que tous pourtant attendaient, les fit sursauter et les plongea dans le silence. « Le voilà », finit par dire le frère en sortant de son sac une boîte en fer allongée qu'il posa devant lui sur la table. Les autres regardèrent cette chose incongrue sans mot dire. « Une poupée ! Une poupée ! songea soudain Margot épouvantée, mon frère est devenu lui aussi une poupée ! » « Pauvre petit ! » murmura Jean-François-Tige-de-Fer qui se tenait si rabougri à l'autre bout de la table que personne ne l'entendit. Seule l'une des petites, Violette-Honorine, assise sur ses genoux, releva la tête vers lui d'un air étonné. Sa sœur, Rose-Héloïse, s'était endormie sur le banc à ses côtés.

Le frère ouvrit la boîte. Il en sortit un long paquet enveloppé dans un morceau de toile qu'il déroula puis posa une chose curieuse au milieu de la table, ainsi que deux lacets portant une plaque d'identité au nom de chacun des fils Péniel. « C'est quoi ? » demanda Rose-Héloïse qui venait de se réveiller. Personne ne lui répondit ; tous gardaient les yeux rivés sur le bras pétrifié. Ce fut à ce moment-là que le phénomène, qui devait se répéter si souvent plus tard dans la vie de Violette-Honorine, se produisit pour la première fois. La tache rosacée qu'elle portait à la tempe gauche se couvrit d'une fine sueur de sang et un mince filet rouge s'écoula sur sa joue. L'enfant se frotta la tempe et remarqua simplement : « Il y du sang », mais elle n'avait pas mal. Obscurément déjà elle sentait que ce sang n'était pas le sien. Ce jour-là Jean-François-Tige-de-Fer fut le seul à s'apercevoir du phénomène, mais il ne dit rien. Il prit la petite dans ses bras et sortit de la cuisine.

Le survivant n'était pas le seul à vouloir taire le nom de celui qui était mort. Son refus trouvait écho chez Hortense et Juliette. Toutes deux vinrent le voir mais aucune ne reconnut l'homme qu'elles avaient tant aimé et attendu. Celui-ci était démesurément grand, maigre et voûté, affublé d'une barbe en broussaille et de pieds difformes. Mais cela importait peu, et chacune déclara reconnaître le sien. Lui ne déclara rien, il répondit à part égale à l'amour des deux femmes. L'une l'appelait Mathurin, l'autre Augustin. D'elles seules il acceptait d'être nommé car leur voix toujours se faisait chair, chair confondue à la sienne jusqu'à l'oubli de la douleur de toute séparation.

Dans les bras de Juliette, il redevenait Augustin et trouvait la douceur du repos. Contre le corps d'Hortense il devenait Mathurin et s'échouait en cris fantastiques dans la touffeur et la violence d'un vide éblouissant. Mais des autres il n'acceptait pas de nom au singulier, aussi finit-on par le surnommer « Deux-Frères ».

S'il se remit à travailler dans les champs de Terre-Noire ce fut toujours en solitaire et il se retira dans une partie abandonnée des bâtiments de la ferme. Victor-Flandrin venait parfois à la tombée du jour s'asseoir à la table de son fils. Tous deux se tenaient alors en silence face à face un long moment avant de se mettre à parler. Et encore n'approchaient-ils la parole que par d'infinis détours comme s'ils craignaient de buter contre quelque mot interdit qui eût rendu aussitôt toute discussion impossible. Ils parlaient du temps, des champs, des bêtes. La boîte qui renfermait le bras du disparu et les deux plaques d'identité était posée sur une étagère au-dessus du bat-flanc qui lui servait de couche. Deux-Frères avait refusé que cet ultime reste de son frère fût porté en terre, — il ne le serait que lorsque la mort aurait consommé cette autre moitié du disparu qui continuait à perdurer en lui, le survivant.

Parfois aussi les deux petites venaient jouer en silence devant sa porte. Deux-Frères les aimait bien car elles lui rappelaient leur mère, la douce Blanche, dont il visitait chaque semaine la tombe au cimetière de Montleroy. L'une des deux particulièrement le troublait ; son regard était clair jusqu'à la transparence et lorsqu'elle levait ses yeux vers lui il se sentait soudain allégé de sa souffrance, réconcilié un instant avec lui-même, et l'autre de lui-même. Le regard de Violette-Honorine, dans son extrême tendresse, était comme un souffle capable de bouleverser et soulever n'importe quel poids, de mettre toute chose, toute douleur, en suspens dans l'étonnement, — jusqu'à l'émerveillement. Le regard de Violette-Honorine « n'était pas de ce monde », prétendait le vieux Tige-de-Fer qui vouait à l'enfant un amour sans limites.

Une pluie fine comme un embrun, d'un gris cendreux, voletait sur la campagne. Hortense jeta un châle sur ses épaules et sortit tête nue ; elle prit le chemin de la maison des Veuves et marcha d'une traite, un drôle de sourire entêté aux lèvres. Lorsqu'elle arriva dans la cour elle aperçut un remous agiter les rideaux de toutes les fenêtres et sentit passer sur elle le regard frileux des cinq veuves. « Des six veuves ! » rectifiait toujours Hortense qui s'obstinait à compter dorénavant Juliette à leur nombre.

C'était la première fois qu'elle revenait à cette maison depuis le retour de Deux-Frères qui avait d'emblée fait de Juliette sa rivale. Quand elle frappa à la porte, il lui sembla entendre ses coups se répercuter dans le vide du logis comme dans une grosse cuve humide et elle eut un mouvement de recul sur le seuil. Ce fut Juliette qui vint lui ouvrir ; elle avait des cernes bleuâtres autour des yeux et ses cheveux étaient défaits. Les deux jeunes femmes se regardèrent un moment en silence. « Entre, proposa enfin Juliette. — Non, répondit brusquement Hortense. Je suis juste venue te dire que... » mais elle ne trouva pas les mots pour finir sa phrase. L'autre attendait, elle avait baissé la tête. Elle avait compris. « Il a bougé, reprit Hortense qui enchaîna alors d'une voix saccadée, — il a bougé ce matin, dans mon ventre. Maintenant je suis sûre. Voilà, je voulais te le dire. C'est l'enfant de Mathurin. De Mathurin, et de moi. » Juliette releva la tête. « Ah ? » fit-elle en se blottissant contre la porte. Puis elle ajouta, à voix si basse qu'Hortense l'entendit à peine : « Moi aussi, j'attends un enfant.

D'Augustin. » Hortense la saisit brutalement par l'épaule puis la repoussa tout aussitôt. « Tu mens ! hurla-t-elle. Ce n'est pas possible ! Augustin est mort. Il est mort, tu entends ? Il est mort là-bas, comme tous les hommes qui approchent les femmes de cette maison maudite ! C'est mon Mathurin qui est revenu, et c'est son enfant que je porte ! » Juliette secoua doucement la tête. « Non, dit-elle. Ils sont morts un peu tous les deux, là-bas, tu le sais bien. Et ils sont revenus quand même, mais à moitié. Alors, faut bien que nous aussi on accepte de partager. — Jamais ! » s'écria Hortense. Puis elle lui tourna le dos et repartit à pas vifs sous la bruine.

Lorsque Deux-Frères apprit cette double nouvelle il se sentit tout à la fois accablé et heureux ; tantôt la vie en lui reprenait force et espoir, tantôt la mort s'élançait et montait à l'aigu.

Nuit-d'Or-Gueule-de-Loup accueillit les deux jeunes femmes dans sa ferme. Ce fut Juliette qui vint la première. Elle ne voulait pas rester en bas, dans sa maison de veuves où des frayeurs terribles la hantaient. Elle avait peur que son enfant ne tombe dès sa naissance et ne se tue aussitôt. Margot partagea sa chambre avec elle, et Mathilde s'installa dans celle des deux petites qu'elle élevait. Hortense ne tarda pas à marcher sur les pas de sa rivale et vint prendre place à son tour à la ferme. On lui dressa un lit dans le recoin de la cuisine, mais souvent, la nuit, elle s'échappait pour aller rejoindre Deux-Frères.

Plus le temps de sa grossesse passait et plus Juliette se sentait prise par un besoin irraisonné de manger des insectes. Elle n'avait de cesse d'attraper des grillons et des sauterelles ou de voler aux araignées les petites mouches prises dans leurs toiles pour les

176

croquer. Quant à Hortense elle était travaillée par une telle faim de terre et de racines qu'elle courait tout le jour à travers champs et bois pour dévorer la terre humide au pied des arbres ou au creux des sillons.

Ce fut durant ce printemps-là qu'eurent lieu les fiançailles de Margot avec Guillaume Delvaux. Il venait de la ville et n'était arrivé que depuis peu à Montleroy où il avait repris le poste de maître d'école du village.

Les enfants ne l'aimaient pas et l'avaient aussitôt surnommé « La Trique » car il ne se séparait jamais d'une longue badine en bois souple qu'il aimait faire siffler en passant près des bancs. Les gens du village et de Terre-Noire ne l'aimaient pas davantage à cause de ses manières assez fantasques et de son air un peu hautain. Il ne fréquentait personne, ne sortait jamais, n'allait ni à l'église ni au café. Les gens finirent par lui prêter quelque activité occulte et il s'en trouva même qui munirent leurs enfants d'amulettes pour les préserver du mauvais œil de La Trique.

Margot l'avait rencontré en allant conduire les deux petites à l'école. Assurément elle ne s'était prémunie d'aucune amulette et ce fut sans la moindre défense qu'elle se laissa prendre au charme de ce nouveau venu. Lui ne semblait lui accorder aucune attention et ne lui adressait jamais la parole. Un jour cependant il l'arrêta devant les grilles de l'école et lui dit : « Mademoiselle Péniel, je voudrais vous parler. Venez ce soir, après la sortie. Je vous attendrai dans la classe. » Comme elle restait tout étourdie devant lui il demanda : « Viendrez-vous ? » Elle fit simplement oui de la tête et s'éloigna sans poser de questions. Elle ne retourna pas à la Ferme-Haute ce jour-là et marcha droit devant elle sur la route sans s'arrêter, la tête en proie au vide. Une débâcle de vide. Mais le temps s'était inscrit en elle et d'un coup elle rebroussa chemin comme un sablier que l'on tourne. Lorsqu'elle traversa la cour de l'école le sablier était vidé, l'école déserte, et l'heure du rendez-vous juste arrivée.

Elle entra dans la classe baignée de pénombre et n'aperçut personne. Sur le grand tableau noir, toujours encadré par la carte de France et le planisphère aux taches roses dont les frontières avaient été réajustées au goût de l'histoire, un portrait d'elle, dessiné à la craie, s'étalait. C'était un portrait en trois quarts, avec les yeux fermés. Elle s'approcha de son image et sentit le sommeil du portrait l'envahir doucement. Elle s'assit sur le bord de l'estrade, posa ses mains sur ses genoux, et se mit à chanter à voix basse en balançant légèrement les épaules pour ne pas se laisser emporter par le sommeil. Dans son assoupissement elle se revit enfant lorsque, assise sagement à son banc aux côtés de Mathilde, elle écoutait l'instituteur décrire sur les cartes murales les merveilles des trois France, — la métropolitaine, l'africaine et l'annamite. Mais plus fantastique encore se révélait aujourd'hui cette quatrième France, — La France-Margot, la France-Guillaume.

C'est alors qu'il était sorti de l'ombre d'un des angles de la salle et s'était avancé vers elle.

Il monta sur l'estrade et se dirigea vers le tableau comme s'il ne l'avait pas vue. Elle cessa de chanter mais ne bougea pas. « Un visage qui se présente de trois quarts est troublant, dit-il en contemplant le portrait, on ne sait pas s'il va se détourner en profil pour s'éloigner, ou bien s'il va se retourner complètement pour faire face. Qu'en pensez-vous ? — Mais ce visage a les yeux fermés, répondit Margot. Il peut bien se tourner dans tous les sens, il ne verra rien quand même. — Et que verrait-il donc si je lui ouvrais les yeux ? demanda Guillaume en saisissant la brosse. — Il vous verra, vous, fit Margot. — Alors, que fera-t-il ensuite, il se mettra de profil ou de face ? insista-t-il tandis qu'il redessinait les yeux. — Il restera de face, dit-elle. — Dans ce cas je dois tout effacer et recommencer. Mais j'ai besoin d'un modèle pour ce nouveau portrait. Voulez-vous poser pour moi ? » Cette fois elle ne répondit pas. Elle se leva, s'approcha de lui, lui prit la brosse des mains et se mit à effacer lentement le tableau. Lorsqu'il ne resta plus qu'une vague traînée blanchâtre sur le bois noir elle lui rendit la brosse et se tint face à lui. « Voilà, dit-elle en se tenant très droite le dos au tableau. Vous pouvez recommencer maintenant. Je ne bougerai pas. » Alors, il lui saisit la tête par les cheveux, la lui renversa légèrement en arrière, et lui passa doucement la brosse sur tout le visage et le cou, lui barbouillant la peau de craie.

Margot avait fermé les yeux et se laissait docilement couvrir de craie. De même n'opposa-t-elle aucune résistance lorsqu'il commença à dégrafer lentement son corsage. Quand elle rouvrit les yeux l'obscurité emplissait toute la salle de classe et l'on ne distinguait plus que des ombres. Elle se tenait toujours debout, au milieu de l'estrade, entièrement nue, la peau couverte des pieds à la tête de poudre blanche. « Maintenant que je vous ai revêtue de la plus belle robe de mariée, dit alors Guillaume sans se départir de son ton de maître d'école, il faut que je vous passe l'anneau. ». Il la prit par la main, l'entraîna jusqu'au bureau et là lui plongea l'index de la main gauche dans l'encrier. « Mais ce n'est pas à ce doigt-là que l'on passe l'alliance, fit remarquer Margot. — Non, mais c'est avec ce doigt que l'on désigne ce que l'on veut. C'est donc le doigt du désir. Le seul qui compte », répondit Guillaume. Margot pointa alors son index ruisselant d'encre violette vers lui et le posa sur ses lèvres. À son tour il glissa son doigt dans l'encrier et, s'en servant comme d'un pinceau, il lui peignit la pointe des seins, les lobes d'oreilles et les paupières ainsi que la toison du sexe en violet.

Lorsqu'elle rentra à la Ferme-Haute le jour pointait déjà. Elle trouva Mathilde assise sur les marches du perron. Elle ôta ses souliers et s'approcha sans bruit de sa sœur endormie. Dans la très faible lueur de l'aube commençante le visage de Mathilde lui parut plus que jamais semblable au sien, la fatigue et le sommeil ayant estompé la dureté qui au fil des années raidissait les traits de sa sœur. Elle crut revoir le portrait que Guillaume avait dessiné au tableau, mais cette fois c'était sur elle-même, sur sa folie et son péché, que cette image allait ouvrir les yeux. Elle voulut appeler Mathilde, mais ce fut son propre nom qu'elle murmura : « Margot ! Margot ! Qu'est-ce que tu fais là ?.. »

Mathilde sursauta et se leva aussitôt. Elle regarda sa sœur avec stupeur mais ne put rien dire. Elle se mordit les lèvres comme pour se retenir de crier, ou de pleurer. Margot, encore toute barbouillée de craie et d'encre, fixait sur elle un regard absent. Mais Mathilde se ressaisit et, prenant fermement sa sœur par la main, elle la fit entrer dans la ferme et lui dit : « Viens. Il faut te laver, et dormir. » Puis elle répéta encore d'une voix sourde, « te laver, et dormir ».

Mathilde ne posa aucune question à Margot, mais le lendemain elle lui annonça : « C'est moi qui accompagne Rose et Violette à l'école aujourd'hui. Tu

resteras à la ferme et prépareras le déjeuner. » Margot
ne répondit rien et laissa partir sa sœur à sa place.

Mathilde entra dans la salle avec les enfants et prit
place sur un banc au fond de la salle. Elle demeura là
toute la matinée, sans bouger, sans détourner les yeux
de l'instituteur. Celui-ci ne lui posa d'ailleurs aucune
question et n'osa même pas lui parler. Il ne comprenait pas qui était cette femme en laquelle il voyait
Margot sans cependant la reconnaître. Dès que la
cloche retentit sous le préau et que les écoliers
sortirent pour s'égailler dans la cour, Mathilde se
leva, traversa la salle de classe et vint se poster face à
Guillaume. Il la considéra un moment et lui dit à la
fin : « Je ne vous reconnais pas. Vous êtes si différente
aujourd'hui ! — Je ne suis pas Margot, fit-elle d'un
ton sec. Je suis Mathilde, sa jumelle. » Guillaume
l'observa d'abord avec étonnement puis il se mit à
tourner autour d'elle en faisant jouer sa badine entre
ses mains. « Quelle étrange famille vous faites ! s'exclama-t-il avec ironie. Vous allez donc toujours par
paires ? Une deux, une deux, une deux... Vous devriez
marcher au pas de l'oie ! » Il eut un petit rire moqueur
mais Mathilde l'interrompit tout aussitôt. Elle se
retourna brutalement vers lui, lui arracha la badine
d'entre les mains et la brisa net sur le rebord du
bureau. « Je n'aime pas votre rire, ni vos manières, lui
dit-elle en jetant les morceaux de la badine sur
l'estrade. Dans ma famille on sait marcher, et on se
tient la tête droite. Très droite. Il vous faudra
d'ailleurs apprendre à lever la vôtre très haut si vous
voulez aller parler à mon père pour lui demander la
main de Margot. Mais avant, exercez-vous bien, car
vous êtes encore bien petit et vous risquez fort
d'attraper un torticolis quand vous voudrez faire face
au père Péniel ! » Elle ne lui laissa pas le temps de

répondre. Elle lui tourna le dos et quitta l'école aussitôt.

Quelque temps plus tard Guillame Delvaux vint faire sa demande à Nuit-d'Or-Gueule-de-Loup. Il n'attrapa aucun torticolis en le voyant mais ressentit un profond malaise. Il ne pouvait oublier l'humiliation que Mathilde lui avait infligée et il ne savait pas si sa demande en mariage était motivée par son amour pour Margot ou par un violent désir de venir défier la sœur.

Margot, quant à elle, ne connaissait aucun doute. Elle aimait Guillaume jusqu'à l'aveuglement et la perte absolue d'elle-même. Depuis ce jour où il l'avait blanchie à la craie son corps n'était plus qu'une page éclatante de vide toute tendue dans l'attente de cette écriture nouvelle qui ferait d'elle et de sa vie un livre en mouvement, en fête et en folie. Le mariage fut fixé pour le début de la nouvelle année, au jour anniversaire de Margot.

7

Elles arrivèrent à la queue leu leu sur la route montant à la Ferme-Haute. Les blés étaient si hauts de chaque côté du chemin que les cinq veuves trottinant sous le ciel ressemblaient à quelques épis noirs arrachés aux champs et poussés par le vent loin de toute récolte. Elles traversèrent la cour en silence et, après s'être longuement essuyé les pieds sur le seuil, elles entrèrent. Dans la maison résonnaient déjà les gémissements des deux jeunes femmes dont l'heure de la délivrance approchait. Les veuves montèrent jusqu'à la chambre où reposait Juliette. Hortense se trouvait juste à côté, on l'avait transportée dans la chambre de Victor-Flandrin.

« Allez-vous-en ! » hurla Juliette en voyant approcher les silhouettes noires de son lit. Mais elle n'eut pas la force de lutter davantage tant sa douleur était vive et elle s'abandonna sans plus de résistance aux soins des femmes que dirigeait la grand-mère.

Il y eut un cri formidable poussé par Hortense et Juliette d'une même voix, mais l'une le déclina jusqu'au grave tandis que l'autre le monta à l'aigu. Lorsque ce double cri retomba au silence il ne trouva qu'un seul écho. Dans la chambre d'Hortense seule retentit le braillement d'un nouveau-né. Dans celle de Juliette il n'y eut point d'autre cri, — seulement un bruit fantastique de froissements d'ailes et de stridulations. Ce fut une clameur comme de vent ou de mer. Par milliers des insectes minuscules, d'un vert clair phosphorescent, jaillirent du corps ouvert de Juliette. Ils s'envolèrent en trombe par la fenêtre ouverte et s'abattirent sur les champs de blé dont presque aussitôt il ne resta que des épis tout nus et desséchés.

Hortense, elle, venait de donner naissance à un petit garçon. C'était un bel enfant, fort et gesticulant, mais son dos se renflait d'une curieuse bosse. Il fut nommé Benoît-Quentin.

Lorsque les veuves redescendirent la route entre les champs aux épis ravagés, elles étaient six. Elles emmenaient Juliette avec elles. Sitôt délivrée du fruit perdu de ses entrailles celle-ci s'était redressée sur sa couche, avait sauté hors du lit et couru à la fenêtre. Elle avait vu la nuée d'insectes verts s'abattre sur les blés et détruire la moisson. Elle avait vu le soleil planté à pic au-dessus de la terre, béant comme la gueule d'un tour chauffé à blanc. Elle avait fixé ce soleil jusqu'à l'aveuglement et vu toutes choses, toutes formes, se dissoudre dans la trop grande lumière comme en un bain de chaux vive. Alors, les yeux brûlés de larmes, elle s'était retournée vers les femmes qui tenaient encore dans leurs mains les linges inutiles et la cuvette et le broc d'eau. « Posez tout cela, leur avait-elle ordonné. Il faut partir maintenant. » Les femmes avaient plié les linges en silence, fermé le lit immaculé, rangé la chambre. « Je rentre avec vous », avait-elle déclaré. Puis elle avait ajouté : « J'ai froid ! » Sa sœur lui avait donné son châle, mais elle avait encore froid. Alors les quatre autres l'enveloppèrent aussi de leurs châles noirs, mais elle avait toujours autant froid. Ce froid ne la quitta que lorsqu'on lui porta le nouveau-né, qu'elle le prit dans ses bras et lui donna le sein.

Il apparut en effet qu'Hortense ne pouvait nourrir son enfant. Ses seins n'avaient pas de lait, ils étaient gorgés de boue. Seule Juliette avait du lait et ce fut elle qui allaita Benoît-Quentin. Hortense dut donc partir à son tour de la Ferme-Haute et aller s'installer dans la maison des Veuves pour ne pas se séparer de son fils. Elle consentit à y demeurer jusqu'à ce que l'enfant atteigne l'âge d'être sevré. Et pendant tout ce temps on vit chaque jour Deux-Frères descendre après son travail jusqu'à la maison des Veuves. Il partageait le repas en silence avec les sept femmes, assis entre Juliette et Hortense, puis après le dîner il montait à la chambre où reposait son fils et c'était lui qui chaque soir le berçait jusqu'à ce qu'il s'endorme. Après quoi il reprenait le chemin de la Ferme-Haute où Hortense parfois venait le rejoindre au milieu de la nuit.

Benoît-Quentin portait une double tache d'or à l'œil gauche, et une bosse sur le dos.

Margot confectionna elle-même sa robe de mariée. Elle partit à la ville acheter des étoffes, des perles, de la passementerie. Mais elle ne montra ses achats qu'à Mathilde qui l'aida à réaliser l'ouvrage. Et ce fut bien une œuvre qu'elle produisit ; sa robe relevait moins de l'art de la couture que de celui de la sculpture et de l'enluminure. Et ce travail dura des mois. C'était tout son amour, — c'était son corps rendu fou de désir et d'attente, que Margot ouvrageait de la sorte. Sa toilette de mariée devint poème de blancheur, de reflets et d'éclats. Ce ne fut d'ailleurs pas vraiment une robe, mais un assemblage extravagant de jupons. Elle en fit treize qui se juxtaposaient selon des tailles et des formes différentes. Le plus long était en satin damassé et son ourlet était frangé de petits glands de soie, puis alternaient jupons de lin, de velours, de moire, de percale et de maille de laine, chacun étant ajouré de guipure et rehaussé d'un fouillis de galons, de nœuds et de rubans. La taille était serrée par une large ceinture de taffetas brodé aux initiales G. et M. Les deux lettres étaient faites en perles de verre et s'entrelaçaient en une prodigieuse arabesque. Puis elle fit un corset de satin, une chemise de dentelle à col montant fermée aux poignets et sur la nuque par des bouquets de boutons de nacre, et un casaquin de velours qu'elle plastronna de plumes et de roses en tulle. Elle tailla ensuite un voile dans un pan de batiste de trois mètres de long et le couvrit par fines broderies de centaines d'étoiles, de fleurs et d'oiseaux. Elle acheta encore de la fourrure blanche avec laquelle elle confectionna un manchon ainsi qu'un large bandeau pour retenir le voile, et elle en fit orner également les revers de ses bottines. Cette tenue coûta si cher que tout l'argent de la dot y fut dépensé avant même le mariage, mais Nuit-d'Or-Gueule-de-Loup pensa que tant la joie que la beauté étaient choses si rares et brèves sur la terre qu'il fallait savoir les honorer lorsqu'elles passaient, fût-ce le temps d'un jour, aussi jugea-t-il que la folie amoureuse de sa fille méritait bien une telle dépense.

Les noces eurent lieu au premier jour de l'an nouveau. Et ce jour-là en effet, lorsque Margot sortit de la cour de la ferme, étrennant à la fois ses vingt ans et sa robe fabuleuse, et qu'elle prit place aux côtés de son père dans la charrette attelée à deux bœufs aux cornes ornées de rubans blancs, et qu'elle traversa la campagne où scintillait la neige, on put croire, vraiment, que la beauté était descendue sur la terre et que la joie venait y prendre séjour.

Margot portait un gros bouquet de gui et quand elle pénétra dans l'enceinte de l'église de Montleroy elle vint déposer une branche de gui sur la tombe de sa mère et une autre sur celle de Blanche. Elle gardait mémoire des deux femmes devenues poupées ; l'une toute raide comme une petite poupée de bois drôlement entortillée dans des morceaux de calicot à fleurs, l'autre brisée comme une pauvre poupée de verre. Et elle les invita à se joindre à ses noces, à son bonheur, à sa métamorphose. Car elle n'était encore elle-même qu'une poupée. Une poupée de craie tout emmitouflée de belles étoffes, de passementerie et de fourrure, mais bientôt elle allait prendre chair, face à Dieu et à l'éternité, et consommer cette chair nouvelle dans la nudité et l'abandon.

Saint-Pierre mit en branle sa nouvelle cloche et essaima gaiement son carillon à travers le village tandis que la famille Péniel se rassemblait sur le parvis de l'église. Margot, se tenant au bras de son père, fixait en souriant la place où Guillaume allait déboucher. Tous les autres n'avaient de regard que pour elle tant elle était jolie avec extravagance. La place fut bientôt emplie de monde, tous les habitants du village, de Terre-Noire et des hameaux d'alentour arrivaient pour admirer la fille de Nuit-d'Or-Gueule-de-Loup et tous découvraient la blancheur comme jamais encore ils ne l'avaient vue. Margot portait du blanc avec tant de magnificence que toute autre blancheur, tant l'éclat du soleil que celui de la neige, semblait sourdre de ses jupons et de son voile. Elle trônait devant le porche ouvert de l'église pareille à ces reines des neiges que les enfants rencontrent dans les contes. Et Nuit-d'Or-Gueule-de-Loup lui tenait ferme le bras, roi-paysan ébloui par la beauté de sa fille et fier de la montrer aux gens de la terre.

Mais l'heure passait et Guillaume tardait à arriver. Margot commença à frapper à petits coups ses pieds sur la pierre verglacée du parvis pour les réchauffer. Mais ce discret martèlement prit une résonance fantastique qui couvrit bientôt les clameurs d'admiration de la foule et le joyeux tintamarre du clocher. Tous se turent et contemplèrent avec stupeur les fines bottines blanches battre la démesure et résonner avec plus de fracas qu'un millier de tambours. En quelque lieu où pût se trouver Guillaume en cet instant il aurait dû entendre cet appel.

Il arriva d'ailleurs une réponse. Un petit garçon traversa la foule pressée sur la place en jouant des coudes et accourut jusqu'au parvis. Là, tout essoufflé, il tendit un papier à la mariée et s'en retourna aussi vite. Margot déplia la feuille. Guillaume avait écrit trois courtes lignes ; son écriture était soignée jusqu'à la préciosité, un vrai petit chef-d'œuvre de calligraphie. Elle lut : « Margot, ne m'attendez pas — Je ne

187

viendrai pas — Je ne vous reverrai jamais — Oubliez-
moi — Guillaume. »

La Trique tint effectivement parole, on ne le revit
jamais et personne ne sut ce qu'il était devenu.

Margot replia lentement la lettre, la glissa sous sa
ceinture, puis déjeta un peu la tête en arrière et se mit
à rire. Un joli petit rire comme un tintinnabulement
de grelots de verre. Puis, s'arrachant du bras de son
père, elle se mit à tourner en balançant doucement les
épaules et la tête et en martelant le sol de ses talons.
Son voile se gonfla et flotta avec de lents remous
tandis que ses jupons se soulevaient et s'ouvraient en
corolles. Elle avait levé ses bras et tournoyait de plus
en plus vite comme une toupie. Ce fut en virevoltant
de la sorte qu'elle s'élança dans la nef, refoulant
l'ombre de l'église à grands coups de jupons. Son rire
et le bruit de ses pas précipités se répercutaient
drôlement sous la voûte. C'est alors qu'apercevant le
confessionnal derrière les piliers elle s'y précipita en
tournoyant et arracha le vieux rideau violet tout moisi
d'humidité et le jeta sur ses épaules comme une
bâche. Elle dansa encore quelques minutes à travers
l'église, renversant chaises et bancs, et s'effondra
subitement avec un cri suraigu comme une marion-
nette dont on vient de couper tous les fils.

« Margot! Margot! Qu'est-ce que tu as? » s'écria
Mathilde que l'effroi retenait clouée au portail. Elle
serrait dans ses poings fermés contre ses hanches les
mains de Rose-Héloïse et de Violette-Honorine qui
regardaient, bouche bée, le grand frou-frou de tissus
blancs devenu immobile là-bas, à l'autre bout de la nef.

Nuit-d'Or-Gueule-de-Loup entra dans l'église et
s'avança jusqu'à Margot. Lorsqu'il souleva dans ses
bras le corps inanimé de sa fille il le trouva de si peu
de poids qu'il faillit perdre l'équilibre en se relevant et

ce fut d'un pas mal assuré qu'il porta ce corps délesté de toute pesanteur jusqu'à l'autel où il le déposa. Il renversa les vases, les chandeliers et les objets du culte puis il saisit le crucifix en bois doré et le brisa net contre le tabernacle en s'écriant : « C'est donc ainsi, Dieu de malheur, que tu aimes voir tes enfants, frappés de mort et de folie ? Alors regarde bien, regarde bien encore celle-là, ma fille, mon enfant, car à la fin il n'y aura plus rien à voir. Quand tu nous auras tous perdus et que la terre sera déserte ! »

Dehors la foule s'était amassée sur le parvis en une houle de têtes et d'épaules et roulait un grand murmure, mais personne n'osa franchir le portail où se tenait toujours Mathilde avec les deux petites filles.

Pour la deuxième fois Violette-Honorine sentit du sang transpirer à sa tempe gauche et couler lentement le long de sa joue. Cette fois-ci elle ne dit rien. Elle savait maintenant que ce sang n'était pas le sien, qu'il s'écoulait de la blessure d'un autre corps, de la douleur d'un autre cœur. Et cette fois-ci encore Jean-François-Tige-de-Fer fut le seul à remarquer la pitié éperdue de l'enfant, la folie de son regard. Il s'approcha d'elle et posa timidement sa main sur son épaule. Il voulut lui parler mais ne trouva pas de mots, il ne parvint qu'à bredouiller quelques confus bégaiements et il resserra son étreinte sur son épaule jusqu'à s'y agripper et y peser de tout son poids. Il resta ainsi, penché vers le profil tendu de l'enfant, comme aveuglé par le mince rai de sang qui transsudait de sa tempe. Il se sentait lui-même emporté dans cette crue de tendresse toute d'alarme et de souffrance et il eut l'impression de devenir soudain tout petit à son tour, beaucoup plus petit encore que Violette-Honorine.

Mais il y eut un remous dans la foule qui les

enserrait et il fut séparé de l'enfant. Victor-Flandrin sortait de l'église, portant sa fille dans ses bras et tous s'écartèrent sur son passage, puis aussitôt la foule se referma comme une eau noire en murmurant un nom qui ne devait désormais plus jamais quitter Margot. « La Maumariée, voici la Maumariée !... », disaient-ils tous en suivant curieusement des yeux Nuit-d'Or-Gueule-de-Loup qui emportait sa grande poupée de chiffons blancs enroulée dans le vieux rideau violet du confessionnal.

QUATRIÈME NUIT

NUIT DU SANG

IV

NUIT DU SANG

Dieu créa le monde et toutes choses au monde mais il ne nomma rien. Par délicatesse il garda le silence et laissa toute sa Création resplendir dans la lumière très pure et nue d'une simple présence. Alors il confia cette multitude de choses innommées à la discrétion de l'homme, et l'homme, à peine éveillé de sa torpeur de glaise, se mit à nommer tout ce qui l'entourait. Chacun des mots qu'il inventa alors donna aux choses une allure et un relief nouveaux ; les noms ombrèrent les choses d'une doublure de glaise où déjà s'imprimait le jeu des ressemblances et des confuses différences.

Aussi n'est-il pas un mot qui ne porte en ses replis des remous de lueurs et d'échos et qui ne tremble du lancinant appel lancé par d'autres mots. Ainsi le nom de la rose s'ouvre et se ferme, et puis s'effeuille, comme la fleur elle-même. Un pétale parfois se déploie jusqu'à capter à lui tout seul tous les reflets de la lumière et porter la beauté de la fleur entière à l'aigu. De même il arrive qu'une seule lettre monte à l'assaut de tout le mot et le retourne tout à fait.

Quand le nom de la rose brûle de trop de désir et commence à prendre chair il s'éploie jusqu'à s'invertir en éros. Alors le nom s'affole sous la poussée d'autres vocables et d'un coup il se resserre pour s'aiguiser en verbe oser.

Éros. Oser la rose, le don de la rose.

Mais le verbe à son tour se met en marche, et tourne. Quand le nom de la rose s'emporte de la sorte et entre en rotation il devient roue. Alors le nom de la rose s'écorche à ses propres ronces et se prend à saigner. Parfois le sang de la rose se colore de jour et brille comme la claire salive d'un rire. D'autres fois le sang de la rose se brasse dans la nuit et il s'y mêle alors une sueur amère et sombre.

Oser. La blessure de la rose. Rose violente, et violentée.

Rose-sang, rouge-sang, éclatant, qui, sitôt écoulé, brunit puis noircit.

À Terre-Noire, les noms des choses, des bêtes et des fleurs, les noms des gens, n'en finissaient pas de se décliner, de dériver dans les méandres des assonances et des échos.

Des assonances parfois si inattendues, si incongrues même, qu'elle se brisaient en dissonances.

Rose-sang, rose-nuit. Nuit-sang et feu-vent-sang. Rose-rouge-rauque.

1

Margot ne franchit jamais l'heure de son réveil, elle resta pour toujours sur le seuil de ce lumineux matin qui avait salué ses vingt ans et les préparatifs de ses noces. Elle rouvrit les yeux lentement, très lentement, et puis se redressa sur son lit plus lentement encore. Tant son corps que sa voix se mirent ainsi à décomposer gestes et mots au ralenti. Un ralenti au bord de l'immobilité et du silence où le temps s'ensommeilla. Ce fut grâce à ce profond et long sommeil du temps qu'elle put subir les treize années qui lui restaient à vivre en les résumant en une seule et unique journée.

Margot garda toujours ses vingt ans, son regard de ce matin de janvier et sa toilette de mariée. Elle ne cessa jamais d'attendre l'heure sacrée de l'union et de se mettre en chemin pour l'église. Elle ne dit jamais d'autres mots que ceux qu'elle avait prononcés ce matin-là et éternellement répéta chaque geste, chaque pas, qu'elle avait alors accomplis.

Lorsque le soir approchait il semblait cependant qu'un doute s'immisçait brusquement en elle et pendant un instant son corps et sa voix s'arrachaient à leur torpeur et retrouvaient un rythme plus rapide. « Où sont-ils donc ? demandait-elle alors. — Mais qui? avait interrogé Mathilde la première fois. — Guillaume et Margot, bien sûr, répondait alors Margot. Ils doivent être loin maintenant. Ils ont pris le train, mais ils n'ont dit à personne où ils allaient. » Puis elle ajoutait : « Ils ont raison. Un voyage de noces doit rester secret. Sinon... — Sinon quoi? » demandait Mathilde. Mais Margot ne savait jamais répondre et laissait sa phrase dans l'hésitation. « Sinon, sinon... je ne sais pas... L'amour est un secret, voilà tout. Il ne faut pas poser trop de questions... » Puis elle détournait la tête et rêvait à l'interminable voyage de noces de Guillaume et Margot.

Mathilde, elle, ne rêvait pas et ne tenait nullement l'amour pour un secret. L'amour était même à ses yeux tout le contraire d'un secret, c'était une trahison, c'était le mensonge le plus fourbe qui fût donné aux hommes d'inventer. Et elle décida d'arracher de son cœur jusqu'aux plus infimes radicelles de l'amour et de tuer tout désir en son corps. Dans la nuit qui suivit le mariage inaccompli de Margot elle fut réveillée par une violente douleur dans le ventre et les reins. Cette douleur, elle la connaissait bien pour la subir chaque mois depuis des années, mais cette fois-ci elle lui parut terrible, démesurée. D'un coup le sang de ses menstrues lui fit horreur, elle se sentit souillée dans sa chair, injuriée dans son être. Ce sang mauvais il fallait l'arrêter, tout de suite, et pour toujours, sinon il n'en finirait jamais de couler, de répandre sur la terre sa rougeur impure, sa chaleur écœurante, — celles même du désir. Alors elle s'était levée et avait couru en chemise de nuit, pieds nus, hors de la maison et s'était roulée dans la neige jusqu'à ce que tout le froid de la nuit la pénètre et la glace. Elle avait frotté la peau de ses seins, de son ventre, de sa nuque et de ses reins avec des morceaux de neige verglacée. Puis, lorsqu'elle avait senti tout le sang de son corps refluer au plus profond d'elle-même et s'immobiliser, elle s'était excisée d'un coup d'arête de caillou. Et aucun sang ne s'était écoulé de cette plaie. Ses règles ne revinrent jamais et toute sa vie son corps resta farouchement resserré sur le froid qui avait pétrifié ses entrailles et son sexe.

Les saisons cependant continuaient leur cours en dépit de cette froidure inébranlable instaurée en Mathilde, à l'insu du regard immobile de Margot. Elles passaient sans souci des désirs, blessures et lubies des humains. Victor-Flandrin suivait ce cours tenace et continu que traçait le temps dans la terre et il marchait d'un pas égal selon ce rythme. Il ne dit jamais rien concernant la folie de Margot mais longtemps il songea que s'il rencontrait celui qui avait fait de sa fille cette inguérissable Maumariée, il n'hésiterait pas à lui décoller la tête comme il l'avait fait au cheval Escaut. Et sa tête, il l'aurait plantée tout pareil au fronton de sa ferme, en défi aux hommes sans paroles ni cœur, et surtout à ce Dieu encore plus dépourvu de cœur.

Le dimanche, à l'heure où tous les habitants de Terre-Noire se mettaient en route pour se rendre à la messe, lui prenait le chemin de la forêt. Il avait appris à tirer au fusil avec sa main gauche et était très vite devenu un excellent tireur. Jamais il ne manquait sa proie qu'il abattait toujours du premier coup. Il savait dépister le gibier mieux qu'aucun chien et attendre l'infime instant propice où la bête mise en joue ne pouvait échapper à son tir. C'était cette extrême précision du geste et du regard et leur fulgurante fusion en doigt de mort qui exaltaient son goût de la chasse. Il aimait entendre le claquement très sec de chaque coup tiré se répercuter à travers les arbres, il aimait sentir ce sursaut très bref et sourd de l'arme contre son épaule, il aimait l'odeur et le rougeoiement de cette vive langue de feu fusant de la gueule de son fusil.

Il aimait par-dessus tout voir s'écrouler tout d'une masse le corps si vigoureux des bêtes. Tout animal lui était gibier, tant les canards et les oiseaux, les lièvres, les écureuils et les blaireaux, que les renards, les cerfs ou les chevreuils. Briser net l'élan de l'animal en vol ou en pleine course, le faire chuter, rouler là, à ses pieds. Mais son gibier par excellence était les sangliers. De loup, il n'en revit jamais ; en eût-il d'ailleurs rencontré qu'il n'aurait certainement pas tiré dessus comme si la croyance au Garou avait fini par s'immiscer en lui, — en s'y inversant. Il n'avait aucune peur de cet animal qui avait été son passeur dans la forêt, son passeur à la terre, au jour et à l'amour. Et peut-être bien que ces Garous pouvaient encore se faire passeurs vers d'autres zones, et d'autres corps inattendus.

Il n'avait pas davantage peur des sangliers mais ces bêtes aux torses fantastiques, à la soie drue couleur de suie, avec leurs têtes en triangle armées d'énormes dents éversées, lui étaient un défi, une sorte de séduction violente. Il les visait toujours au front, les frappant net lorsqu'ils chargeaient droit sur lui. Il aimait leur courage, leur obstination. L'animal touché faisait alors soudain un drôle d'écart, se déjetant un peu hors de sa trajectoire pour s'effondrer d'un coup à l'oblique du regard de sa mort. Nuit-d'Or-Gueule-de-Loup ressentait le choc sourd de ces corps brusquement renversés hors de la vie jusqu'au plus profond de son propre corps. Et il en éprouvait alors une sensation de bonheur fou qui le portait au bord du cri. C'était là un bonheur plein de fureur et de ténèbres, un grand assaut de bonheur âpre qu'il recevait de plein fouet dans son cœur trop tendu de mort et de révolte. Un bonheur sombre et lourd comme cette terre grasse que fouaillaient les sangliers pour en extirper les racines. Cette terre où déjà tant des siens s'étaient dissous jusqu'à devenir boue à leur tour. Et c'était justement toute cette boue, toute cette opacité charriées en lui par les morts qu'il conjurait en abattant les sangliers. Il ne touchait d'ailleurs jamais aux laies ni aux marcassins, il ne tirait que sur les mâles dont l'avant-train, prodigieusement massif et hérissé d'une courte crinière de soie rude, lui semblait gonflé de boue, de sang noir et de vent pétrifié.

Un jour il découvrit près d'un marais la bauge d'une harde. De la troupe débusquée se détacha aussitôt un sanglier d'une taille extraordinaire; il devait mesurer plus d'un mètre de haut et peser le poids d'une énorme roche. L'animal lui parut d'ailleurs avoir été taillé dans un bloc de granit et lorsque, se voyant traqué, il chargea contre lui, il débaula avec la puissance aveugle d'un rocher précipité sur une pente abrupte. Nuit-d'Or-Gueule-de-Loup sentait déjà presque le souffle brûlant de la bête sur ses mains lorsqu'il tira. Frappé pile entre les deux yeux le sanglier proféra un grognement strident et se projeta un instant de quelques centimètres en l'air, puis il retomba tout d'une masse et roula sur le flanc.

Nuit-d'Or-Gueule-de-Loup s'était alors approché du sanglier couché, s'était accroupi contre lui et, soulevant dans ses mains la lourde tête encore chaude et ruisselante de suint, il s'était mis à boire le sang jaillissant de la blessure. Et il avait bu tout ce sang non comme étant celui d'un animal vaincu dont on cherche à puiser la force, mais comme on ravale ses propres larmes, sa peur et sa colère. Il l'avait bu jusqu'à l'oubli de lui-même, de ses deuils et de sa solitude, — jusqu'à l'oubli de ses oublis. Il l'avait bu jusqu'à trouver dans sa bouche le goût si violemment doucereux que prend la chair des morts dans la terre. Et il s'était relevé ivre d'avoir trouvé ce goût.

Nuit-d'Or-Gueule-de-Loup ne sut jamais qui était cette femme qu'il rencontra ce jour-là en sortant du Bois des Amours-à-l'Évent. D'ailleurs le regard qu'il porta sur elle était aussi incomplet et surpris que celui que portent les animaux sur les humains. Il eut d'elle une image soudaine et floue, mais la reçut avec tant de violence qu'il ne put s'en détourner et passer outre. Il se heurta subitement à cette grande tache de couleurs sombres qui se mouvait sur le fond verdoyant de la lisière. Elle se tenait courbée, ramassant dans un panier quelques champignons ou plantes qu'elle arrachait autour de grosses souches. Il vit qu'elle se releva avec lenteur lorsqu'elle l'entendit approcher. Elle se redressa en appuyant un poing contre ses reins tandis que de l'autre main elle s'essuyait le front. Certainement s'aperçut-elle du visage très étrange qu'il avait à ce moment-là, de son regard d'animal tout à la fois effaré et terrible, car elle descendit la main qu'elle passait sur son front jusqu'à sa bouche grande ouverte sur un cri qu'elle ne proféra même pas. De même elle glissa son autre main de ses reins vers son ventre et la serra là, dans son giron, comme une énorme boucle de ceinture. Lui s'avança droit sur elle, très calmement, et elle se mit à reculer à petits pas trébuchants. Cette marche à rebours dura longtemps, car ni l'un ni l'autre n'accélérait le pas et la distance entre eux restait toujours la même. Mais la femme finit par buter contre une grosse racine et elle tomba d'un bloc à la renverse sans même trouver le réflexe d'amortir sa chute avec ses mains.

Ce fut Nuit-d'Or-Gueule-de-Loup qui lui écarta les mains de la bouche et du ventre. De même lui écarta-t-il ses vêtements et ses genoux. Elle semblait à ce point frappée de stupeur et d'effroi qu'elle n'opposa aucune résistance à la lutte sourde qui lui était livrée. Et lui se roula sur elle avec une sauvagerie obstinée, l'enserrant contre lui comme s'il avait voulu entrer tout entier en elle, s'y fondre, ou la briser. Il lui sembla qu'il pénétrait la femme jusqu'au plus profond de ses entrailles, jusqu'au sang de sa chair et de son cœur, — jusqu'à la terre, dessous leurs corps. Et il ressentit une jouissance qu'il n'avait jamais connue. Une jouissance si accablante qu'elle le plongea tout aussitôt dans une profonde torpeur où la femme sombra également. D'ailleurs leurs deux corps étaient si farouchement imbriqués l'un à l'autre que leurs sensations ne pouvaient qu'être communes. Cependant, lorsqu'il se réveilla, à la nuit déjà tombée, Victor-Flandrin gisait tout seul, à plat ventre sur la terre humide, et il pensa longtemps avoir rêvé. Il ne pouvait se souvenir exactement quel avait été son rêve et il se releva tout chancelant de ce sommeil torpide qui l'avait jeté ainsi face contre terre, ventre contre humus et racines, sans qu'il s'en fût rendu compte et qui lui laissait un goût poisseux, comme de sang, dans la bouche.

2

Hortense ne reparut jamais à la Ferme-Haute, et pas davantage à la maison des Veuves. Elle disparut comme ça, sans crier gare, sans même emporter son fils pourtant si jalousement aimé qu'elle abandonna au sein de Juliette.

Mais le sein de Juliette finit par tarir. Benoît-Quentin approchait ses deux ans lorsqu'il décida de se détourner de ce sein. Ce fut précisément à cette époque qu'Hortense s'en alla. Personne ne sut où elle était partie, ni ce qu'elle devint. Certains racontèrent l'avoir aperçue dans d'autres villes, mais les noms des lieux n'étaient jamais les mêmes, à croire qu'elle serait devenue une vraie vagabonde. Il y en eut même qui prétendirent, au cours des mois suivant sa disparition, l'avoir vue grosse. Mais d'après leurs dires Hortense aurait été si terriblement grosse, et son regard si douloureusement bleu, qu'on ne pouvait prêter foi à de tels propos. Puis on cessa de parler d'elle.

Quant à Juliette, à l'instant où l'enfant fut sevré, elle perdit sa raison et sa force d'être et elle se laissa glisser dans un état de totale indolence. Elle se détourna de Benoît-Quentin avec la même indifférence qu'il se détournait de son sein. Elle refusa bientôt de se lever et traîna toute sa vie une interminable suite de jours vides au fond de son lit. Les cinq veuves qui l'entouraient decidèrent alors de conduire l'enfant à la Ferme-Haute ; elles sentaient que leur maison ne pouvait abriter plus longtemps le petit garçon, leurs murs portant fatalement malheur à tout homme qui s'y établissait. Et puis elles n'aimaient guère cet enfant au dos difforme ; il n'était d'ailleurs pas même des leurs. Il était le rejeton de cette folle qui traînait sans cesse les bois et qui les avait si souvent humiliées, et qui maintenant en plus venait de s'envoler Dieu, ou Diable, sait où. Quant à son père, on ne savait même pas qui il était exactement. Elles suspectaient en outre l'enfant de receler dans son affreuse bosse quelque monstruosité, — peut-être même quelque pouvoir capable de renverser contre elles, les femmes, la tenace malédiction qui jusqu'a-lors avait pesé contre les hommes. Cette malédiction ne venait-elle pas d'ailleurs de commencer à se retourner en frappant ainsi Juliette de léthargie et de mélancolie? Elles enveloppèrent l'enfant dans un grand châle et le portèrent donc chez les Péniel. Ainsi Benoît-Quentin, après avoir été gratifié de deux mères, se retrouva soudain privé de mère. Mais la ferme des Péniel était vaste et l'enfant fut accueilli avec joie par Rose-Héloïse et Violette-Honorine. Mathilde n'eut guère à s'occuper de ce nouvel enfant car Deux-Frères prit son fils avec lui et s'en chargea. Il trouva même pour Benoît-Quentin une force et une joie nouvelles et reprit une part plus pleine à la vie.

L'enfant souvent s'inquiétait de sa difformité et interrogeait son père sur ce fardeau qui le bâtait et lui attirait déjà tant de moqueries de la part des autres enfants du hameau. Alors Deux-Frères prenait le petit garçon sur ses genoux et le berçait très doucement contre lui et lui caressait les cheveux avec tant de tendresse que l'enfant oubliait toute sa peine. Et puis son père lui racontait de si jolies histoires que Benoît-Quentin se prenait parfois à presque aimer sa dis-grâce. Deux-Frères lui disait en effet que sa bosse enfermait un très grand et très merveilleux secret, — qu'au-dedans dormait un autre petit garçon. Un tout petit frère doué d'une remarquable beauté et de

203

grands talents, et ce petit frère, si Benoît-Quentin savait l'aimer et le porter sa vie entière avec confiance, eh bien il veillerait sur lui et le protégerait contre tous les malheurs. Et au fond de lui Deux-Frères même se réjouissait de la difformité de son fils, car ainsi contrefait, pensait-il, jamais on ne pourrait l'enrôler pour l'envoyer dans une nouvelle guerre. Les petits bossus ne sont pas faits pour porter l'uniforme et la gloire, mais pour porter beaucoup de rêve, de mémoire et de grâce.

Il arriva bientôt d'autres frères à Benoît-Quentin. Ils n'étaient âgés que de quelques jours lorsqu'on les trouva. Quelqu'un, qui disparut tout aussitôt, vint une nuit les déposer sur le seuil de la maison des Péniel. Ce fut Jean-François-Tige-de-Fer qui les découvrit au matin. Ils étaient au nombre de trois et se ressemblaient aussi totalement qu'ils se différenciaient les uns des autres. On aurait dit trois copies d'un unique enfant, absolument identiques quant à la forme du corps et aux traits du visage, mais radicalement différents quant au teint de la peau et à la couleur des yeux et des cheveux. L'un était mat de peau avec des cheveux très noirs et des yeux d'un bleu translucide, l'autre avait le teint pâle, une extrême blondeur et des yeux d'un noir translucide. Quant au troisième il était simplement albinos.

Ces enfants ne ressemblaient à personne, — ils étaient d'une beauté éblouissante, presque inhumaine dans sa perfection, presque animale dans sa sauvagerie. Cependant un signe dénonçait leur parenté ; chacun portait la même tache d'or à l'œil gauche. Cela suffisait à établir leur filiation à défaut de l'expliquer. Ce fut Mathilde, alertée par Jean-François-Tige-de-Fer, qui partit avertir son père. Cette fois elle entra sans frapper dans sa chambre et vint se dresser face à son lit en s'écriant : « Levez-vous ! Venez donc voir ce nouveau malheur que vous nous avez encore amené ! Et cette fois-ci il y en a trois ! Trois, vous entendez ! Trois bâtards sortis on ne sait même pas d'où ! Mais ceux-ci, je vous préviens, je ne m'en occuperai pas. Ça non, ils peuvent bien crever ! D'ailleurs il faudra bien qu'ils crèvent car leur putain de mère les a abandonnés et ils n'auront rien à manger. Il n'y a pas de nourrice ici ! »

Victor-Flandrin ne comprit d'abord rien aux cris et menaces de sa fille, mais lorsqu'il descendit et vit les trois enfants il lui revint brutalement en mémoire le rêve qu'il avait cru faire quelques mois auparavant. Il ne put cependant se souvenir de cette femme qu'il avait violée alors dans le bois des Amours-à-l'Évent, elle persista à se présenter sous la forme d'une vague tache d'ombre. Se pouvait-il que d'un rêve s'enfantent de vrais enfants ?

« Qu'est-ce que c'est que ces archanges du malheur ? » s'exclama Nuit-d'Or-Gueule-de-Loup en regardant cette extravagante progéniture douée d'une effrayante beauté. Puis il se ressaisit et déclara : « Eh bien, voilà trois nouveaux Péniel. Peu importe d'où ils viennent, ils sont là. Et qu'ils vivent ou meurent il leur faudra de toute façon un nom. »

Les trois enfants reçurent les noms de Michaël, Gabriel et Raphaël, et ils gardèrent la vie. Ils furent élevés au lait de vache et s'en portèrent fort bien. Il s'avéra qu'ils buvaient également tout aussi bien le lait des chèvres, des truies et des brebis aux mamelles desquelles ils allaient téter d'eux-mêmes dès qu'ils furent en âge de se traîner. Ce goût et cette parfaite accoutumance des trois enfants pour le lait animal

205

confirma Mathilde dans sa répugnance à l'égard de ces bâtards. Ceux-ci ne se mêlèrent d'ailleurs jamais aux autres enfants Péniel, ils vivaient farouchement repliés sur eux-mêmes et inventèrent entre eux un langage incompréhensible à tout autre. Mais très vite se dessina dans ce clan une entente particulière entre Michaël le blond et Gabriel le brun qui ne se quittaient jamais. Même la nuit ils dormaient enlacés l'un à l'autre. Quant à Raphaël, l'enfant albinos, il allait seul et se parlait à lui-même d'une voix si claire et chantante qu'elle se suffisait à elle seule. Et il allait sans ombre car son corps était si transparent qu'il ne projetait jamais d'ombre. Et tous trois comprenaient le langage des bêtes dont ils semblaient préférer la compagnie à celle des humains, et ils savaient se faire comprendre d'elles. Parfois Raphaël venait auprès de ses frères et, balançant tout doucement la tête et les épaules, il se mettait à chanter. Sa voix très blanche avait des accents et des sons inouïs qui incitaient aussitôt Gabriel et Michaël à se mettre à danser. Ce chant et ces danses pouvaient alors durer si longtemps que les trois enfants finissaient par entrer dans un profond état de transe.

Nuit-d'Or-Gueule-de-Loup éprouvait pour ses trois fils de mère inconnue un amour très particulier où se mêlaient l'admiration, la frayeur et le doute. Il les sentait moins issus de sa chair que de quelque obscur recoin de son cœur, -- un de ces recoins où la pensée ne pénètre pas et ne peut pas mettre en ordre le chaos de désirs fous et de visions vivaces qui y germent. N'étaient-ils pas nés d'un rêve, d'un rêve lourd au goût de sang et de boue ?

Nuit-d'Or-Gueule-de-Loup considérait son petit-fils Benoît-Quentin plus comme son fils que ces trois-là, car il était vraiment l'enfant de l'amour et du deuil, pétri dans la chair et l'histoire des Péniel et de Terre-Noire. Et puis Benoît-Quentin avait un si tendre sourire qui semblait toujours vouloir s'excuser de ne pas être tout à fait comme les autres avec sa bosse sur le dos, — un sourire qui vous allait droit au cœur. Mais les trois autres étaient fils du seul désir, non de l'amour. D'un désir aveugle et fantastique dont il sentait battre encore en lui le sang, et le cri.

Il fallut cependant bien tenter de rassembler tous ces enfants épars dont Mathilde, la seule femme à la Ferme-Haute qui fût capable de le faire, se désintéressait. Tous ses soucis et ses soins allaient à sa sœur Margot. Chaque matin elle venait la réveiller pour la préparer à ses noces, l'aidant à revêtir ses treize jupons, à tresser ses cheveux et lacer ses bottines. Et l'autre à chaque fois ouvrait sur elle son éternel regard de janvier 1920 et lui souriait d'un air d'enfant radieux. Alors commençait la très lente journée de la Maumariée dont chaque geste, mimant au ralenti la hâte de partir à l'église, retardait avec précaution l'instant de ce départ illusoire. Mathilde ne s'emporta jamais contre sa sœur et jamais ne chercha à faire cesser ce jeu désespéré qui seul maintenait en vie sa bien-aimée Margot. Mais chaque jour elle aussi retrouvait son orgueil de janvier 1920, son orgueil humilié et son cœur bafoué d'avoir vu cette autre d'elle-même trahie et comme mise à mort.

Cette autre d'elle-même à laquelle allait tout son amour de soi, et qui ce jour-là s'était élevée si haut dans la beauté et dans la joie, — pour mieux être jetée bas, jetée à la folie comme on jette un chiffon aux orties. Et elle retrouvait chaque matin sa haine et son désir de vengeance intacts. Quant à ces trois bâtards que son père avait semés n'importe où, elle soupçonnait en eux quelque esprit mauvais, prêt à trahir et blesser, comme avait fait La Trique, et elle reportait sur eux toute sa haine impuissante.

Victor-Flandrin se décida donc à engager une servante dont la tâche serait de s'occuper des enfants et d'aider à quelques travaux de la ferme. Mais ni à Terre-Noire ni à Montleroy, ni même dans les villages alentour, il ne put trouver une jeune fille qui acceptât de venir servir à la Ferme-Haute. Nuit-d'Or-Gueule-de-Loup et sa harde d'enfants doubles aux yeux jaunes éveillaient plus que jamais la méfiance et la peur. Les gens avaient d'ailleurs fini par penser que La Trique avait au fond fort bien fait de se sauver avant de tomber dans la gueule de ces loups de Péniel.

Victor-Flandrin entendit parler du château du Carmin situé à l'autre bout de la contrée. Dans ce château vivait, disait-on, une colonie de filles de tous âges issues d'amours irrégulières, et que l'on éduquait là jusqu'à ce qu'elles atteignent l'âge d'aller servir dans les usines, les fermes ou les commerces de la région.

C'était le vieux marquis, Archibald Merveilleux du Carmin, qui avait fondé cette institution près de vingt ans auparavant. Cette institution de bienfaisance s'appelait « Les Petites Sœurs de la Bienheureuse Adolphine » car elle avait été créée selon les vœux de la fille cadette du marquis, Adolphine, morte à l'âge de quinze ans.

Quelques mois avant la mort de la jeune Adolphine un incendie avait détruit une aile du château du Carmin. Le feu avait pris au cours d'un bal donné en l'honneur d'Amélie, la fille aînée du marquis, qui fêtait ce jour-là ses dix-huit ans. Ce fut à la fin du bal que le feu éclata. Amélie, tournoyant au bras de son cavalier, renversa dans sa danse un chandelier dont les flammes s'engouffrèrent dans les plis de sa robe, la transformant aussitôt en flambeau. Son cavalier avait eu juste le temps de lâcher cette torche vive mais la mère d'Amélie, la marquise Adélaïde, s'était élancée vers sa fille pour tenter de la sauver. Amélie avait alors achevé sa danse interrompue dans les bras de sa mère dont la robe prit feu à son tour et les deux femmes avaient ainsi fermé le bal en une valse éblouissante, enlacées l'une à l'autre par mille doigts de feu.

Le feu s'était alors élancé à travers toute la salle, voltigeant à l'assaut des nappes, des meubles et des rideaux, chassant les hôtes par les fenêtres dont les vitres éclataient.

Adolphine n'avait pas assisté à ce bal, elle reposait dans sa chambre où la tenait déjà recluse la maladie qui devait l'emporter. Elle avait vu simplement un grand rougeoiement embraser sa fenêtre et dans sa fièvre il lui avait semblé que la nuit venait d'être contaminée par sa propre maladie et se mettait aussi à cracher du sang. Mais Archibald Merveilleux du Carmin, lui, avait vu. Il avait vu son épouse et sa fille aînée se tordre et disparaître dans les flammes, il avait vu les fenêtres voler en éclats et le toit s'effondrer, il avait vu les gens s'enfuir en hurlant à travers le parc illuminé, il avait vu ses chevaux se cabrer violemment dans leurs stalles et battre l'air de leurs sabots avec de grands cris comme pour conjurer l'assaut des lueurs affolantes. Certains même s'étaient brisé les jambes et il avait fallu ensuite les abattre. Puis il avait vu le feu s'éteindre et se coucher, repu, dans son immense litière de braises et de cendres. Il avait vu son château mutilé, et, parmi les décombres, les corps entièrement calcinés de son épouse et de sa fille aînée portant

209

encore, intactes à leurs oreilles disparues et à leurs gorges charbonnées, leurs pendeloques de diamants.

Alors il avait vu la terre s'ouvrir sous ses pieds et tomber dans ce gouffre aussitôt refermé son bonheur, son amour et sa foi. Mais Adolphine avait voulu exorciser cette emprise du mal et de la colère sur le cœur de son père et elle lui avait arraché la promesse qu'il ferait rebâtir l'aile du château détruite pour y accueillir toutes les petites filles abandonnées ou orphelines qui se trouveraient dans le pays, car ainsi, lui avait-elle dit, il lui serait donné plus de filles qu'il n'en avait perdues. Et elle avait encore demandé à ce que son corps après sa mort soit déposé dans la chapelle de cet orphelinat afin de reposer parmi toutes ces petites sœurs posthumes.

3

Archibald Merveilleux du Carmin tint fidèlement la promesse qu'il avait faite à sa fille mais ce fut avec une totale liberté qu'il interpréta et réalisa les vœux de la défunte.

Adolphine avait commencé à esquisser dans un cahier les grandes lignes de son projet destiné autant à secourir des enfants déshéritées de tout qu'à sauver du désespoir le cœur en révolte de son père, mais elle avait dû renoncer à poursuivre son œuvre de salvation car sa main à la fin ne cessait de retomber sur la page ouverte, ne traçant plus que des mots illisibles interrompus par des crachats de sang et des crises de larmes. Un jour elle rejeta même violemment son cahier et s'écria : « Je ne veux pas mourir ! Je ne veux pas, non je ne veux pas... » Mais elle était entrée en agonie sans avoir le temps de lutter davantage ni de poursuivre la rédaction de son œuvre.

Ces derniers mots criés par la jeune fille apeurée furent certainement les seuls qu'entendit et retint son père et ce fut à la lumière pleine d'opacité de ces cris qu'il lut le cahier inachevé de sa fille. D'ailleurs il n'y lut rien d'autre que des phrases et des mots épars : « chapelle Notre-Dame-des-Tendresses », « ... toutes les petites filles seront placées sous la protection de Marie Mère de Dieu », « dortoir Amélie », « ... que les jours saints soient jours de fête pour elles », « salle Adélaïde », « ... et je serai toujours parmi elles dans la chapelle », « ... ainsi tous seront à tous une consolation... ». Mais il lut surtout les taches versées par les larmes et les crachats de sang, et ce fut de ces mots-souillures qu'il nourrit son imagination pour accomplir les vœux de sa fille, — sa dernière et son unique.

Il fit effectivement reconstruire et même agrandir l'aile incendiée et fit déposer le cœur d'Adolphine dans la chapelle dédiée à Notre-Dame-des-Tendresses. Seulement il ordonna que cette chapelle fût bâtie à l'extrémité du bâtiment, en sous-sol. Cette chapelle souterraine fut entièrement couverte de marbre noir et éclairée à la seule lueur de cierges. Au centre se dressait l'autel où trônait un admirable reliquaire contenant le cœur de la défunte. On accédait à la chapelle par un interminable escalier de pierre qui débouchait dans une petite salle au plafond si bas qu'il fallait se courber pour la traverser. Dans cette salle-vestibule étaient exposés les tombeaux de la marquise et de sa fille Amélie ainsi qu'une immense châsse de verre renfermant le corps embaumé d'Adolphine.

L'inspiration mortifère du marquis marqua ainsi

l'ensemble de la bâtisse dans ses moindres recoins. Il n'était pas un mur, tant aux dortoirs qu'au réfectoire, qui ne fût pas peint en gris sombre, pas un lit qui ne fût de fer, pas une robe qui ne fût de drap noir. Pour la toilette des pensionnaires il fit installer dans la travée centrale des dortoirs des séries de baquets de bois semblables à des abreuvoirs où l'on ne versait que des brocs d'eau glacée. Les règles de discipline et de silence qu'il imposa étaient plus strictes que celles d'une institution monacale.

Quand son immense tombeau fut achevé le marquis déclara ouverte l'Institution des « Petites Sœurs de la Bienheureuse Adolphine » et bientôt on y conduisit toutes les petites filles nées dans les environs d'amours aux lendemains indésirables. Ces enfants arrivaient si démunies de tout qu'elles n'avaient même pas d'identité. Le marquis institua alors un code pour nommer ces pauvres petites choses de chair qui échouaient chez lui. Il décida qu'à chaque année correspondrait une lettre de l'alphabet, mais comme la lettre A. était l'apanage de sa seule famille il fit débuter la série à la lettre B. Puis ce premier prénom devait être suivi par le nom de la fête chrétienne ayant lieu au moment où l'enfant entrait au château, et enfin bouclé par le nom de Marie sous la divine protection de laquelle l'ensemble du troupeau des orphelines était placé. Cette trinité de prénoms se groupait autour d'un patronyme commun à toutes et qui n'était rien d'autre que « Sainte-Croix ». Ces gamines au rebut, ivraies germées d'amours sans foi ni loi, il les haïssait de tout son cœur en deuil, de tout son orgueil effondré, de toute sa foi perdue, et il s'ingénia à faire de leurs vies absurdes et illicites un très sage et discret enfer tout saturé de noire odeur de sainteté.

Victor-Flandrin fut reçu par le marquis qui lui fit l'honneur de visiter son jardin, ses serres, son immense volière peuplée de chouettes effraies, et ses écuries. C'était en effet tout ce dont le marquis était le plus fier. Ses arbres centenaires écrasant de leurs ombres bleu nuit ou pourprées l'ombre grisâtre et dérisoire des visiteurs de passage ; ses fleurs exotiques aux pétales charnus comme des langues sucrées ; ses effraies au plumage aussi clair qu'étaient sombres leurs cris ; et par-dessus tout, ses chevaux. Ceux-ci avaient le privilège de partager la lettre initiale du prénom de leur maître. Le marquis les présenta un à un à son hôte ; il y avait Amour-Acrostiche, Atlas-Ambassadeur, Abîme-Apostolique, Alarme-Arabesque et Absinthe-Abeille. Et ils étaient si fins, si élancés, que Victor-Flandrin en fut émerveillé. Tant de délicatesse en un animal le surprenait, lui qui n'avait jamais connu que les chevaux de trait et les bœufs de labour.

Archibald Merveilleux du Carmin ne faisait par contre jamais visiter les locaux de son institution tenus plus secrets que la clôture d'un monastère. Les visiteurs étaient introduits dans une salle attenante aux bâtiments de l'orphelinat et c'était là qu'avait lieu la présentation des jeunes Sainte-Croix en âge d'être embauchées.

C'était une belle salle, haute de plafond, aux murs blanchis à la chaux et flanquée à l'ouest d'une grande verrière qui diffusait l'après-midi une vive lumière rougeâtre.

Le marquis fit asseoir Nuit-d'Or-Gueule-de-Loup à ses côtés sur un banc surmonté d'un haut dossier sculpté. Sur une table posée face à eux de grands cahiers étaient rangés. Chaque cahier avait une couleur différente et portait une lettre inscrite en noir sur la tranche. Le marquis fit glisser lentement son index le long de la pile et s'arrêta vers la base. Il retira trois cahiers, un vert clair, un ocre et un marron correspondant aux lettres G., H. et I. « Voyons, dit-il en chaussant un extravagant binocle du siècle passé. Ces filles ont entre quatorze et seize ans. Vous trouverez assurément parmi elles la servante dont vous avez besoin. On va vous les présenter. » Mais Victor-Flandrin précisa qu'il préférerait une fille plus âgée, capable avant tout de bien s'occuper de ses enfants. « Hum, fit le marquis, il reste peu de filles de ces âges. Elles sont déjà toutes placées. » Il tira alors de la pile un autre cahier, à couverture rouge et portant la lettre E. « Il reste encore cinq pensionnaires de l'année E., dit-il après examen du cahier. Elles sont âgées de dix-huit ans. Il n'y en a plus de plus âgées, celles des années précédentes sont déjà toutes parties. Je vais vous faire appeler ces cinq-là. » Puis il ajouta, tout en réajustant son binocle, « mais vous savez, vous avez tort de ne pas en choisir une plus jeune. Ces cinq filles qui restent ne sont encore là que parce que personne n'en a voulu. Vraiment du rebut, du laissé-pour-compte. Enfin, vous verrez bien. Vous pouvez toujours changer d'avis ».

Une duègne orchestra le défilé des cinq filles au rebut. Le marquis, plongé dans son cahier rouge, fit l'appel et chacune à son nom s'avança de trois pas et esquissa une révérence gauche. « Émilienne-Fête-Dieu-Marie ! », — une petite blonde toute soufflée et couverte d'eczéma se présenta. « Ernestine-Pentecôte-Marie ! », — la fille était si bigle qu'elle en troublait la vue. « Edwige-Annonciation-Marie ! », — une grande rousse aux allures rachitiques passa en claudiquant. « Elminthe-Présentation-du-Seigneur-Marie ! », — une fille absolument privée de toute pilosité s'avança. « Eugénie-Rogations-Marie ! », —

la fille se mit à glousser d'un air triomphalement idiot qui accentua l'hébétude de sa face.

Le marquis se tourna vers Victor-Flandrin et lui demanda : « Tenez-vous toujours à engager une de ces filles ? Je vous avais prévenu, — du rebut ! » Nuit-d'Or-Gueule-de-Loup ne répondit pas tout de suite ; il considéra encore un moment les cinq pensionnaires puis se décida : « Oui », dit-il enfin en désignant la fille à la peau de lamproie dont il avait déjà oublié le nom impossible. Le marquis, devant ce choix, eut un léger sursaut et se mit à tiquer bizarrement des yeux, mais Victor-Flandrin ne prêta pas attention à cette réaction du marquis. Son choix était fait, et il avait hâte de quitter ce lieu aussi trouble qu'étouffant.

Pendant tout le chemin du retour Nuit-d'Or-Gueule-de-Loup et la fille n'échangèrent pas un seul mot. Ils n'échangèrent pas davantage de sourire ou de regard. D'ailleurs le regard d'Elminthe-Présentation-du-Seigneur-Marie était étrangement fixe et dur, et cette fixité était encore accentuée par l'absence de cils et de sourcils. Elle tenait serré sur ses genoux un gros baluchon de toile grise. Il remarqua ses mains ; ce n'étaient pas des mains pour une fille de ferme. Elles étaient extraordinairement longues et minces, très finement nervurées de tendons et de veines, et noueuses aux phalanges. Quant aux ongles, ils étaient si délicats qu'ils ressemblaient à des élytres d'insectes roses. Nuit-d'Or-Gueule-de-Loup continua à examiner la fille à la dérobée. À la fin il n'aurait su dire s'il la trouvait laide ou jolie, avec sa peau trop nue, son crâne lisse et ses paupières sans cils. Il la trouvait tout simplement étrange, — mais la veine bleue qui serpentait à sa tempe lui parut remarquable. Même sur les jeunes enfants il n'en avait jamais vu de semblable. Et pour cette veine elle lui plut, et comme il ne pouvait décidément pas se souvenir de son nom, il la surnomma Sang-Bleu.

Mathilde quant à elle n'hésita pas une seconde sur le physique de la servante que ramenait son père, — elle la trouva tout simplement hideuse et l'appela crûment Sans-Poils, comme si la pauvre fille ne traînait pas déjà assez de noms ridicules.

Raphaël, Gabriel et Michaël étaient à l'époque encore bien trop petits pour s'étonner de la singularité de leur nourrice. De toute façon lorsqu'ils grandirent ils la gratifièrent de la même indifférence qu'ils éprouvaient à l'égard de tous, ni plus ni moins. Mais Elminthe-Présentation-du-Seigneur-Marie ne se souciait elle-même guère des jugements et sentiments des autres à son sujet, elle s'acquittait chaque jour de sa tâche avec autant d'application que de détachement. Le détachement était d'ailleurs le trait le plus marquant de son caractère. On ne la voyait jamais se rebeller, perdre patience ou contenance, et elle ne manifestait jamais le moindre ennui, fatigue, joie ou tristesse. Qu'on l'appelât Sainte-Croix, Sang-Bleu, Sans-Poils, L'Anguille ou La Poisson, elle répondait « Me voici » d'un ton immuable de même qu'autrefois elle répondait aux noms et sobriquets divers dont l'affublaient ses duègnes et ses consœurs d'infortune au château du Carmin. Pour les gens du dehors elle était tout simplement « fille de pute », et par voie de conséquence « graine de pute ». Elle s'accommodait de tout avec une humeur égale et posait sur chacun de ses interpellateurs le même regard froid et lointain que l'absence de cils rendait pareil à celui des statues.

Elle affichait d'autant plus volontiers cette imperturbable apparence de présence docile qu'elle se savait absente.

Car elle était totalement absente au monde pour s'en être échappée à l'âge de quinze ans. Cette fugue elle l'avait faite à la suite d'un rêve. Ce rêve, survenu au milieu de son sommeil, n'avait eu qu'une seule image : — l'éclipse du soleil.

Elle avait vu un disque noir glisser à l'assaut de l'astre en fusion, le recouvrir progressivement pour n'en laisser à la fin subsister qu'une frange fluctuante. Alors s'était levé un chant. Un chant vraiment prodigieux, en elle. Tout son corps, devenu immense douve vide, s'était transformé en pur espace de résonance où s'éployait ce chant monté depuis la plante de ses pieds pour la traverser de bout en bout. Et tout au long de ce parcours des voix diverses s'étaient haussées d'entre le chœur qui roulait sans cesse sa très sourde clameur. À ses chevilles des voix de femmes seules avaient pris force et rayonnement, puis des voix d'hommes, infiniment basses, les avaient relayées à hauteur des genoux. Arrivé à son ventre le chant avait été brisé par une volée de cloches sur la trace desquelles s'était dressée la voix d'une unique femme, très grave et comme rongée de rouille. Puis l'ensemble du chœur avait repris, emportant dans ses remous le chant solitaire, et à nouveau il s'était assourdi, laissant alors percer à hauteur de son cœur la voix d'un homme.

Cette voix-là était légère, modulant des accents plaintifs comme ceux d'un mendiant, ou d'un idiot. Le chant ensuite avait coulé le long de sa gorge pour se jeter en crue dans sa tête où il avait longtemps tourbillonné avant de se coucher telle une meute de chiens tremblants sous ses paupières et dans sa bouche. Mais des voix éparses avaient repris de chaque coin de son corps, se renvoyant leurs échos tantôt jusqu'au cri, tantôt jusqu'au silence. La voix du mendiant, au creux de ses talons, comme un doux pleurement, la voix de la femme à la saignée des coudes, couleur de rouille, la voix très claire d'enfants au-dedans de ses mains, et encore à la nuque et au front — et puis cette voix si étrange, ni d'homme ni de femme, mi-l'un mi-l'autre, au creux de son sexe.

Au matin, lorsqu'elle s'était réveillée, le monde avait reflué loin, très loin, de son corps, de sa pensée et de son cœur. Et elle avait trouvé son lit jonché de ses cheveux et de ses poils, comme si son corps, tout juste formé, avait opéré une nouvelle mue. Et elle avait perdu aussi *toute mémoire*. Avant ce *rêve, rien ne s'était passé*. Elle se réveillait lavée de tout passé, épurée de toute histoire.

Le lendemain elle avait attendu le retour de son rêve, mais rien n'avait eu lieu, ni les jours suivants. Le rêve n'était revenu qu'après une semaine, et depuis il se renouvelait chaque vendredi. Elle n'avait confié à personne le secret de ce rêve et nul ne soupçonnait qu'elle fût devenue l'espace d'un tel chant.

C'était jour de lessive. Elminthe-Présentation-du-Seigneur-Marie brassait du linge dans une grande cuve toute fumante dans un coin de la cour près des étables. Nuit-d'Or-Gueule-de-Loup qui partait à ses champs s'arrêta un instant. La fille avait des gestes souples, avec quelque chose de sinueux dû à l'aspect reptilien de ses bras. Mais elle eut soudain un geste plus serpentin encore lorsqu'elle jeta contre le mur de l'étable le mouchoir noué empli de poudre bleue qu'elle venait de faire tremper dans l'eau pour aviver la blancheur du linge. Il y eut une éclaboussure d'un bleu vif contre le mur. Cette tache ricocha dans les yeux de Nuit-d'Or-Gueule-de-Loup comme un éblouissement. Il marcha droit vers la servante et vint se poster face à elle, de l'autre côté de la cuve. « Sang-Bleu ! » dit-il. La fille se redressa, sortant ses bras rougis de la cuve et elle essuya son front ruisselant de sueur du revers de ses mains. « Oui ? » fit-elle. Nuit-d'Or-Gueule-de-Loup cherchait à fixer son regard mais les vapeurs qui montaient de la cuve embrumaient complètement son visage. « Sang-Bleu, reprit-il, veux-tu m'épouser ? » La fille releva ses mains jusqu'à ses tempes, rejeta un peu sa tête en arrière, plus replongea ses bras dans l'eau. Le bleu de sa tempe mouillée luisait fabuleusement. « Si vous voulez », répondit-elle en continuant son travail. « Mais toi, toi, insista Nuit-d'Or-Gueule-de-Loup, le veux-tu ? — Je ne sais pas », avoua-t-elle simplement sans interrompre sa tâche. Puis elle répéta d'une voix absente, en regardant drôlement dans le vide, « Je sais pas, moi,... pas ».

4

Nuit-d'Or-Gueule-de-Loup ne chercha pas à approfondir davantage les sentiments de sa servante. Elle lui avait jeté un coup de bleu suffisamment violent au cœur pour qu'il décidât de l'épouser, — et il l'épousa. « Méfiez-vous, le prévint Mathilde que ce nouveau remariage ulcérait, avec sa gueule de grenouille elle va vous pondre des têtards ! »

Et Victor-Flandrin découvrit le secret d'Elminthe-Présentation-du-Seigneur-Marie. Il entendit monter le chant dans le corps de sa femme, il vit le souffle de ces voix gonfler ses seins et parcourir ses membres et ses flancs de fantastiques ondulations. Il vit le tracé bleu à sa tempe ondoyer comme une algue sous l'eau et dans ses yeux s'ouvrir les prunelles ainsi que des éclipses. Il sentit entre ses bras la peau très nue, comme ruisselante à force de douceur. Il s'enfonça dans ces douves ombreuses qui creusaient son ventre et sa bouche et se laissa emporter dans les remous de son chant. Et ce chant le pénétrait à son tour, faisant retentir en lui ses échos, charriant dans ses veines un sang pareil à de la lave. Et lorsqu'il succombait sous le fléau de la jouissance qui lui foulait les reins et lui battait le ventre, un cri très rauque sourdait de lui avec violence.

Sang-Bleu aimait ce cri, elle l'aimait plus encore que le chant fantastique qui habitait son corps tant il retentissait avec force en elle, faisant lever au-dedans de sa chair un grand frémissement pareil à celui des effraies blanches battant des ailes à la nuit dans la volière du château du Carmin. Le monde alors réaffleurait en archipels de présence sur le fond de désert où elle s'était retirée et elle redécouvrait les choses. Elle apprit à aimer Nuit-d'Or-Gueule-de-Loup et même à s'attacher à la ferme et à certains de ceux qui l'entouraient. Mais celui d'entre tous les enfants auquel allait sa plus grande affection était Benoît-Quentin. À lui elle confia le secret de son chant et l'enfant à son tour lui livra son propre secret ; il lui parla de son petit frère mystérieux enfermé dans sa bosse. « Un jour viendra, lui disait-elle, où ton petit frère lui aussi se mettra à chanter. Alors tu seras le plus heureux des petits garçons ! Les gens viendront de partout pour écouter ton chant et ils pleureront en l'entendant, tant ce chant sera doux et beau, et tous regretteront de ne pas avoir une bosse comme la tienne. »

Les prédictions batraciennes de Mathilde ne se réalisèrent pas. Elminthe-Présentation-du-Seigneur-

Marie n'enfanta pas des têtards mais deux fils qui n'avaient pas d'autre particularité que celle reçue par tous les enfants Péniel en héritage. Et la vie commença à reprendre son train à la Ferme-Haute comme avant la guerre. La terre lentement sortait de l'épuisement et des blessures que lui avait infligés l'occupant, les troupeaux se reformaient, les moissons recommençaient, les maisons s'étaient relevées de leurs ruines et Nuit-d'Or-Gueule-de-Loup reprit même les séances de magie lumineuse au grenier.

Seule la Maumariée continuait à se tenir hors du temps, traînant tout le jour sa folie et ses jupons à travers le pays pour aller regarder passer le train qui filait à travers champs vers cinq heures l'après-midi en direction de cette ville magique où l'attendait sa nuit de noces. Les années ne se mesuraient pour elle qu'à l'usure de ses jupons ; chaque année il en tombait un en lambeaux.

À l'époque où les derniers fils Péniel, Baptiste et Thadée, arrivèrent à l'âge de se rendre à leur tour à l'école de Montleroy, Violette-Honorine décida que le temps était enfin venu pour elle de répondre à cet appel qui la tourmentait si violemment depuis l'enfance. Ni la colère de son père, ni les larmes de Jean-François-Tige-de-Fer ne purent la dissuader de partir là où elle se savait attendue. A dix-sept ans elle prit le chemin du Carmel, accompagnée par sa sœur qui préférait la suivre dans son exil plutôt que de s'en séparer. « Tu étais ma petite reine, mon bonheur, lui dit Tige-de-Fer, qu'est-ce que je vais faire maintenant, sans toi ? Qui aura pitié de moi, où sera ma joie ? » Violette-Honorine fit don au vieil homme d'un couple de tourterelles qu'elle avait apprivoisées et il construisit pour elles une cage si grande qu'elle occupait tout un angle de sa cabane.

Elminthe-Présentation-du-Seigneur-Marie se réveilla un matin profondément troublée. L'image de l'éclipse solaire qui inaugurait son grand rêve de chaque vendredi s'était soudain déchirée. Le disque noir avait roulé et l'astre avait reparu, — non plus soleil, mais rose noire violacée, et il était monté au milieu de son chant le son strident de cors et de tubas.

Ce bouleversement de son rêve sema en elle une fascination pour les roses et elle se mit à cultiver ces fleurs avec passion. Elle aménagea derrière les granges un coin de jardin qu'elle clôtura d'une palissade de bois et travailla ce bout de terre pendant des mois, l'ensemençant de toutes les variétés de roses qu'elle avait pu se procurer. À la première floraison l'enclos fut submergé par un fouillis de roses. Il y avait là des rosiers grimpants, des rosiers-buissons à larges fleurs, des rosiers nains et d'autres à très hautes tiges. Alors elle entreprit des greffes et des croisements, cherchant sans cesse à améliorer la forme, la taille et la couleur des boutons et des fleurs. L'un des plus beaux rosiers était un rosier pleureur qu'elle avait obtenu en greffant un rosier grimpant à rameaux souples sur une tige d'églantier. Mais c'était moins les formes que les couleurs qu'elle s'appliquait à explorer et à perfectionner. Et toutes ces couleurs convergeaient vers une unique teinte, — le noir violacé, sans cependant y parvenir tout à fait. Seul son rêve savait faire fleurir une telle rose.

La Maumariée parfois venait se faufiler dans l'enclos aux roses. Elle s'accroupissait sur ses talons, dans un coin, repliant autour de ses genoux ce qui restait de ses vieux jupons usés et promenait son éternel regard de janvier 1920 sur le fouillis de roses sombres. « Tu m'en donneras dis, tu m'en donneras pour mon mariage ? Mais j'en voudrais des blanches, comme ma robe », demandait-elle chaque fois à Elminthe-Présentation-du-Seigneur-Marie qui lui offrait alors une brassée de roses en réponse. Et l'autre se mettait aussitôt à fouiller à l'intérieur des fleurs, arrachant même quelques pétales qu'elle mastiquait ensuite longuement d'un air songeur.

Tous les enfants se précipitèrent dans la cour lorsqu'ils entendirent le ronflement du moteur et le coup de klaxon. Ils virent une voiture noire grossir à vive allure en montant la route et ils ne s'écartèrent du porche qu'au moment où elle le franchit et s'engouffra dans l'enceinte de la ferme dans un grand nuage de poussière. Gabriel et Michaël coururent après elle, séduits par son allure de gros animal trapu caparaçonné de métal noir brillant, et par sa forte odeur d'essence. Ils tournèrent longtemps autour de la machine en lui caressant les flancs sans prêter la moindre attention à l'homme qui en sortit. Celui-ci jeta à la marmaille qui gravitait autour de son véhicule un regard morne et froid. Il portait un costume clair, un chapeau de paille et des gants de peau gris pâle qu'il tiraillait drôlement pour en extraire ses mains. « Est-ce bien ici la ferme de Victor-Flandrin Péniel ? », demanda-t-il enfin mais sans s'adresser à l'un des enfants en particulier. « C'est bien ici et me voici », répondit Nuit-d'Or-Gueule-de-Loup lui-même en sortant à la rencontre de son visiteur. « Heureux de vous revoir, dit l'autre en lui tendant la main. Je passais dans votre contrée et l'envie m'a pris d'aller vous rendre visite. »

Elminthe-Présentation-du-Seigneur-Marie qui jar-

223

dinait à ce moment-là dans son enclos derrière les granges reconnut d'emblée cette voix et se releva brusquement d'entre les buissons de roses qu'elle était en train de tailler. Dans son sursaut elle se blessa au poignet en se griffant à une ronce. Elle ne reconnaissait pas seulement cette voix, — elle reconnaissait ces mots, certains de ces mots. Elle les reconnaissait jusqu'à la nausée. « Heureux de te voir, avait-il dit alors en s'approchant d'elle. Tu n'as pas envie d'aller faire une promenade ? » Et sans attendre sa réponse il l'avait doucement entraînée par la main derrière la volière aux effraies. Là il l'avait fait asseoir sur l'herbe et lui avait déclaré, tout en lui caressant les cheveux : « Si tu es gentille, très gentille, je te montrerai sa chambre. Tu aimerais voir la chambre d'Adolphine ? » Mais elle ne trouvait pas de mots à répondre, pas même un son ; elle ne sentait avec effroi que les mains de l'homme s'enfoncer dans ses cheveux puis glisser sous son corsage et lui frôler les seins. « Sais-tu, avait-il repris à voix sourde, tu lui ressembles... Elle avait les mêmes cheveux que toi, de magnifiques cheveux bruns et bouclés avec des reflets fauve, comme les tiens... oui, vraiment, tu lui ressembles beaucoup, il y a déjà longtemps que je l'avais remarqué... » Les effraies martelaient dans son dos leurs cris rauques et lancinants.

Il s'était d'un coup abattu sur elle, tout d'un bloc, et l'avait roulée sous lui en fouillant sous sa jupe. Alors tout en elle s'était fermé avec violence, son corps s'était raidi, tendu à s'en froisser les muscles, et il n'avait pu lui desceller la bouche ni davantage la pénétrer. « Garce ! Sale petite garce ! » lui avait-il crié en pleine face en la relevant brusquement, et il l'avait giflée à la volée jusqu'à ce qu'elle retombe inerte dans l'herbe. Et toujours ces cris sombres des effraies battant leurs ailes blanches dans la volière. « Maudite, avait-il encore crié, tu lui ressembles mais tu n'es pas elle. Tu n'es pas elle et tu te refuses ! Tu n'es pas elle et tu lui ressembles et tu me tourmentes pour rien. Sale petite garce, sorcière ! » Son visage penché au-dessus du sien était aussi blanc que les effraies et ses yeux devenus fous et brillants de larmes étaient plus jaunes encore que ceux des oiseaux. Le rêve qu'elle avait fait la nuit suivante l'avait lavée de toute mémoire et elle n'avait depuis lors jamais regardé le marquis que du même regard vide et indifférent qu'elle portait sur tous.

Mais voilà que d'un coup sa mémoire se craquait, se distordait dans les remugles de souvenirs enfouis sous plus de dix années d'oubli, et elle se sentit souillée jusque dans son amour, dans ses enfants, et dans ses roses.

« Comment va votre servante, demanda Archibald Merveilleux du Carmin, vous donne-t-elle satisfaction ? Nous n'avons jamais eu de ses nouvelles. Au fait, comment s'appelle-t-elle déjà ? » Nuit-d'Or-Gueule-de-Loup se contenta de répondre : « Elle s'appelle Mme Péniel, je l'ai épousée et suis très heureux. » Le marquis eut un sursaut : « Comment ? Vraiment ? fit-il en jetant à Nuit-d'Or-Gueule-de-Loup un regard en biais. Vous êtes effectivement un être bien étrange, monsieur Péniel. On le raconte dans la région mais me voilà porté à le croire dorénavant. Car, enfin, épouser une telle fille... une fille qui... qui... » Mais il ne trouvait pas les mots pour la qualifier et soudain, sans aucune transition, il demanda d'un ton sec qui ressemblait à un ordre : « J'aimerais la voir. Votre femme. » Mais Elminthe-Présentation-du-Seigneur-Marie s'était déjà enfuie loin de la ferme ; elle avait dévalé le chemin des écoliers et s'était réfugiée dans les champs, et là, elle s'était couchée contre la terre, au creux des sillons.

La voiture était repartie depuis longtemps lorsqu'elle se décida enfin à rentrer à la ferme. Nuit-d'Or-Gueule-de-Loup ne fit aucune allusion à sa femme au sujet de la visite du marquis. Celui-ci d'ailleurs lui avait laissé de sa dernière poignée de main une impression de profond malaise, presque de répugnance, qu'il ne s'expliquait pas. Il ne questionna pas davantage Sang-Bleu sur son incompréhensible escapade au fond des champs et ne remarqua pas tout de suite la fine blessure qu'elle portait au poignet. D'épouse en épouse il gardait le silence et chacune de ses unions s'établissait dans le partage de ce silence. Sang-Bleu, plus encore que les deux autres, ne questionnait jamais elle-même et parlait moins encore de soi. Elle semblait avoir été taillée corps et âme dans le silence, jusqu'à cette peau si lisse qui donnait au moindre de ses gestes l'allure ondoyante d'un poisson filant au fond de l'eau. Et c'était cette part de silence qu'il avait le plus aimée en chacune de ses épouses.

Mais à trop habiter le silence il arrive qu'il finisse par se déchirer sur un cri. Et c'est ce qui advint à Elminthe-Présentation-du-Seigneur-Marie. Le vendredi suivant son rêve se transforma une nouvelle fois, — l'éclipse se brisa en morceaux, découvrant non plus une rose mais la figure d'Adolphine momifiée dans sa châsse. Elle grimaçait un épouvantable sourire et se tordait les épaules et les mains en riant. Elle riait même si fort que le chant habituel en fut tout assourdi. Seuls des éclats de cors et de tubas faisaient encore entendre leurs sonneries perçantes. Son corps n'était plus espace de résonance mais chaos heurté de discordances. Lorsqu'elle se réveilla, toute ruisselante de sueur, elle se sentit parcourue de douloureuses contractions qui lui tordaient les muscles. Pour la troisième fois son corps opérait une nouvelle mue, — tous ses muscles se tendaient comme des cordes d'arc. Et elle retrouvait la mémoire, toute la mémoire. Elle voyait fulgurer en elle, avec une précision surprenante, chaque jour de sa vie depuis l'instant de sa naissance. Elle vit même le visage de sa mère, de cette mère qui l'avait abandonnée sitôt mise au monde. Elle voyait dans leurs moindres détails les salles, les couloirs, les escaliers, la chapelle et le parc du château du Carmin. Et tous ces espaces sonnaient curieusement le creux en elle ; ses os étaient devenus réseaux de corridors vides flanqués d'une infinité de portes qui ne cessaient de claquer jusqu'à en sortir de leurs gonds. Elle voyait y défiler le troupeau de ses sœurs de misère, vêtues de robes noires, grises ou brunes. Elle voyait ses fils, Baptiste et Thadée, et le jeune Benoît-Quentin, comme jamais encore elle ne les avait vus. Elle les voyait jusqu'au plus profond de leur être et une immense pitié pour eux lui bouleversait le cœur. Elle revoyait Nuit-d'Or-Gueule-de-Loup depuis l'instant de leur première rencontre, et son visage roué de nuit qu'il avait dans l'amour. Elle revoyait chacune des roses qu'elle avait fait fleurir et le pauvre regard de janvier de la Maumariée errer parmi les buissons comme une abeille ivre. Toutes ces images se projetaient en elle avec violence, lui traversant le corps telles des flèches. Sa mémoire jouait à l'archer et lui bandait les muscles à l'extrême, les déchirant un à un à force de tension. À la fin ce fut tout son corps qui prit le forme d'un arc. Et il tira une dernière fois son rêve comme un projectile acéré à l'excès, — le chant la

227

transperça en trombe, transfondant dans sa course tous les sons en une unique stridence qui percuta le disque noir de l'éclipse. Il y eut alors un fantastique coup de cymbales frappé par les deux astres décrochés et de ce heurt rejaillit la rose violacée qui s'ouvrit alors sur un cœur rotatif, d'un jaune fluorescent. Sa mâchoire claqua avec tant de force qu'elle brisa toutes ses dents les unes contre les autres et se trancha la langue. Mais ce dernier tir avait visé juste, il l'atteignit droit au cœur qui céda comme tous les autres muscles de son corps.

Il fallut immerger Elminthe-Présentation-du-Seigneur-Marie plusieurs jours dans des bains d'eau chaude pour détendre son corps, Nuit-d'Or-Gueule-de-Loup se refusant à perpétrer une fois de plus cet acte de brisure que le vieux Valcourt et Mélanie avaient dû subir autrefois. Et c'est ainsi que le cimetière de Montleroy accueillit une troisième épouse Péniel, tout aussi désarticulée et déchue en poupée de son que les deux premières. Quant au jardin de roses il ne survécut guère à la mort de sa créatrice. Nuit-d'Or-Gueule-de-Loup le saccagea à coups de faux et les derniers orages de l'été achevèrent cette destruction.

Raphaël, Gabriel et Michaël, que décidément rien ne semblait pouvoir affecter, passèrent outre avec une totale désinvolture à la disparition de celle qui les avait élevés pendant des années. Ils s'éloignèrent simplement davantage de leurs autres frères et s'enfoncèrent plus avant dans les sentiers qu'ils se traçaient en marge de l'amour. Ils ne connaissaient en effet de l'amour que les chemins de traverse les plus obliques, les plus déjetés hors de la tendresse et de la patience. Des chemins taillés à l'abrupt du désir, à pic sur le vide, à fleur de hâte et de folie, — où ils s'élançaient à cœur perdu. Et ces chemins, comme les sentiers magiques qui serpentent dans les forêts de légende, ne s'ouvraient qu'à leur seul passage pour se refermer aussitôt sur leurs pas. Ils se sentaient, et tout particulièrement Gabriel et Michaël, le corps brûlé par un feu inconnu, pris de vitesse jusqu'au vertige, et ils ne trouvaient de repos qu'aux confins de leur passion qu'ils épuisaient à force de danse, de lutte, de course ou de chasse à travers bois.

Quant à Baptiste et Thadée ils étaient encore trop jeunes pour mesurer le sens et le poids de cette perte qui les frappait par la mort de leur mère, — ils en reçurent simplement l'obscure blessure sans trop encore y prendre garde.

C'est ainsi que Benoît-Quentin se retrouva seul face au mystère et à l'angoisse de la disparition et il enfouit en vrac au fond de son étrange mémoire en forme de bosse tous les souvenirs qu'il gardait d'Elminthe-Présentation-du-Seigneur-Marie. Et plus tard ce fut lui qui ouvrit à Baptiste et Thadée une voie tout à la fois de retour et détours vers leur mère ; — une voie de rêve pur qu'il déroulait pour eux ainsi qu'un rouleau d'étoffe de soie légèrement bruissante et imprégnée d'une confuse odeur de roses.

Ce fut lui également qui s'occupa de Jean-François-Tige-de-Fer que la vieillesse enfermait progressivement en cage, le rapprochant encore davantage de ses tourterelles. Bientôt il resta reclus au fond de sa cambuse, ne s'aventurant plus guère que jusqu'à son seuil pour prendre l'air. Il aimait vers le soir avancer une chaise à sa porte ouverte et s'asseoir là un moment à regarder le ciel, à sentir les odeurs de la fin du jour et écouter les bruits de la terre se tournant vers la nuit. Benoît-Quentin passait souvent un moment avec lui. Le vieil homme et l'enfant jouaient alors à se souvenir, et la mémoire de l'un confluait dans celle de l'autre comme un courant d'eau vive traverse en le troublant un plan d'eau dormante dont les limons remontent.

5

Et Nuit-d'Or-Gueule-de-Loup refit l'épreuve de la solitude. Il engagea un jeune garçon de ferme pour l'aider aux travaux auxquels il ne pouvait suffire avec Deux-Frères maintenant que la vieillesse assignait Jean-François-Tige-de-Fer à l'immobilité et que Sang-Bleu était morte.

Il voyait ses enfants, tous ses enfants sans mères, pousser autour de lui, — si loin de lui. Sa solitude, toujours retrouvée, toujours accrue, ne cessait d'établir partout, en tout, la distance.

Il n'allait plus à la chasse, n'allumait plus sa lanterne magique. Il labourait ses terres, soignait ses bêtes, accomplissait moissons et récoltes, et chaque nuit il sombrait dans un sommeil opaque, privé de rêves et de mémoire. Parfois il recevait une lettre de ses deux filles entrées au Carmel, et Deux-Frères en faisait la lecture en famille, mais il n'entendait rien à ces paroles mûries dans l'ombre et le silence d'un cloître. Étaient-ce d'ailleurs encore ses filles, ces lointaines moniales qui avaient tout renié, leur famille, leur terre, leur jeunesse, leurs corps, et renoncé même jusqu'à leurs noms ?

Où donc était Violette-Honorine, devenue sœur Violette-du-Saint-Suaire et Rose-Héloïse devenue Rose-de-Saint-Pierre ? Ses filles, deux étrangères aux corps d'intouchables, aux visages invisibles ; deux recluses en exil pour l'amour insensé de Celui-là qui n'existait même pas, — qui ne devait pas exister.

Mais ses aînées, étaient-elles davantage ses filles ? La folie avait détourné l'une de tout ce qui n'était pas son amant perdu, et une haine qu'il ne s'expliquait pas avait éloigné l'autre irrémédiablement. Et de ses fils premiers-nés que restait-il sinon ce pauvre diable d'homme à la fois double et incomplet ? Et ces trois-là encore, petits sauvages aux cœurs en fuite, venus de la forêt avec leurs regards d'animaux, qui étaient-ils ? Restaient Baptiste et Thadée, et son petit-fils Benoît-Quentin, lequel, entre tous, était l'enfant auquel allait sa plus grande affection. Car celui-là, vraiment, s'il avait reçu une terrible disgrâce à sa naissance avec sa bosse, avait aussi reçu une incomparable grâce, — celle de savoir se faire aimer tant tout en lui était douceur, bonté, et infinie délicatesse de cœur et de pensée. Celui-là seul savait le consoler de sa trop lourde et douloureuse solitude, comme si l'enfant difforme s'était bâté du poids de tous les maux, de tous les deuils et les chagrins, pour mieux en décharger les autres. Il venait même parfois à Nuit-d'Or-Gueule-de-Loup cette pensée à la fois triste et douce que, peut-être, son petit-fils ne portait pas autre chose dans sa bosse que le sourire si consolant de Vitalie.

Ce fut Mathilde qui donna l'alarme. Le soir était déjà tombé et Margot n'était toujours pas de retour, or elle revenait toujours de ses errances à travers la campagne avant la fin du jour. Margot craignait en effet les ombres du soir qui obscurcissaient son regard de janvier et faisaient se lever un doute en elle, — et si Guillaume était parti sans elle, s'il ne l'avait pas attendue et avait pris le train tout seul ?... Elle relevait

231

légèrement ses jupons et s'en retournait alors à pas vifs vers la ferme, cherchant refuge contre sa peur auprès de Mathilde qui ne manquait jamais de la rassurer. De ses jupons il ne lui en restait d'ailleurs plus qu'un seul, le plus long, celui fait de satin damassé et frangé de petits glands de soie. Cet ultime jupon n'était plus en fait qu'un vieux bout de satin suranné tout frangé de déchirures. Et toujours elle portait l'antique rideau violet sur ses épaules.

On organisa une battue. Tous les Péniel, accompagnés de quelques gens du hameau et escortés de chiens, partirent avec torches et lanternes à travers la campagne aux cris de « Margot » et de « Maumariée ».

Nuit-d'Or-Gueule-de-Loup se dirigea vers le bois des Échos-Morts. Il s'enfonça dans l'épaisseur du bois sans prendre garde à son chemin ; il y rôda longtemps, à l'affût de sa fille dont il espérait l'apparition à chaque bruit perçu dans la nuit, mais tous ces bruits étaient sourds et n'annonçaient que des présences animales. Ses appels demeuraient sans échos et le nom de Margot qu'il criait tous les trois pas s'étouffait tout aussitôt dans l'épais silence des arbres pressés les uns contre les autres. Il finit par s'asseoir sur une roche qui saillait au bord d'une clairière pour se reposer ; il était tout à fait égaré. Une très vague lueur se mit à poindre très loin dans le ciel. Il s'affaissa plus lourdement sur la pierre, accablé soudain par la fatigue de toutes ces heures de marche et de recherche. Il ferma un instant les yeux mais presque aussitôt il ressentit une vive douleur à l'œil gauche comme si une pointe de feu le traversait, puis s'ensuivit une sensation de froid aigu.

Nuit-d'Or-Gueule-de-Loup sursauta et rouvrit grands les yeux. Cette douleur il la connaissait, il la connaissait jusqu'aux larmes. Et de l'autre côté de la clairière que baignait maintenant la griseur de l'aube, il aperçut deux lueurs vagues passer. Deux lueurs très douces et familières, pareilles au regard de janvier que Margot promenait à fleur des choses et des êtres depuis ses noces avec l'absence. Il voulut se lever, s'avancer vers cette clarté en dérive, crier le nom de Margot, mais il resta cloué sur sa pierre et ne sut que pleurer, pleurer jusqu'à l'épuisement, sans même savoir pourquoi.

Il rêva tout éveillé ; à moins que ce ne fût Margot qui rêvât à travers lui.

Il rêva d'un grand lit, vaste comme une chambre, et surplombé d'un baldaquin au dais et aux rideaux de velours violet. Ce lit tanguait tout doucement, flottant au gré d'un fleuve. Il reconnut la Meuse. Mais le fleuve bientôt se mit à s'élargir, débordant sur ses berges et charriant une eau toujours plus boueuse. Une femme en jupon blanc, assise en tailleur au milieu du lit dont les rideaux flottaient comme des voiles, se peignait les cheveux avec application. Son peigne était un squelette de poisson aux arêtes très fines et argentées. De tout petits poissons couleur de craie tombaient de sa chevelure tandis qu'elle la coiffait, et ils filaient au ras de l'eau en zigzaguant drôlement.

Toute végétation a disparu des rives. Le fleuve est surplombé de hauts remblais de terre caillouteuse hérissés de fils barbelés. Il entr'aperçoit, mais cela reste très indistinct, des silhouettes d'hommes se profiler derrière les barbelés, et plus loin encore, des toits de baraques en bois dont les cheminées ne cessent de cracher des jets de fumées noires. Les silhouettes gesticulent de façon très désarticulée, tordant leurs membres en tous sens, comme si ces gens dansaient, ou imploraient le ciel.

La femme a cessé de se coiffer; d'ailleurs elle n'a plus de cheveux. Elle est agenouillée sur le bord du lit et, le torse penché au-dessus de l'eau, elle lave à grands gestes sa chevelure dans le fleuve comme un linge d'accouchée. Le sang qui s'écoule de la chevelure rougit progressivement le fleuve.

Mais il y a bien d'autres lavandières, toutes agenouillées dans des petits caissons de bois disposés côte à côte le long des berges. Elles jettent leurs linges dans l'eau et les frottent avec force, les frappent avec des tapettes rondes, les essorent, les replongent, recommencent. Leurs linges ne sont ni de tissu ni de cheveux, mais de peau. Ce sont des peaux, de grands pans de peaux humaines.

Le lit s'est ensablé dans des marécages de cendres. Le dais se penche tout de guingois. La femme a disparu, les lavandières aussi. Un bohémien armé d'un fouet promène en laisse, marchant sur l'eau cendreuse, un ours blanc dressé sur ses pattes arrière et coiffé d'un petit bonnet qui est tantôt carré et tantôt rond.

L'ours est assis au milieu du lit, le chapeau de travers sur le coin de l'œil. Il joue d'un minuscule bandonéon en dodelinant de la tête.

Le bohémien, grotesquement vêtu de la tenue de noces de Margot, fait mine d'avancer en marchant sur place. « Vitrier! Vitrier! » crie-t-il d'une voix indolente. Ses vitres dressées derrière son dos sont gravées de dessins. Ce sont des portraits de femmes. Nuit-d'Or-Gueule-de-Loup les reconnaît, ce sont ceux de Mélanie, de Blanche, de Sang-Bleu, de Margot. « Vitrier! Vitrier!... »

Une autre femme passe en courant, escortée de

quatre jeunes enfants. Ils sont tous nus et courent les mains levées au-dessus de la tête ; seule la femme tient ses bras repliés sur ses seins.

« Cendres ! Cendres !... » Mais ce n'est plus le bohémien qui pousse ainsi sa rengaine ; c'est l'ours. Ou plus exactement un homme à tête d'ours, coiffé d'un petit calot à rayures. Il a des yeux d'enfant hagard.

Les lavandières ont reparu. Elles marchent à la queue leu leu au bord du fleuve, portant leurs ballots de linge sur une hanche. « Roses ! Roses ! Roses !... » disent-elles à voix basse, sur un ton incantatoire. Dans la longue file Nuit-d'Or-Gueule-de-Loup croit entrevoir Hortense. « Roses ! Roses ! Roses !... » La complainte des lavandières est comme un vent léger et lent d'un soir de mai.

Une pluie de cendres, d'un gris extrêmement doux et soyeux, tombe du ciel sans faire de bruit.

Le lit à baldaquin, le fleuve, les berges, les lavandières, l'ours et le bohémien, tout a disparu. Reste une poupée aux yeux de verre, assise sur un tabouret vertigineusement haut. Des lumières très crues se braquent sur la poupée, croisant leurs feux à toute vitesse. « Sang ! Sang ! Sang ! » crie la poupée d'une voix sifflante. « Sssang Ssssang Cendres. »

Nuit-d'Or-Gueule-de-Loup se réveilla brusquement. Tout le temps de son songe il avait gardé les yeux ouverts. Le petit jour rosissait déjà le ciel ; il se leva et se remit en route.

Pendant ce temps Nicaise, le garçon de ferme, accompagné de Benoît-Quentin, avait exploré le Petit-Bois-Matin et Deux-Frères le bois des Amours-à-l'Évent. Ils revenaient bredouilles. Mathilde, elle, était partie en direction de la colline d'où sa sœur avait coutume d'aller regarder passer le train filant à travers plaine en fin d'après-midi vers son inconsommable voyage de noces. Mais Margot n'était pas non plus sur la colline ; elle demeurait introuvable.

Mathilde arpenta la colline jusqu'à l'aube. Ce fut en revenant qu'elle découvrit sa sœur. Celle-ci avait dû glisser en courant et était tombée dans une ravine, frappant sa tête contre un rocher dans sa chute. Elle gisait au fond d'un trou marécageux, couchée sur le dos dans le silence de l'aube que modulait juste le léger bruissement des grenouilles. L'une d'elles, toute petite et luisante, sautillait prestement sur l'épaule de Margot. Le dernier jupon de la Maumariée s'était complètement déchiré dans la dégringolade au milieu des ronces et des cailloux et il bâillait autour de ses jambes dénudées. Elle gardait les yeux ouverts, — ils avaient plus que jamais leur beau regard de janvier.

Mathilde demeura longtemps penchée au-dessus de la ravine à contempler d'un air absent le corps immobile de sa sœur et la petite grenouille verte toute frétillante. Le sifflement d'un train filant dans la vallée l'arracha brusquement à son ahurissement. Elle se redressa et s'écria : « Mathilde ! Mathilde ! », criant son propre nom au lieu de celui de sa sœur. Mais en cet instant elle ne pouvait plus distinguer entre elle-même qui n'était plus rien et cette autre qui lui avait toujours été plus qu'elle-même. « Mathilde ! Mathilde ! » disait-elle, s'appelant à travers le silence de cette mort qui venait de la frapper si bizarrement en visant ce corps second d'elle-même. Elle s'appelait pour se réveiller de ce mauvais rêve, s'arracher au silence, se ramener à la vie, — se ramener toutes les deux à la vie. Mais une autre voix disputait son nom à son appel ; « Mathilde, Mathilde... », murmurait cette voix dans le vide de son cœur, — et cette voix

236

était si blanche, si froide et désolante, qu'elle lui parcourait toute la peau de frissons et lui blanchit complètement les cheveux, comme si on lui arrachait d'un coup sa jeunesse.

Alors, pour la première fois de sa vie Mathilde se mit à pleurer. Les larmes qu'elle versa étaient de sang, car enfin s'écoulait hors de son corps tout ce sang retenu, tout ce sang refusé, interdit, qui lui avait étouffé tout autant la chair que le cœur durant treize années.

Ce fut dans les mois qui suivirent la mort de Margot que Nuit-d'Or-Gueule-de-Loup décida d'entreprendre un voyage. Terre-Noire, où il n'avait pourtant cessé d'élargir ses terres, lui paraissait d'un coup trop étroit. Trop de morts déjà étouffaient ce sol qu'il avait tenté de faire sien depuis déjà près de quarante ans. Et ce train que la Maumariée avait irrémédiablement manqué, ce fut lui qui le prit. Il confia la ferme à Deux-Frères, Mathilde et Nicaise, et emmena Benoît-Quentin avec lui. Ils allèrent à Paris. Et là-bas, dans la grande ville, ils se perdirent dans la foule et les pierres comme dans une fête. Ils logèrent dans un petit hôtel situé près du quai aux Fleurs.

Benoît-Quentin aima la ville, car là-bas personne ne semblait faire attention à sa difformité ; les gens passaient toujours en hâte. Les femmes surtout lui parurent remarquables. Il aimait leur démarche vive, leurs vêtements parfois si surprenants, leurs talons hauts, leur façon de parler le nez en l'air avec un petit accent pointu. Et puis ce fleuve était si différent de celui qu'il connaissait dans son pays. Ce n'était plus un fleuve aux eaux lentes, alourdies de nuages et de la mélancolie des vastes paysages traversés en silence, mais un fleuve aussi preste que l'allure des femmes, tout scintillant des feux de la ville. On pouvait sans cesse passer d'une rive à l'autre. Benoît-Quentin se plut à apprendre par cœur tous les noms des ponts qui enjambaient la Seine de Charenton à Issy-les-Moulineaux, ainsi que tous les noms des quais.

La ville ne cessait de le surprendre ; elle était pour lui comme une gigantesque lanterne magique projetant à tout instant de nouvelles images, — mais des images qui avaient corps, poids et volume, mouvement, odeur et bruit. Il découvrait là, en pleine lumière et pleine vie, tout ce qu'il n'avait fait jusqu'alors qu'entrevoir dans la pénombre du grenier au cours des séances de magie lumineuse. Nuit-d'Or-Gueule-de-Loup l'emmena partout ; ils se promenèrent dans les gares aux halls immenses où sans cesse arrivaient des trains tout écumants de vapeurs blanches venant de tous les coins de l'Europe, dans des entrepôts, des cimetières plus grands et plus peuplés que son hameau ; ils allèrent au zoo, au vélodrome, aux abattoirs et aux halles, entrèrent dans des stades, des patinoires, des musées, des cours d'hôpitaux et même des cours d'immeubles. Nuit-d'Or-Gueule-de-Loup le conduisit plusieurs fois à des hippodromes. Nuit-d'Or admirait les chevaux, plus magnifiques encore que ceux qu'il avait autrefois découverts chez le marquis du Carmin. Benoît-Quentin contemplait les femmes. Ces femmes, toujours admirablement chapeautées et bijoutées, avaient une manière de redresser leurs torses et relever leurs jolies têtes à l'instant où les chevaux filaient devant elles, qui le ravissait. Elles ressemblaient elles-mêmes à d'étranges animaux qui tenaient tout autant des insectes, des oiseaux exotiques, des félins que des griffons. Il était amoureux de toutes les femmes qui se confondaient dans ses rêves avec les ponts, le fleuve, les rues et les quais.

Mais par-dessus tout il aima les parcs et les jardins, avec leurs jets d'eau, leurs statues babillantes de moineaux, et leurs grands bassins entourés d'enfants jouant avec des voiliers en bois peint. Avec aussi ces longues allées ombrées de marronniers où les pas des promeneuses faisaient crisser délicieusement les gravillons.

Il y avait tant à voir dans ces jardins, et de choses à sentir, à goûter, à toucher et entendre, qu'il ne se lassait pas d'y retourner, rôdant surtout autour des kiosques verts aux toits pointus d'où pendaient des grappes de ballons de toutes les couleurs, de moulins à vent, de cordes à sauter, de grands cerceaux de bois, de seaux, de pelles, de toupies et de jeux de volant. Leurs étroits étals fleurissaient d'un fouillis plus merveilleux encore avec leurs gros bocaux emplis de billes, de sucre d'orge, de lacets de réglisse, leurs bouquets de sucettes, leurs tubes de verre remplis de grains d'anis blanc et rose, leurs baquets de coco et leurs boîtes de caramel. Et il y avait encore les marchands de marrons, de gaufres, de pains d'épice et de petits pâtés qui circulaient aux abords des théâtres de marionnettes, des balançoires et des manèges de chevaux de bois, mêlant leurs voix enrouées, pleines d'indolence et de séduction, à celles des loueurs de voitures à chèvres, d'ânes et de poneys.

Mais la plus belle voix de toutes était celle, aigrelette, qui montait du petit limonaire installé au cœur de certains des manèges pour rythmer la ronde lente des enfants cavaliers.

Benoît-Quentin n'osait pas y faire un tour, il se sentait déjà beaucoup trop grand, et puis, avec sa bosse, il serait devenu aussitôt la risée de tous les autres enfants. Alors il s'asseyait sur une chaise, à l'ombre d'un arbre, et regardait tourner les petits cavaliers du rêve sur leurs montures bariolées, — chevaux dorés, bruns ou noirs plus ou moins cambrés ou cabriolants, éléphants gris ou blancs, chameaux et lions couleur d'orange, girafes, et cochons très roses et ronds. Un grand pompon rouge se tortillait au bout d'une perche tendue en l'air par la gardienne de ce troupeau de bois et ses frétillements faisaient pousser des criaillements aigus aux enfants qui se dressaient sur leurs étriers pour tenter de l'attraper.

Un jour, dans l'un de ces carrousels, au parc Montsouris, Benoît-Quentin remarqua une petite fille chevauchant un éléphant blanc. Elle devait avoir environ cinq ans ; elle avait des cheveux très blonds et tout bouclés retenus à la diable par un gros nœud de taffetas bleu et portait une robe-tablier en coton à carreaux bleus et blancs. Son visage était étonnamment petit et pâle et plein d'une drôle de gravité. Sa bouche était aussi minuscule que ses yeux étaient grands, — trop grands et sombres pour son visage. Elle se tenait très droite et sage sur sa monture, serrant les rênes avec application. La gardienne du manège avait dû également remarquer la fillette et se laisser séduire par ses allures de poupée sage car à chaque tour elle agitait bien devant elle le pompon rouge afin qu'elle puisse l'attraper facilement. Mais l'enfant ne lâchait jamais ses rênes et ne semblait même pas prêter attention au pompon que tous les autres cavaliers convoitaient pourtant avec fougue. Quand le manège s'arrêtait elle ne descendait pas de sa monture ; elle plongeait simplement sa main dans sa poche bourrée de tickets et en tendait un à la gardienne pour le prochain tour. Celle-ci finit par lui demander au bout du cinquième tour : « Alors la mignonne, t'as pas envie de changer un peu de bête, de monter sur un cheval ou sur le lion? » La fillette serra plus fort encore les rênes et pressa ses genoux contre les flancs de l'éléphant. « Non, répondit-elle, j'veux pas. J'aime beaucoup le éléphant. » La femme éclata de rire et continua son ramassage de tickets en répétant d'un air chantonnant « et en avant le éléphant ! »

Benoît-Quentin remarqua que la petite fille lâchait par instants ses rênes pour caresser tout doucement les oreilles et les yeux de l'éléphant et il lui sembla même qu'elle lui murmurait quelque chose. Il ne la quittait plus des yeux, suivant chacun de ses gestes, scrutant les traits de son visage, et il se prit de passion pour l'enfant. Il mourait d'envie de s'approcher d'elle, de lui demander son nom à voix basse, et de la soulever dans ses bras pour la faire tourner. Elle devait être si légère, si fragile à porter. Il finit même par partager le rêve de la fillette, — que l'éléphant prenne vie et descende du manège pour s'en aller d'un pas dandinant en balançant sa trompe à travers les allées du parc. Lui tiendrait l'animal par la bride et les accompagnerait en marchant en silence à leur côté. Ils traverseraient ainsi toute la ville et puis longeraient la Seine; ils iraient comme ça jusqu'à la mer. Mais il n'osait pas se lever et venir vers elle, il avait peur de l'effrayer avec sa bosse. Et il pensa avec tristesse qu'il était bien dommage que la petite fille n'ait pas préféré le dromadaire marron qui tournait l'amble avec un gros lapin aux yeux verts, à trois rangées derrière l'éléphant. Cela lui aurait donné un peu de dérisoire confiance. Il se mit alors à chercher dans la foule des femmes rassemblées autour du carrousel celle qui pouvait bien être la mère de la fillette. Mais il n'en trouva aucune qui lui ressemblât.

Une vieille s'approcha de lui et le fit sursauter. Elle avait une drôle de tête, toute ravinée de rides, entortillée dans un fichu à fleurs si délavé qu'il n'était plus que d'un gris sale, et elle farfouillait d'une main dans la grande poche de son tablier toute boursouflée et cliquetante de menue monnaie. C'était la chaisière du jardin qui venait réclamer son dû. La paume calleuse qu'elle lui tendit devant le visage le terrifia. C'était comme si elle venait lui montrer les lignes de sa propre main à lui dans le miroir déformant et maléfique de la sienne. Dans sa peur il ferma les poings. Il s'attendait presque à recevoir une gifle tant cette main était menaçante. La vieille maugréa et fit sonner avec agacement son grand tablier à sous. Benoît-Quentin se hâta d'extraire une pièce du fond de sa poche pour éloigner la vieille sorcière. Lorsqu'il put enfin revenir à la contemplation du manège, la petite fille avait disparu. Une autre gamine coiffée de longues tresses avait pris sa place sur l'éléphant. Benoît-Quentin en eut presque le souffle coupé de surprise et de colère. Il se leva précipitamment et chercha dans la foule la silhouette de l'enfant. Il l'aperçut qui s'éloignait dans une allée transversale à la main d'une femme vêtue d'une robe verte qui lui découvrait les jambes jusqu'à mi-mollets. La femme portait un grand carton à dessin sous le bras. Il s'élança vers elle et accosta la mère tout à trac, sans dire bonjour ou s'excuser. « Madame, dit-il légèrement essoufflé d'avoir couru, votre petite fille !... » Mais il n'acheva pas sa phrase, ne sachant plus quoi dire. « Que voulez-vous ? » demanda la femme un peu surprise. Elle était très brune, coiffée à la garçonne, et ses yeux étaient trop grands et sombres pour son visage. Elle parlait avec un fort accent étranger qui troubla Benoît-Quentin. « Je... je... son nom, finit-il par balbutier. Je voulais connaître son nom. »

Il se tenait maintenant tête baissée devant la mère et la petite fille, horriblement confus de sa ridicule audace et de sa bosse, tellement plus ridicule encore. « Et pourquoi vous voulez connaître son nom ? » insista la femme qui le regardait avec curiosité et amusement. « Parce qu'elle est si jolie... », susurra Benoît-Quentin plus bossu que jamais et presque au bord des larmes. « Liebchen, dit la femme en se penchant vers sa fille, dis à ce jeune homme comment tu t'appelles. » La petite regardait Benoît-Quentin avec le même sérieux qu'elle avait lorsqu'elle chevauchait l'éléphant. « Je m'appelle Alma », finit-elle par dire au bout d'un moment. « Alma ! s'exclama Benoît-Quentin tout étonné, comme le pont ? » La mère rit et reprit : « Comme le pont, oui. Et moi je m'appelle Ruth. C'est votre tour, maintenant, présentez-vous. — Je... je ne sais plus... », avoua Benoît-Quentin complètement dérouté. Il voulait fuir à toutes jambes mais restait paralysé, bras ballants, et tout à fait incapable de se souvenir de son nom. « C'est la vieille, se répétait-il dans son affolement, c'est cette sorcière de chaisière qui m'a volé mon nom ! »

« Il s'appelle Benoît-Quentin. Benoît-Quentin Péniel », annonça d'une voix calme Nuit-d'Or-Gueule-de-Loup qui s'avançait à leur rencontre. Il revenait d'une promenade du côté d'un groupe de joueurs de boules rassemblés un peu plus loin. L'arrivée de son grand-père libéra soudain Benoît-Quentin de sa frayeur et de sa honte et il se tourna vers la petite fille avec un sourire radieux. Voilà, lui aussi il avait un nom, et une famille. La petite fille, elle, ne souriait pas. Elle fixait sur lui son regard bleu

243

sombre, tenant ses yeux écarquillés et sa petite bouche pincée, ce qui accentuait encore la démesure de ses traits. Mais la gravité de l'enfant ne désarçonna nullement le sourire triomphant de Benoît-Quentin. Il se sentait heureux, infiniment heureux, et il ne prêta même pas attention aux propos qu'échangeaient Nuit-d'Or-Gueule-de-Loup et la femme nommée Ruth.

6

Lorsqu'elle vit rentrer son père et le jeune Benoît-Quentin flanqués d'une femme et d'une petite fille aux yeux trop grands pour leurs visages, d'un bleu couleur d'ardoise, Mathilde se cabra sur le seuil et redressa la tête d'un air farouche. Elle laissa les arrivants approcher sans venir à leur rencontre et pour tout salut elle s'écria du haut des marches, les mains croisées derrière les reins : « Eh bien, mon père, vous voilà enfin de retour, et encombré de bien des colis avec ça ! Qu'allez-vous faire de ces deux-là ? » Nuit-d'Or-Gueule-de-Loup gravit les marches du perron en silence tandis que les trois autres attendaient, immobiles, près de l'escalier, et lorsqu'il fut à hauteur de Mathilde il répondit : « Va donc nous préparer quelque chose à boire et à manger. Le voyage a été long. Nous sommes fatigués. » Puis, se tournant vers l'inconnue et l'enfant il dit : « Je te présente Ruth, et sa petite fille Alma. Désormais elles sont des nôtres. Elles resteront avec nous, ici, à la Ferme-Haute. » Mathilde eut un drôle de mouvement par tout le corps et déjeta brusquement sa tête en arrière comme si elle venait de recevoir, ou plutôt d'esquiver, quelque gifle

244

invisible. « Ah! s'exclama-t-elle d'un ton aigre. Voilà donc le beau cadeau que vous nous rapportez de Paris! Eh bien moi, il ne me plaît pas, et je n'en veux pas. D'ailleurs cette maison n'a jamais voulu de vos femmes, elle les a toujours chassées les pieds devant! Pas vrai, mon père? » Puis elle ajouta en fixant son regard sur la nouvelle venue : « Mon père ne vous l'a peut-être pas dit, mais il porte malheur aux femmes. Il ne sait que leur faire des enfants, et à coup de deux à chaque fois encore! Après quoi il laisse la mort les emporter comme des paquets de linge sale et agrandit son troupeau d'orphelins. C'est comme ça, mon père a une vocation de veuf! Alors vous feriez mieux de partir tout de suite avant de rejoindre les trois autres Mme Péniel au cimetière. Vrai, vous feriez mieux de reprendre le train, et de disparaître d'ici! »

Nuit-d'Or-Gueule-de-Loup se tenait à côté de sa fille, les poings serrés ballant le long du corps. Il ne répondit rien. Ce fut Ruth qui prit la parole. « Votre père a tout raconté à moi, dit-elle d'une voix calme. Je n'ai pas de peur, et veux bien rester avec lui, ici. » Mathilde l'interrompit, surprise par son accent, et se retourna furieuse vers son père. « Une étrangère, en plus! Il ne manquait plus que ça! Et une Boche encore! Vous prenez vos femmes chez l'ennemi maintenant? Bravo! — Mathilde! coupa Nuit-d'Or-Gueule-de-Loup d'une voix assourdie par la colère, je t'ordonne de te taire! Je suis encore ton père. » Benoît-Quentin intervint à son tour. « D'abord elles sont pas allemandes! Ruth est autrichienne, précisa-t-il comme si cette distinction pouvait adoucir Mathilde. Et puis, si ça te plaît pas, tant pis pour toi. Nous, on est contents et on veut qu'elles restent. C'est tout. — Eh bien qu'elles restent! Qu'elles restent donc, vos étrangères! » concéda Mathilde, puis elle ajouta : « Qu'elles restent jusqu'à ce que mort s'ensuive ! » Sur quoi elle tourna les talons et rentra dans la maison. Sa robe, lorsqu'elle se tourna, fit un drôle de claquement, comme si les plis étaient de bois.

Alma, qui avait écouté la discussion de son air grave et attentif, sursauta soudain au bruit sec que fit la robe de Mathilde et elle se mit à gémir doucement. « *Mayn Libinke,* lui dit sa mère en la prenant dans ses bras, *vos vet der sof zayn* [1] ? » La petite ne répondit rien, elle pointa juste son doigt vers la porte où venait de s'engouffrer cette femme si effrayante avec son visage encore jeune et ses cheveux tout blancs, sa voix mauvaise et sa robe de bois. Benoît-Quentin s'approcha de Ruth et prit la main de la petite fille. « Tu ne dois pas avoir peur, lui dit-il. Regarde autour de toi. Tous ces champs, ces terres, ces ruisseaux et ces bois, ils sont à toi. Ils sont à toi pour que tu y coures et t'y amuses. Et moi je serai avec toi, toujours, pour te défendre. Et puis je te ferai un bel éléphant en bois, comme celui du manège. Tu voudras, dis ? » Alma eut un petit sourire et fit oui de la tête. Nuit-d'Or-Gueule-de-Loup revint vers eux et, prenant Ruth par les épaules, il l'invita à entrer avec lui dans sa demeure.

Lorsqu'il franchit le seuil de sa maison Nuit-d'Or-Gueule-de-Loup retrouva à l'ombre du dedans une fraîcheur et une douceur dont il avait oublié le goût, qu'il avait même crues perdues pour toujours. Il pressa Ruth dans ses bras et l'embrassa. Il ne pouvait encore croire à ce nouvel amour et ne cessait de s'étonner qu'un tel bonheur lui soit donné. Il ne savait même plus comment tout cela s'était passé, c'était

1. « Ma chérie, qu'est-ce que tu as ? »

arrivé si brusquement, et si simplement aussi. Ils avaient marché longtemps, à pas très lents, dans les allées du parc Montsouris, et s'étaient sentis si bien ensemble qu'ils avaient continué leur balade jusqu'au soir dans les rues de Paris. Ils avaient même dîné tous les quatre avec les enfants à la terrasse d'une brasserie dans le quartier d'Auteuil. Puis, comme ils ne pouvaient décidément pas se séparer, ils s'étaient retrouvés plus tard encore, lorsque les enfants avaient été couchés, et ils s'étaient promenés bras dessus, bras dessous, comme deux anciens amis, au fil des rues désertes, à parler de tout et de rien. Assurément Victor-Flandrin n'avait jamais autant parlé de toute sa vie, lui qui toujours avait gardé le silence avec chacune de ses épouses. Mais il y avait, dans l'accent de cette étrangère, comme une invitation à la parole, — à une parole continue, libre de tout secret, et pleine d'allant. Parfois elle cherchait un mot, et tous deux s'arrêtaient un instant pour s'efforcer de le trouver, et chacun de ces mots prenait alors pour lui une résonance nouvelle, un ton enjoué, lorsque enfin il le dénichait d'entre un fouillis de vocables.

Ces mots même avaient fini par prendre dans sa bouche la saveur affolante des baisers et quand l'aube les avait surpris il s'était surpris lui-même en flagrant désir amoureux. Et, sans prendre le temps de réfléchir, il s'était tourné vers elle, lui avait saisi la tête dans les mains et l'avait embrassée. Alors tous les mots étaient devenus de chair et s'étaient vêtus d'une robe verte.

Cette robe verte, elle lui éblouissait encore les yeux et lui brûlait encore les mains, — il n'avait même pas attendu qu'elle referme la porte de la chambre où elle l'avait conduit pour la lui arracher. Mais par ce geste fou qui avait dénudé si brusquement le corps de Ruth, c'était lui-même qu'il avait dénudé jusqu'au cœur, comme écorché. Pour la première fois l'amour lui fut tourment, car tant d'années et de différences le séparaient de la jeune femme qu'il avait craint de la perdre sitôt rencontrée. Ce tourment l'avait saisi au réveil, alors que Ruth, encore endormie, reposait contre lui, sa tête posée sur son épaule. Il avait glissé sa main tout doucement dans ses cheveux en bataille et senti battre au bout de ses doigts la chaleur de son sommeil, — la chaleur de sa jeunesse. Il avait vu la robe verte étalée sur le sol au milieu de la pièce, et soudain la frayeur l'avait pris de voir la robe s'envoler par la fenêtre ouverte et s'enfuir à travers les cheminées qui hérissaient les toits, en emportant son amour au creux de ses poches pour aller le jeter en pâture aux oiseaux du matin. Alors il s'était levé du lit pour ramasser la robe et fermer la fenêtre. « *Dortn, dortn, di Nacht... shtil un sheyn... dortn, dortn* [1]... »

Nuit-d'Or-Gueule-de-Loup s'était retourné. Ruth dormait toujours et murmurait dans son sommeil. Il était revenu vers le lit, la robe en boule dans les mains, et s'était assis contre elle. « *Dortn,* avait-elle encore répété, *der Vint blozt... in Blut... in Blut un Nacht* [2]... » Son visage avait alors pris une expression douloureuse et elle s'était écriée en agitant la tête : « *Neyn ! neyn... neyn...* » et s'était réveillée en sursaut, braquant sur Victor-Flandrin un regard apeuré et surpris. Il l'avait saisie dans ses bras et, la berçant doucement, l'avait rassurée. « Ce n'est rien, voyons, un mauvais rêve. Juste un mauvais rêve. Regarde comme il fait beau !

---

1. « Là-bas, là-bas, la nuit... tranquille et belle... là-bas, là-bas... »
2. « Là-bas, le vent souffle, dans le sang... dans le sang et la nuit... »

Un jour magnifique ! — Oui, oui... », avait-elle murmuré ; sa voix semblait revenir de très loin, tout encombrée encore de sommeil et d'angoisse. Puis elle s'était ressaisie et avait ri en voyant sa robe en boule sur les genoux de Victor-Flandrin. « Qu'est-ce que tu fais avec ma robe ? Mais c'est un vrai chiffon maintenant ! » Et lui, soudain gêné, avait bafouillé : « Ta robe ? Ah oui, tiens, prends-la. C'est que moi aussi j'ai fait un mauvais rêve... Mais ce n'est rien. Nous voilà tous les deux réveillés maintenant. »

Et la journée avait repris. Un beau jour, clair et vif. La lumière accrochait aux façades des maisons de pierre des pans de jaune pâle comme des reflets d'eau. Ils avaient conduit à nouveau les enfants dans un parc puis s'étaient assis à la terrasse d'un café. Nuit-d'Or-Gueule-de-Loup se souvenait de chaque détail de cette journée. Le serveur avec son plateau où cliquetaient les verres, le petit guéridon de marbre où il avait posé le siphon d'eau de Seltz en verre bleuté et leurs boissons. La petite boîte en fer peinte où Ruth rangeait ses cigarettes, et le rire adorable d'Alma jouant avec Benoît-Quentin. La maraîchère traversant la rue en poussant sa charrette chargée de légumes, les cyclistes filant au bord des trottoirs, le marchand de journaux puis la marchande de ballons qui s'étaient approchés de leur table. Le bref sursaut de pluie qui s'était mis à tomber sans troubler le soleil, le chien roux venu mendier un sucre.

« Ton village, c'est où, exactement ? » avait demandé soudain Ruth tout à fait hors de propos. « Loin, très loin d'ici. Très loin de tout, d'ailleurs. C'est là-haut, tout au nord, un peu à l'est, près de la frontière. Il y a la Meuse. Et des forêts. Beaucoup de forêts. Autrefois même il y rôdait des loups. Et puis il

249

y a la guerre, aussi, qui passe toujours par là. — Et c'est beau ? — Je ne sais pas. C'est mon pays. Enfin, c'est devenu mon pays. » Il n'avait rien ajouté d'autre, car il avait envie de lui dire de venir avec lui, là-bas, pour voir, mais il n'avait pas osé, il avait eu honte. Son pauvre hameau, si noir, si perdu, et sa ferme perchée en plein vent, hantée de deuils et d'enfants plus farouches les uns que les autres, — cela ne pouvait pas être un lieu pour une femme telle que Ruth. « Et si je venais là-bas, pour le voir, ton pays plein de forêts ? » avait-elle demandé. Elle avait dit cela d'un ton si vif, si assuré, qu'elle semblait déjà prête à partir.

Il conduisit Ruth jusqu'à sa chambre. « Tu sais, dit-elle lorsqu'elle fut dans la chambre, il est très beau ton pays. — Mais tu n'as encore rien vu ! s'exclama-t-il amusé. — Ça ne fait rien. Ça me plaît beaucoup ici. Ta maison, ta chambre. Et puis le pays, en fait, c'est toi. »

Et ce pays, il y avait longtemps qu'elle le cherchait. Un pays où se reposer, où fermer enfin le livre trop lourd et trop bruyant des jours, de tous ces jours, ces milliers de jours passés à fuir et à mendier. Alors peu importait qu'il ne fût pas plus grand qu'un homme, ce pays, pourvu qu'il s'y trouvât une place pour elle. Une vraie place, calme et bien en retrait. Une place faite de désir et de tendresse. D'ailleurs, les pays doués de vastes espaces, de gloire et de puissance, ne signifiaient plus rien pour elle. Elle savait que de tels pays pouvaient se mettre soudain à rétrécir jusqu'à ne plus être qu'une peau de chagrin. Elle était née au cœur d'un des plus grands empires, avait grandi dans ses splendeurs déjà rancies de nonchalance ; — n'avait quitté en fin de compte que quelques arpents de terre sinistrée. Tout avait commencé par une affaire de sang versé, de sang perdu. Le même jour l'empire s'était mis à trembler comme un énorme et très vieil animal blessé, — on venait de lui tirer dessus, quelque part dans le dos, au point nommé Sarajevo, — et son propre corps à elle aussi s'était mis à bouger, — quelque part dans son ventre une blessure étrange s'était ouverte, avait saigné. Un sang répandu, là-bas, et on avait déclaré l'empire en guerre, — un peu de sang écoulé du dedans de son corps, et on l'avait déclarée femme. Ce jour éclaboussé d'un double sang avait gravé profond en elle un souvenir confus fait de stupeur et de douleur, — et de violence aussi : fin de la gloire et de la paix, fin de l'enfance. L'empire en guerre, son corps en femme. Et plus elle était devenue femme, plus les hommes étaient devenus morts. De ses trois frères partis combattre un seul était revenu, encore que cet unique survivant ne fût pas même rentré entier. Il avait laissé au front ses deux jambes et une bonne part de sa raison. Alors, refusant les ruines et le deuil, son corps de femme était à son tour devenu corps de guerre.

Car elle était devenue soudain la proie d'images fantastiques, flanquées de couleurs criardes, et des cents d'autres corps s'étaient mis à lui traverser le sien, réclamant d'elle une existence. Alors, pour répondre à ces appels, elle s'était armée de crayons, pinceaux, couleurs et couteaux, et avait traqué les formes sur la toile et le papier, dans la glaise, la pierre et le bois. Mais ces formes ne cessaient de se distordre, de vouloir mettre à nu, à cru, leur force. Elle avait déshabillé ces corps, désarticulé leurs membres, ouvert en grand leurs bouches et déchiré leurs yeux. Elle avait fait violence à leurs visages en les creusant, les bouleversant, — une violence à la mesure de la pitié et de la folie qui les rongeaient.

C'est alors que son père s'était dressé entre elle et ces hordes de visages et de corps distordus. Sa faute était grande, lui avait-il déclaré, car elle avait osé violer la Loi en transgressant l'interdiction de reproduire la figure humaine, et de plus elle s'était encore permis de défigurer à outrance ces représentations déjà suffisamment sacrilèges en soi. Elle avait gardé de cette scène un souvenir prégnant, et double jusqu'à la contradiction : son père surgissant brutalement dans sa chambre, avec ses épaules si hautes et massives qu'elles avaient obstrué toute la lumière lorsqu'il s'était tenu le dos à la fenêtre. Son père tout sanglé de noir, comme un refus de toute couleur et de toute lumière. Il n'avait cessé de tortiller sa barbe, plus noire encore que l'habit, tandis qu'il l'avait sermonnée de sa voix sourde, à la fois menaçante et plaintive. Son père, aux yeux humides, tant de colère que de chagrin. Il s'était mis à frapper du poing sur la table, renversant pinceaux et godets, puis à se frapper le torse comme s'il voulait aussi se renverser le cœur. Un son mat, dur, avait résonné de son habit noir, de dessous sa barbe couleur d'encre. Et la barbe de son père ne lui avait jamais paru si longue, si épaisse, — comme une chevelure de femme retournée.

Alors elle avait vu fulgurer dans la face de son père un visage de femme inversé dont les yeux étaient deux bouches et la bouche deux yeux brillants de larmes et de fureur. Une femme pendue la tête en bas, cheveux défaits, épars, sur le buste de son père. À quelle femme avait-il donc ainsi coupé la tête, volé la chevelure ? À sa mère, — c'était là assurément la chevelure de sa mère, sa mère au crâne nu sous sa perruque d'épouse. Et voilà que maintenant il voulait

252

lui prendre ses cheveux à elle aussi, la dépouiller de sa force, de ses images et de son corps multiple pour la réduire à un simple corps sous tutelle. Mais cela ne se pouvait pas car elle appartenait à plus puissant que son père, à autre qu'elle-même, — elle appartenait au pouvoir d'un songe immense peuplé d'images humaines hautes en couleur et en violence. Et ce songe l'avait investie, elle, la fille unique et dernière-née du pieux marchand de gants, chapeaux et manchons en tous genres Joseph Aschenfeld, d'un corps tutélaire, tenant sous sa protection et son inspiration ces tribus d'hommes et de femmes aux corps sauvages, aux faces tourmentées.

Le soir même elle avait brossé un portrait de son père à grands coups de pinceaux. Elle avait peint sa face couleur de plâtre et échancré ses yeux, sa bouche et ses narines ainsi que des craquelures de terre brûlée ou de métal rouillé. Puis elle s'était coupé les cheveux très courts sur la nuque et les avait collés sur la toile encore humide en travers du visage comme un grand coup de fouet. Après quoi elle s'était enfuie, laissant là cette figure de son père bafoué, rongé par la trace la plus vive d'elle-même. Et depuis lors elle n'avait cessé de s'enfuir, allant de ville en ville, vivant de mille riens, de hasard et d'air du temps.

Elle avait traversé l'Europe en tous sens, avait séjourné à Berlin, à Zurich, à Moscou, à Rome, à Prague, à Londres et à Vilna. Ce n'était pas son père qu'elle avait fui ainsi, — d'ailleurs il ne l'avait pas même recherchée. Quand il avait trouvé le portrait outrageant planté comme un défi dans la chambre vide, il avait consigné la disparition de sa fille d'une rature extrême : il avait déchiré ses vêtements et couvert son front de cendres et, pieds nus, le dos voûté, il s'était assis sur un petit banc au milieu de sa chambre, ne se relevant de temps à autre que pour réciter le kaddish, comme déjà, par deux fois, il l'avait fait pour ses fils.

C'était le portrait de son père qu'elle avait fui, ce portrait double et terrifiant où se mêlaient autant de violence et d'intransigeance que de douleur et de pitié.

C'était en fait plus encore que le portrait de son père qu'elle avait fui, c'était celui de toute sa famille, d'elle-même, et de son peuple. Un visage pluriel où s'imbriquaient des faces d'hommes et de femmes, des faces de morts et de vivants, — des faces toujours levées à contre-ciel et contre-terre. Des faces très haut dressées, vers un ciel dur et nu comme un grand mur de pierre, très bas penchées, vers une terre rebelle et inhospitalière. Des faces jamais détournées, bien que toujours en lutte et traquées par la peur et le deuil.

Elle avait connu la solitude des amitiés sans lendemain, des amours sans mémoire, mais aux hiers encombrés d'ombres et de bruits. Elle avait reprisé du linge, lavé des sols et des vaisselles, fait la lecture à de vieilles femmes et la dictée à des enfants, elle avait posé pour des peintres et des sculpteurs et vendu parfois quelques-uns de ses propres dessins et tableaux à des terrasses de cafés. Et puis Alma était arrivée, si discrète et menue qu'elle avait rendu légère son absence de père. Et cette enfant qui lui était venue au hasard d'une liaison de passage avait bouleversé sa vie.

Cela avait été un bouleversement tout en douceur, imperceptible, mais déterminant. Ruth avait progressivement perdu sa révolte et son élan de fuite, s'était dépouillée de sa violence et de sa peur, — et ces hordes d'images tourmentées qui lui campaient dans le cœur et les yeux depuis tant d'années l'avaient enfin quittée. Parfois encore il en passait quelque trace, comme des cris retardataires qui traînaient dans ses rêves.

Cela faisait trois ans qu'elle vivait à Paris, exerçant toujours divers métiers pour gagner sa vie à la sauvette, et continuant à dessiner, de loin en loin. Son trait s'était affiné, ses couleurs éclaircies jusqu'à la transparence. Elle ne faisait plus guère que des esquisses, toujours inachevées, d'arbres, d'allées, de statues et de toits se découpant sur de hauts ciels pâles, — mais elle ne dessinait plus de portraits. Et voilà que Nuit-d'Or-Gueule-de-Loup avait surgi et lui avait ouvert ses bras comme un pays inespéré ouvre ses frontières pour accueillir des réfugiés. Un pays franc. Il avait presque trente ans de plus qu'elle, mais il avait gardé au cœur une étrange jeunesse, aussi sauvage que naïve, qu'elle-même avait perdue depuis longtemps. Et c'était cette force simple, faite de droiture et d'endurance, qu'elle avait aimée en lui. Ici, auprès de lui, elle trouverait la paix et saurait préserver le bonheur de sa fille, quoi qu'en ait dit cette sombre femme aux cheveux blancs qui les avait menacées depuis le seuil en arrivant. Car sa confiance en Victor-Flandrin était totale.

Et c'est pourquoi elle souriait maintenant, accoudée à la fenêtre de la chambre, en regardant Victor-Flandrin déposer ses valises sur le lit. En lui, elle allait ancrer son errance pour toujours. Le temps de la fuite était enfin fini et sa solitude révolue. « Oui, dit-elle encore en se retournant vers les champs et les bois qui s'étendaient à perte de vue sous la fenêtre, je me plais beaucoup ici. Il fait si calme... »

7

Et Ruth connut effectivement la paix qu'elle avait tant cherchée. Elle ancra même si bien son errance dans l'amour et la terre de Nuit-d'Or-Gueule-de-Loup qu'elle l'y ensabla, et de ce profond enfouissement naquirent quatre enfants. La première année de son installation à Terre-Noire elle mit au monde deux fils, Sylvestre et Samuel, auxquels se joignirent l'année suivante deux sœurs, Yvonne et Suzanne. Aucun ne portait trace ou ressemblance de ce portrait qu'elle avait fui pendant près de dix ans —, cette filiation-là était rompue, une autre s'était faite. Les quatre enfants avaient la marque des Péniel à l'œil gauche. Seule Alma demeurait sans père et sans signe ; ses yeux trop grands, couleur d'ardoise, ne renvoyaient qu'à sa mère, — et peut-être, au-delà, à la mère de sa mère, la douce Hannah dont les traits s'effaçaient au fond d'un magasin de gants, chapeaux et manchons en tous genres au coin d'une ruelle quelque part à Vienne. Mais elle avait trouvé en Benoît-Quentin un frère si aimant, si dévoué, qu'elle aussi avait fait sienne cette terre à travers lui. Il avait taillé pour elle un éléphant en bois peint en blanc, comme il le lui avait promis, et l'avait muni de roues. Pendant longtemps il avait promené Alma sur son éléphant à travers tous les chemins serpentant autour de la ferme. De tous les enfants vivant à la ferme elle demeurait pour lui la plus aimée. Il la considérait comme sienne, à la fois sœur et fille, et parfois, dans le trouble des nuits, il lui arrivait déjà de la rêver comme femme.

Avec la venue de Ruth un peu du monde extérieur fit son entrée à la Ferme-Haute et la forteresse de Nuit-d'Or-Gueule-de-Loup si longtemps et farouchement close sur un temps immobile s'entrouvrit enfin aux bruits et mouvements du dehors. Journaux et revues et surtout la radio désamarrèrent Terre-Noire de sa rade d'oubli coincée à l'extrémité du pays, sinon du monde, et mirent pour la première fois les Péniel un peu à flot de l'histoire. Seuls les aînés restèrent en marge et refusèrent cette mise à flot qu'ils jugeaient aussi vaine que fausse. Qu'importait en effet à Deux-Frères d'entendre les rumeurs de l'histoire se tissant aux quatre coins du monde alors que d'un coup tout pouvait voler en éclats et fracas discordant sans que nul n'ait le temps ni le pouvoir de crier « non ! ». Quant à Mathilde, l'histoire s'était arrêtée net pour elle à la mort de Margot ; il était dorénavant trop tard, à jamais.

La lanterne magique s'empoussiérait maintenant lentement au grenier tandis que d'autres boîtes, plus magiques encore, faisaient résonner rythmes et chansons, et sourire pour toujours à fleur de papier les portraits de la famille. Ruth avait progressivement délaissé toiles et pinceaux pour s'adonner à l'art de la photographie. Les tribus d'images grimaçantes qui si longtemps l'avaient hantée s'étaient retirées d'elle tout à fait maintenant, dissoutes dans l'oubli. Elle avait donné vie à de vrais êtres, faits de chair et de sang, parés d'enfance et de santé, faits de jeux et de rires. Et c'était dorénavant vers les visages de ceux qui l'entouraient qu'elle portait son regard et toute son attention, cherchant à dépister à travers les portraits qu'elle réalisait d'eux les traces enfouies d'autres images et d'impondérables ressemblances.

Michaël, Gabriel et Raphaël assimilèrent très vite toute cette force neuve qui leur parvenait par échos du dehors et devinrent de fervents adeptes de la radio et du gramophone. Michaël et Gabriel s'enthousiasmèrent particulièrement pour le jazz dans les rythmes duquel ils trouvaient enfin une cadence et un élan à la mesure de leurs corps perpétuellement en désir et mouvement. Mais bientôt le besoin fou de vitesse, d'espace et de violence qui les talonnait depuis l'enfance outrepassa toute mesure. Ils finirent par quitter les leurs, qu'ils n'avaient d'ailleurs jamais vraiment considérés comme tels, et s'enfoncèrent à l'aventure au fond des forêts où ils gîtèrent. Ils préféraient à toute autre compagnie celle des animaux sauvages dont ils comprenaient et parlaient le langage, et de la chair et du sang desquels ils se nourrissaient également. Eux-mêmes parlaient peu; ils communiquaient plus par sons et par gestes que par mots. Jamais ils ne se formulèrent l'amour qu'ils se portaient; c'était là un amour trop entier, trop violent, pour trouver place dans des mots. Cet amour-là, aussi, ils l'exprimèrent à la force du corps, et ils devinrent amants avant même de devenir des hommes.

Quant à Raphaël, s'il ne suivit pas ses frères au fond des forêts, il ne resta pas non plus à la ferme. Lui aussi s'en alla, et ce fut sa voix, plus blanche encore que sa peau, qui l'invita à l'exil. Sa voix avait besoin d'autres espaces et d'autres chants. Il partit pour la ville et s'appliqua à aiguiser son don jusqu'à la perfection à force de travail. Il ne s'unit jamais qu'à sa seule voix qui lui était plus que sa vie et son unique amour, et cette voix-amante fit de lui l'un des plus extraordinaires hautes-contre qui se fût jamais trouvé. Mais elle fit plus que cela même, — elle lui fit traverser le silence et le mystère des morts. Là où ses frères comprenaient et parlaient le langage des animaux et ne vivaient que dans la confuse rumeur du sang, lui apprit à percevoir la voix tue des disparus, — à y répondre, et même à l'interpeller. Et c'était de ce secret dialogue avec les morts qu'il tirait ces accents absolument inouïs que nul ne pouvait entendre sans perdre un moment le souffle et la raison. C'est que sa voix avait atteint plus que la perfection même, — elle était devenue miracle de métamorphose.

Mais tous les enfants Péniel ne devinrent pas des étrangers à leur terre et aux leurs. Les deux fils d'Elminthe-Présentation-du-Seigneur-Marie y restaient attachés et ne quittèrent pas le pays. Pour toute extravagance ils tombèrent simplement éperdument amoureux, l'un d'une fille, l'autre du ciel. Ce double coup de cœur les prit le même jour, l'année de leurs seize ans.

Ce jour-là tous les deux s'étaient rendus au bourg à bicyclette ; la passion qui allait les surprendre les attendait à l'angle de la grand-rue, au fond d'une boutique à la devanture peinte en bleu et portant comme enseigne : « Librairie Boromée » où Ruth les avait chargés d'acheter quelques cahiers de coloriage pour ses enfants. Baptiste n'avait pas plus tôt ouvert la porte de la boutique que la poignée lui resta dans la main et que le grelot de la clochette se mit à tintinnabuler drôlement dans la tête tout étourdie de Thadée. Ainsi demeurèrent-ils plantés avec une totale gaucherie sur le seuil, ne sachant même plus ce qu'ils étaient venus faire là. « Vous désirez quelque chose ? » demanda une voix sortie de l'arrière-boutique. Une jeune fille aux nattes relevées sur le front vint à leur rencontre. Elle tenait un livre entrouvert à la main. Baptiste, serrant toujours la poignée cassée, jeta un coup d'œil sur la couverture du livre mais ne put lire le titre en entier. « La Princesse de... » Puis il releva son regard vers la fille ; elle avait des yeux en amande, couleur de feuilles mortes, et un grain de beauté au-dessus du sourcil droit. D'emblée il en tomba fou amoureux et du coup perdit le peu de contenance qu'il avait sauvegardé. « Eh bien ?... » fit-elle pour les encourager à parler, mais les deux clients restaient muets. Baptiste tendit la clenche cassée à la fille pour toute réponse. « Ce n'est rien, dit-elle, cela arrive tout le temps. Je vais la remettre. » Comme elle semblait encombrée maintenant par son livre, Baptiste sortit enfin de son mutisme et lui proposa de le tenir le temps qu'elle réajuste la poignée. Thadée s'éloigna un peu et commença à fureter dans la boutique tandis que Baptiste ouvrait le livre de la fille à la page qu'elle avait marquée d'un signet. Le passage sur lequel il tomba le troubla au point qu'il se mit à le lire à mi-voix, comme d'un ton de confidence. « Monsieur de Nemours fut tellement surpris de sa beauté que, lorsqu'il fut proche d'elle, et qu'elle lui fit la révérence, il ne put s'empêcher de donner des marques de son admiration. Quand ils commencèrent à danser, il s'éleva dans la salle un murmure de louanges. Le roi et les reines se souvinrent qu'ils ne s'étaient jamais vus, et trouvèrent quelque chose de singulier de les voir danser ensemble sans se connaî-tre. Ils les appelèrent quand ils eurent fini sans leur donner le loisir de parler à personne et leur demandè-rent s'ils n'avaient pas bien envie de savoir qui ils étaient, et s'ils ne s'en doutaient point. » Puis il referma le livre et le tendit à la fille qui se tenait toujours contre la porte, la main sur la poignée, comme si elle s'apprêtait à sortir. « C'est bien là que j'en étais quand vous êtes arrivés », dit-elle en reprenant le livre, puis elle ajouta : « ... mais comme vous avez lu cela !... — C'est que je suis tout aussi surpris que ce Monsieur de Nemours, répondit Baptiste. — Et pourquoi donc ? demanda la fille en faisant jouer la clenche. Ce n'est pas le Louvre ici, et il n'y a pas bal. » Il sembla à Baptiste qu'elle avait légèrement rougi et cela l'enhardit un peu. « Il y a vous et... » commença-t-il vivement mais il s'étrangla tout aussitôt et ne poursuivit pas. La fille lui lançait des regards en biais, elle tripotait de plus en plus nerveusement la poignée qui finit par se détacher à nouveau. Tous deux se baissèrent en même temps pour la ramasser. Ils étaient maintenant si près l'un de l'autre qu'ils n'osaient plus bouger ni même se regarder et ils restaient là, accroupis, immobiles, les yeux rivés sur la clenche.

Thadée n'avait prêté aucune attention à cette scène ; en feuilletant au hasard les livres exposés sur une grande table installée au milieu de la boutique il était tombé en arrêt devant la photographie d'une éclipse du soleil et restait complètement absorbé dans la contemplation de cette image. Ce ne fut que lorsqu'il se remit à tourner les pages du livre que les deux autres sursautèrent comme si ce léger froissement avait suffi à les arracher à leur gêne, et du coup ils tendirent ensemble la main vers la poignée pour l'attraper. Mais ils ne saisirent rien d'autre que la main l'un de l'autre et s'immobilisèrent à nouveau, en proie à un trouble croissant. Baptiste serrait si fort la main de la fille qu'il devait certainement lui faire mal mais elle ne souffla mot ni ne chercha à se dégager. « Hé Baptiste ! appela soudain Thadée toujours plongé dans son ouvrage. Viens voir ! C'est fantastique ! » Baptiste se redressa brusquement et la fille également. « Viens donc voir, insistait Thadée tout exalté, c'est fantastique je te dis ! » Comme son frère ne lui répondait toujours pas il se retourna, impatienté, et aperçut Baptiste figé devant la porte à côté de la fille dont il tenait la main serrée. « Ben !... » fit-il simplement, surpris de cette soudaine intimité de son frère avec une inconnue. La fille aussi parut surprise, comme si elle ne remarquait que maintenant l'étonnante ressemblance des jumeaux et elle se mit à tourner la tête plusieurs fois de l'un à l'autre. Sur quoi tous les trois partirent ensemble d'un formidable fou rire. « Eh bien, finit par demander Baptiste, raconte-nous donc ce que tu as vu de tellement fantastique. — C'est vrai, renchérit la fille, c'est votre tour maintenant de faire un peu de lecture. » Et Thadée se lança dans un récit confus où il était question d'éclipses, de planètes en marche et d'étoiles filantes, d'un château fabuleux dressé dans une île écarlate où régnait un énorme astronome pourvu d'un nez d'argent, d'un élan mort pour avoir bu trop de bière, d'un grand globe de bronze où s'écrivait le ciel, de voyages de princes, de rois et de savants à travers neiges et forêts, d'une ruelle d'or sur les remparts de Prague et des frasques d'un nain doué de folie sagace et de seconde vue.

À partir de ce jour Baptiste et Thadée revinrent souvent au bourg, filant tout droit vers la librairie Boromée, l'un pour y courtiser la fille du libraire, l'autre Tycho Brahé.

Nuit-d'Or-Gueule-de-Loup laissait tous ses enfants courir à leurs amours. Le temps avait moins que jamais prise sur lui et c'était à pas de géant qu'il traversait les jours. Ses terres s'étendaient si loin maintenant que son ombre pouvait s'en aller blondir partout les chemins sans risquer d'affoler les chiens d'un autre maître.

Sa mémoire était longue et profonde, — il n'était pas un seul de ces milliers de jours qui bâtissaient sa vie dont il ne gardât un souvenir aigu. Nombre de ces jours lui avaient été souffrance et deuils, mais Ruth jetait une clarté si vive, une joie si forte, sur le présent que tout le passé en était rédimé. Loin même de lui faire oublier celles qu'il avait aimées autrefois, la présence de Ruth clarifiait leurs visages pour les fixer, non en portraits, mais en paysages illimités. Mélanie, Blanche, Sang-Bleu, — elles étaient là, elles étaient lui, espaces immenses enfin arrachés à la nuit, sang dans son sang et tendresse à jamais dans son cœur.

Mélanie, Blanche, Sang-Bleu, — leurs noms sonnaient à nouveau clair comme ceux de champs fertiles, de forêts et de saisons. Des noms et des visages réconciliés avec la vie et le présent grâce à cette alchimie de sa mémoire qu'avait su accomplir Ruth en lui.

Le monde, s'il n'était plus à l'aplomb de Dieu, avait cependant retrouvé une assise, — Ruth en était le point d'appui et d'équilibre, ou plus exactement le point focal où convergeaient toutes choses, tous lieux et tous visages pour prendre pause dans la douceur et le bonheur.

CINQUIÈME NUIT

NUIT DES CENDRES

V

NUIT DES CENDRES

En ce temps-là les Péniel étaient devenus tout à fait gens d'à-terre, gens d'une terre secrètement accidentée, profondément pénétrée de brouillard et de pluie, hantée de forêts sombres et creusée par un fleuve aux eaux très grises et méandreuses. Une terre demeurée sauvage qui murmurait à la tombée du jour d'anciennes légendes de sorciers, de fées, d'invincibles galvaudeux et d'esprits en errance. Une terre tant de fois traversée par les guerres qu'elle demeurait toujours en veille, — terre-mémoire en alarme où toujours battait le sang de son passé.

Mais le ciel au-dessus d'eux était toujours le même, comme au temps où ils étaient encore gens de l'eau-douce. Un ciel immense et parcouru de vent, d'un gris couleur d'ardoise pommelé de nuages lumineux comme le ventre d'un cheval fabuleux cavalant sans répit à ras de terre.

Cette griseur du ciel ils la portaient au plus profond d'eux-mêmes, depuis toujours. Elle se réverbérait jusque dans leur sang, leurs voix et leurs regards. Leurs cœurs aussi étaient couleur d'ardoise, abrasés tout autant par les éclats du jour que par les pénombres de la nuit.

Leurs cœurs, ils les avaient longtemps lavés dans les eaux terriblement douces des canaux, puis les avaient portés au fond des champs et des forêts, enfouis dessous la terre entre les pierres et les racines. Et leurs cœurs avaient pris racine à leur tour, allant jusqu'à fleurir comme des roses sauvages, qui toutes s'étaient teintées d'un même rouge sang.

Rouge-sang.

Les noms des choses et des roses prenaient toujours davantage de nouvelles et étranges désinences jusqu'à même devenir imprononçables. Il se trouva en effet des hommes qui truquèrent à tel point la liberté de nommer et le jeu des ressemblances qu'ils les faussèrent totalement. En fait ils dénommèrent tout et plombèrent toutes choses d'une doublure de sang noir où ne s'imprimait plus qu'un jeu de dissemblances.

Ils firent rimer sang avec cendre et néant.

Rouge-sang.

Les noms des roses et des hommes se déchirèrent en cris, et tombèrent en silence.

Sang-cendre, sang-nuit-et-brouillard.

Alors l'homme lui-même se rendit innommable, — et Dieu par contrecoup.

Sang-Dieu, sans Dieu.

Dieu-cendres.

Cendres et poussières.

1

Mais le monde selon Nuit-d'Or-Gueule-de-Loup, que le regard de Ruth avait porté à la lumière, allait connaître une gigantesque et foudroyante éclipse. Et cette éclipse, ce ne fut pas Ruth qui en décela les signes avant-coureurs, et pas davantage Thadée, l'apprenti-astronome qui passait ses nuits à scruter les étoiles au ciel. Ce fut cette autre, — celle qui avait tant renoncé à tout qu'elle s'était désistée de son être en livrant son nom à un double et terrible vocable. — Violette-du-Saint-Suaire.

Il y eut cette lettre, écrite par sa sœur, Rose-de-Saint-Pierre.

« ... Cela est arrivé si soudainement, si étrangement, que nul ne parvient ici à comprendre ce qui s'est passé, et qui continue à se passer. Cela dure maintenant depuis plus de trois semaines, c'est pourquoi je me suis enfin décidée à vous écrire. Plusieurs médecins sont venus la voir, mais eux non plus ne comprennent pas. Le mal dont elle souffre est inexplicable et semble inguérissable. Mais comment soigner une maladie dont on ignore la cause ?

« Elle ne se plaint pas, comme elle ne s'est d'ailleurs jamais plainte de toute sa vie. Et pourtant sa souffrance est infiniment grande. Mais cette souffrance c'est du cœur qu'elle lui vient. Du cœur seul ; c'est ce que je pense. On dirait que Dieu a voulu blesser le cœur de celle qui, de nous toutes ici, Lui est la plus dévouée, la plus aimante. Le sang, qui plusieurs fois déjà lorsqu'elle était enfant avait coulé de sa tempe sans aucune raison, s'est remis à couler. Mais ce ne sont plus quelques gouttes, comme autrefois, c'est vraiment comme le sang d'une blessure. Cela ruisselle sans fin, son visage est continuellement baigné de sang. Elle est si affaiblie qu'elle doit garder le lit tout le temps, elle ne peut plus se rendre aux offices et n'a même plus la force de manger ni de parler. La communion que lui porte notre aumônier chaque jour est devenue son unique nourriture.

« Parfois cependant elle dit des choses, mais si bas, qu'il faut se pencher tout contre elle et approcher l'oreille de sa bouche pour entendre ses paroles. Ce qu'elle murmure alors est si confus que l'on comprend à peine. Ce ne sont d'ailleurs pas même des phrases, elle répète des mots, toujours les mêmes, comme " mal, Dieu, monde, ruines, cendres, agonie ". Ses yeux sont devenus presque impossibles à regarder tant on y lit d'angoisse et de douleur. Elle a le regard de quelqu'un qui voit des choses effroyables, des choses qui ne peuvent ni ne doivent être vues. Je reste le plus de temps possible auprès d'elle. Mais je ne crois pas qu'elle me voie, elle ne reconnaît plus personne. Il y a cette vision en elle qui brûle tout, et qui lui saigne sur le visage comme une plaie... »

La lettre de Rose continuait, couvrant plus de cinq pages d'une écriture serrée, tendue. Jamais encore elle n'avait écrit de si longue lettre à sa famille, jamais elle n'avait à ce point brisé la règle du silence depuis son entrée au couvent. Mais déjà en elle se brisait autre chose, irréversiblement.

Nuit-d'Or-Gueule-de-Loup ne comprit rien à cette lettre sinon que sa fille était gravement malade et que la faute en incombait certainement à cette vie de recluse qu'elle s'était imposée pour l'amour d'un Dieu imaginaire, — ce Dieu qui ne faisait semblant d'exister que pour abuser, humilier et affliger les hommes. Et il retrouva sa colère d'autrefois à l'encontre de ce Dieu qui ne lui avait déjà que trop prouvé sa cruauté et sa violence. Il était prêt à aller enlever ses deux filles par la force pour les ramener auprès de lui à la ferme.

Mais Deux-Frères, lui, se souvint. Il se souvint de Blanche, la mère de Violette-Honorine, de la façon dont elle était entrée en agonie, de quel mal elle était morte, — de quelle vision folle elle était morte. Et il comprit ce que les autres refusaient de comprendre, — sinon Ruth dont la mémoire soudain se mit à retentir du fond de tant de siècles qu'elle ne pouvait plus dénombrer tous ces profils qui de nouveau se pressaient en transparence de ses rêves, troupeaux hagards chassés par un vent gris à travers vide et nuit.

Le souvenir des siens se mit à sourdre en elle comme une eau trouble transsudant des profondeurs de la terre, détrempant et altérant l'image de toutes choses. Il lui semblait que tant les visages de ses enfants que les portraits qu'elle avait réalisés d'eux se doublaient de surimpressions. La photographie particulièrement exacerbait ce phénomène; à travers la fixité de ces portraits arrachés au temps, des traces d'autres visages, plus anciens, et parfois même crus oubliés, se profilaient. Toutes ces photos qu'elle avait prises et développées depuis des années, afin de ne pas oublier ce qu'elle voyait alors, la surprenaient maintenant. Car à présent lorsqu'elle regardait ces photos, ce qu'elle y retrouvait était moins les expressions fugitives qu'elle avait alors voulu capter au jour le jour de ses enfants, que des expressions beaucoup plus prégnantes et anciennes.

Elle voyait cela même qu'elle avait oublié, — tous les siens, ceux qu'elle avait dû quitter, fuir, renier. Elle voyait qu'elle avait oublié, et qu'un tel oubli n'était plus possible. L'oubli se retournait, s'imposait mémoire infinie, à cru. Tous ces instants qu'elle avait épinglés comme des petits bouts d'éternité dans ses albums de photographies se mettaient à bouger, à murmurer. Quelque chose en eux se dissolvait, se transformait, ils dérivaient à rebours, emportant son présent familial vers des immensités obscures s'ouvrant toujours davantage sur le passé.

Dans le visage de ses deux fils encore si pleins des rondeurs de l'enfance elle entrevoyait celui de ses frères morts à dix-huit et vingt ans pour la gloire d'un empire disparu avec eux, et celui de Jakov, le dernier frère, devenu fou. Était-il toujours en vie, celui-là, demeurait-il toujours dans la maison de ses parents ? Mais non, elle savait bien qu'il ne pouvait plus être là, pas plus que ses parents. Dans tout son pays il n'y avait désormais plus aucune maison pour abriter les siens ; ils avaient dû tous s'enfuir, flanqués de leur mauvaise étoile cousue sur la poitrine comme une cible jaune, un pauvre cœur de tissu à déchirer. Mais alors, où donc étaient-ils allés, avaient-ils eu d'ailleurs au moins le temps de fuir ? Se pouvait-il seulement que sa mère ait trouvé la force et le courage de partir courir des routes inconnues, elle qui par peur maladive de sa propre ombre, pourtant si frêle, n'avait jamais quitté la pénombre de l'arrière-boutique familiale ? Sa mère, dont la trop grande douceur se reflétait jusque dans chaque trait du fin visage d'Alma. Sa mère, elle l'avait au fond si peu connue ; c'était maintenant qu'il lui semblait renouer, sinon même faire connaissance, avec elle, à travers sa fille qui bientôt atteindrait l'âge qu'elle-même avait lorsqu'elle avait fui sa famille, son pays, — son histoire, et son Dieu.

Sa famille, son histoire, et son Dieu, — c'était tout cela qui réaffleurait à travers les photographies qu'elle ne cessait de faire, de retoucher, d'agrandir, cherchant par ce travail à ressaisir cette mémoire qui d'un coup la traquait. Cette mémoire réveillée en sursaut, et sourdement affolée, par la lettre de Rose révélant l'étonnante agonie de Violette-du-Saint-Suaire, — comme si le sang de la jeune moniale rejaillissait sur tout et sur tous, allant jusqu'à rougir la face de son père qui la hantait plus que toute autre.

Son père dont la barbe lui semblait maintenant n'être plus qu'un long pleurement de nuit. D'une nuit certainement devenue, après tant d'années, couleur de cendres. Une nuit blanche, — nuit d'insomnie et d'attente vide.

C'était comme si le sang de la jeune moniale sourdait de tout et de tous, — crue de présent soudain embourbé de passé et violenté de futur.

« ... Isère, préfecture Grenoble/Jura, préfecture Lons-le-Saunier/Landes, préfecture Mont-de-Marsan/Loir-et-Cher... » Cela se débitait d'une voix d'écolier dans la tête de Deux-Frères, imperturbablement, tambourinant les longues heures d'insomnie. Car il perdit le sommeil, comme s'il lui fallait veiller jour et nuit afin de se tenir prêt à sauver son fils, son unique, sitôt que résonnerait le tocsin au clocher de

273

Saint-Pierre. Seule la difformité de Benoît-Quentin le rassurait ; l'armée ne taillerait jamais d'uniforme pour un bossu, se répétait-il. Benoît-Quentin, quant à lui, avait bien d'autres tourments, — son amour sans mesure pour Alma. Car son corps difforme n'était guère taillé pour le désir, ne cessait-il de se lamenter.

Seul Jean-François-Tige-de-Fer ne fut pas informé de ce qui arrivait à celle qui avait été et demeurait toujours la joie de son cœur infiniment simple, — celle qu'il appelait sa petite âme. La vieillesse s'attardait tant en lui qu'il semblait avoir basculé hors du temps. Il aimait toujours avancer une chaise à sa porte vers le soir et s'asseoir là, face à ces terres qu'il avait si longtemps labourées, bien que ses yeux fussent tout à fait morts maintenant et qu'il ne vît rien d'autre que ses souvenirs. De même n'entendait-il plus guère les bruits qui montaient de la terre, les cris des animaux ni les voix de ceux qui l'entouraient. Il ne percevait plus que le chant de ses deux tourterelles. Il n'avait jamais cessé d'en conserver un couple en souvenir de Violette-Honorine. Il lui semblait d'ailleurs qu'il devenait lui-même la cage où nichaient ses oiseaux, et qu'ils se balançaient là, sur l'extrême rebord de son cœur, gazouillant tout doucement.

Et lorsque le tocsin sonna, il ne l'entendit pas. La mort ne pouvait trouver accès ni écho en son cœur où reposaient ses tourterelles. Elles le gardaient de tout mal, toute alarme.

Pourtant cette fois-ci le tocsin retentit bien fort car la nouvelle cloche de Saint-Pierre n'avait plus de fêlure. C'est qu'on l'avait fondue dans la plénitude de la victoire et de la paix retrouvée.

Cependant la fêlure n'avait pas tout à fait disparu, — elle s'était simplement déplacée et elle resurgissait maintenant non plus dans le bronze mais dans la paix. C'est pourquoi la cloche sonnait d'une voix aussi pleine et ferme à travers champs, clamant à tous la grande nouvelle : qu'il était revenu, le temps de l'ennemi, le temps du sang et de la peur, et à pas de géant cette fois.

Il sonna même si fort que Gabriel et Michaël l'entendirent jusqu'au fond de leur forêt et qu'ils reprirent le chemin du hameau, non pour rentrer vivre parmi les leurs, mais pour entreprendre un autre départ. Un grand départ, un vrai départ. C'est qu'ils avaient senti d'instinct, les deux frères amants, les deux frères de sang, que l'heure était enfin venue pour eux de porter leur passion, leur violence et leur cri en pleine lumière, et de livrer combat, partout à travers le monde.

Et le camp qu'ils choisirent pour réaliser leur œuvre, — leur grand œuvre, fut celui de l'ennemi. L'œuvre-au-sang ne se pouvait accomplir que de ce côté-là, — celui de la plus vive haine, de la fraternité hautaine et destructrice. Car il leur fallait détruire. Détruire, et détruire et détruire. Jusqu'à parvenir à bout de souffle, à bout de corps et de fureur. Cette fureur qui leur griffait le cœur et la chair depuis toujours.

2

Il était bien de retour, le temps de l'ennemi, et cette fois-là encore on n'avait guère pris garde de le voir arriver. Seulement, ce coup-ci, il ne tergiversa pas et s'implanta aussitôt débarqué. Il faut dire que c'était encore le printemps, et tout s'était passé si vite que la belle saison gardait tous ses attraits malgré les ruines et les premiers morts qui déjà jonchaient un peu partout le paysage.

Le hameau de Terre-Noire, juché sur sa colline en surplomb de la Meuse, n'avait pas été touché. Il s'était juste désamarré, s'éloignant davantage encore de l'ensemble du pays, et il semblait totalement perdu dans les replis de ses forêts comme un animal traqué retient son souffle au fond de sa bauge. D'ailleurs le pays lui-même s'était disloqué, il s'éparpillait en archipel. Il y avait bien toujours trois France, mais ce n'était plus tout à fait les mêmes ; la France se détriplait maintenant de l'intérieur, se divisant en zones. L'une était dite libre, l'autre déclarée occupée, — la troisième frappée d'interdit. Il y avait même d'autres zones encore ; certains étaient partis sur des bateaux avec des bouts du territoire au fond des poches pour aller les planter ailleurs, dans des serres de fortune, en Angleterre ou en Afrique. Et la ville, la grande ville aux parcs et jardins où Nuit-d'Or-Gueule-de-Loup avait rencontré son dernier et son plus grand amour, se tenait prisonnière, là-bas, dans la honte et le chagrin.

Là-bas. Il n'y avait plus d'ici, ni même d'aujourd'hui. Il n'y avait que des là-bas, insituables autant qu'infranchissables, et des demains béants de peur. Cette nouvelle cartographie hâtivement dressée ne cessait de surprendre ; une petite ville, que nul ne connaissait en dehors des malades du foie, fut soudain propulsée au premier rang de cette géographie catastrophée.

Toute la région de Terre-Noire en basculant en zone interdite semblait avoir changé de latitude. Latitude-guerre ; le paysage en fut tout transformé. La terre fut comme atteinte d'hémorragie ; les récoltes, les hommes et les troupeaux furent emportés par crues de l'autre côté des frontières. Des villages entiers disparurent selon les caprices d'un cadastre établi au jour le jour à coups de mitraille, de feu et de bombardement. De fantastiques architectures surgirent un peu partout, — bunkers, bases aériennes, camps, casernes, rails. Paysage en béton, horizon-barbelé. Les habitations et les champs changeaient brusquement de propriétaires et de fonction. L'ennemi régnait en maître dans les meilleures demeures, chassant par foules la population afin d'implanter à sa place des colons venus de lointaines contrées de l'Est et d'y faire travailler des hordes de prisonniers raflés à travers tous les pays.

Les premiers temps, l'occupant, fort de sa victoire, parut faire montre de quelque civilité et s'ingénia même à tenter de rallier à sa gloire ce peuple épars de vaincus qui se terrait dans les pénombres de la peur et du ressentiment. Mais cela ne dura guère ; la victoire du puissant n'était en fait un acquis et un droit que pour lui-même, pour les autres il ne s'agissait que d'un détroussement des terres et des libertés à tenir pour provisoire, — et à rendre tel au plus vite.

Devant cette insoumission l'ennemi déclara ouvertement sa haine et sa violence par voies d'affiches rouges. Les rues des villes et des villages ainsi placardées devinrent des déambulatoires de terreur et de mort.

Terre-Noire, qui n'avait pas vraiment de rues et dont le seul bâtiment public était le vieux lavoir, fut pendant quelque temps ignoré de l'occupant et les habitants du hameau en vinrent presque à oublier la présence de l'ennemi qu'il n'avait encore qu'entr'aperçu à travers les vitres des grosses voitures noires filant de temps à autre le long des routes avec hâte. Les gens cependant n'avaient rien oublié des anciens séjours de l'ennemi dans leur région et ils sentaient bien que malgré tout la mort rôdait, qu'elle devait se tenir prête à leur sauter dessus, tapie, sournoise, dans un coin. Il en avait toujours été ainsi. Seulement ils ne savaient pas exactement d'où, ni quand ni comment elle allait surgir. Alors ils tendaient le dos, et se taisaient.

Elle finit par arriver, cette mort qu'ils redoutaient. Elle surgit bizarrement, visant non pas les vivants, mais les morts eux-mêmes. Car c'est aussi cela la latitude-guerre, — la surprise et la dérision.

Un avion s'abattit juste un peu avant l'aube, en plein dans le cimetière de Montleroy. Cette fois l'église ne se contenta pas de perdre sa cloche, elle perdit tout son clocher avec. Quant au cimetière il fut aux trois quarts détruit. Lorsque l'aube se leva on put découvrir parmi les ruines les corps déchiquetés de ceux que la terre avait pourtant depuis déjà longtemps rongés. Des corps sans visage et sans sexe, propulsés pêle-mêle jusque sur les toits des maisons voisines et dans les branches des arbres qui commençaient tout juste à perdre leurs feuilles.

Telle fut pour les paroissiens de Montleroy la grande cueillette de leur premier automne passé en latitude-guerre, — il leur fallut gauler les restes de leurs morts d'autrefois et les réenfouir tous en vrac dans une fosse commune creusée sous la surveillance armée de l'occupant qui, lui, ne s'intéressa qu'à un unique cadavre, — celui de l'avion abattu.

Nuit-d'Or-Gueule-de-Loup ressentit jusqu'au plus profond de sa chair cette violation du cimetière déchu en ossuaire anonyme. C'était toute sa mémoire qui venait d'être ainsi éventrée, profanée. Toute sa mémoire, et ses amours d'hier.

Mélanie, Blanche, Sang-Bleu, et sa fille Margot, — d'un coup leurs noms lui faisaient mal, ils se mettaient à s'assombrir et à lui étouffer le cœur. Son passé, tout son passé, gisait dans une fosse commune, arraché à l'histoire, déporté hors mémoire.

Cette fois-ci il n'était vraiment plus possible de continuer à ignorer le fait ; la mort et le malheur étaient bien de retour. Ils avaient cessé de rôder et venaient de lancer leur premier assaut. Et cette attaque avait été livrée d'une surprenante et sournoise manière, — en plein dans le dos, côté passé. Mais ils allaient maintenant s'en prendre aux vivants, ils allaient les assaillir par les flancs, puis à la fin ils frapperaient de plein fouet, à la face.

C'est ainsi que Terre-Noire dériva encore davantage, glissant tout à fait cette fois en latitude-mort.

Il sembla à Benoît-Quentin entendre une plainte très douce sourdre de l'autre côté du feu lorsque au milieu du brasier l'éléphant blanc bascula sur le flanc et éclata. Il regardait jusqu'à en perdre la raison le fin visage d'Alma distordu par les flammes qui dansaient devant elle ; ses yeux ne lui avaient jamais paru si grands. Il ne sentait même pas les doigts de son père crispés sur ses épaules ; Deux-Frères se tenait si serré contre lui qu'il semblait vouloir le faire entrer dans son propre corps, l'y enfouir.

Le feu brûla longtemps. C'est qu'il était énorme, il devait consumer une fantastique pyramide de meubles, de linges et d'objets. La neige alentour était comme parcourue de longs frissons roses sous la montée des flammes. Il faisait étrangement froid et brûlant à la fois autour de ce bûcher.

Les deux petites filles, Suzanne et Yvonne, avaient enfoui leurs visages dans les plis de la robe de leur mère et elles lui griffaient les bras de peur. Elles ne voulaient pas voir, elles ne pouvaient pas voir. Ruth se tenait immobile et pleurait en silence. Elle voyait s'élever sans fin des visages et des mains, puis s'effranger, au fil de la fumée très noire qui montait du cœur des flammes. Tous ses albums avaient brûlé. Larmes et jeux de flammes, — ses yeux trouvaient regard dans l'aveuglement même. Et cette fumée noire, comme une grande barbe s'échevelant au vent en crépitant.

Seule Mathilde se dressait un peu à l'écart du groupe des femmes, bras croisés sur la poitrine, ses cheveux blancs étincelant dans la clarté du feu.

Nuit-d'Or-Gueule-de-Loup se tenait au milieu de ses fils, Sylvestre, Samuel et Baptiste. Il chancelait imperceptiblement, comme un somnambule hésitant entre le rêve et l'éveil. Les mains que Ruth avait posées sur ses yeux ce matin même ombraient encore ses paupières. « Sais-tu ce que je porte aujourd'hui ? » lui avait-elle demandé. Quand elle avait retiré ses mains et qu'il s'était retourné, il avait vu la robe verte, celle de leur première nuit. « Tu te souviens ? — Bien sûr que je me souviens. Elle te va toujours aussi bien, comme ce jour-là. » Et c'était vrai qu'elle lui allait toujours aussi bien, sa robe verte, comme si ni Ruth ni la robe n'avaient changé après près de dix ans. Même que la robe portait toujours dans ses plis et ses poches cette ombre farouche qui l'avait autrefois tant affolé au réveil. Cette ombre verte qui rougeoyait maintenant face aux flammes, et où leurs deux petites enfouissaient leurs têtes. L'ombre de la déroute.

Même le vieux Jean-François-Tige-de-Fer avait été débusqué de sa cabane et traîné là ; soutenu par Thadée et le garçon de ferme Nicaise, il tentait de percevoir le feu du bout de ses doigts qu'il tendait devant lui dans le vide en tremblant. Il ne cessait plus d'entendre le drôle de criaillement que ses deux tourterelles avaient poussé quand les soldats avaient jeté leur cage au milieu du brasier.

Lorsque le feu se fut enfin éteint, l'officier qui orchestrait la cérémonie, assis, jambes croisées, sur l'unique chaise épargnée à cet effet, se leva et donna de nouveaux ordres. Un second tri fut alors opéré qui ne séparait plus cette fois les hommes et les femmes, mais ceux qui devaient partir et ceux qui pouvaient rester. Puis il y eut encore un troisième tri, parmi ceux qui devaient partir. On sépara Ruth et ses cinq enfants d'un côté ; les jeunes hommes en âge d'aller travailler pour le Reich de l'autre, Baptiste, Thadée et Nicaise. Le bossu fut laissé de côté, trop difforme. Mais il fut toutefois jugé apte à servir au moins une fois la gloire de l'occupant. L'officier lui fit remettre une arme et lui ordonna d'abattre le vieux Jean-François-Tige-de-Fer, coupable d'avoir recelé deux tourterelles, donc deux messagers susceptibles de voler sournoisement à contre-vent de l'histoire en marche et triomphale pour laquelle, précisément, lui, l'officier, luttait de toute son âme.

Benoît-Quentin tenait le revolver à plat sur ses deux mains et le considérait d'un air hagard. Il était seul au milieu de la cour, devant le tas de braises encore fumantes. Tout seul entre l'officier et Jean-François-Tige-de-Fer qui cherchait désespérément un appui pour ne pas tomber. L'officier fit apporter la chaise au vieillard et l'aida même à s'y asseoir. Tous les autres avaient été refoulés plus loin, contre les murs des bâtiments et de la maison; il ne leur était donné que d'être spectateurs.

L'officier renouvela son ordre. Benoît-Quentin ne semblait pas l'entendre, ou du moins ne rien comprendre. Il tournait la tête alternativement vers l'officier et vers Jean-François-Tige-de-Fer, l'arme toujours posée en travers des paumes. Il avait mal dans le dos, il lui semblait que quelque chose bougeait dans sa bosse. « Mon dos va craquer, se dit-il. Un bras va en sortir, qui tirera. » Cette idée l'effrayait autant qu'elle le rassurait. « Un bras va sortir... — Obéis donc, finit par lui murmurer Jean-François-Tige-de-Fer. Je suis si vieux déjà, va. Ils ont tué mes tourterelles, alors je peux bien mourir moi aussi maintenant. Qu'est-ce que ça peut faire... Allez, mon petit, tire, tire donc... fais vite... » Il chuchotait en dodelinant doucement de la tête, souriant drôlement, d'un air triste et absent. Benoît-Quentin chercha des yeux Alma. Il l'aperçut là-bas, si loin, adossée contre le mur de l'étable, entre ses jeunes frères et sœurs. Ses yeux étaient si grands qu'ils bleuissaient tout le mur de l'étable.

L'officier répéta son ordre pour la troisième fois, et la dernière. Sa patience arrivait à échéance, il prévint Benoît-Quentin que s'il n'accomplissait pas dans la minute suivante la tâche qu'il venait de lui confier, il serait lui aussi exécuté, pour refus d'obéissance. Les yeux d'Alma bleuissaient tous les murs maintenant, et même la neige, à perte de vue. Benoît-Quentin ne voyait rien d'autre, n'entendait ni ne sentait rien d'autre : seulement cela, le bleu couleur d'ardoise s'épancher des yeux d'Alma sur tout l'espace et trembler au-dedans de son propre corps comme un long pleurement silencieux. Son dos lui faisait mal,

mal à hurler, il lui semblait qu'un poing frappait à l'intérieur de toutes ses forces pour faire éclater sa bosse.

Il fit lentement glisser l'arme dans sa main droite ; elle était lourde et il ne savait pas comment la manier. Il releva son bras, recula de quelques pas, tendit son bras droit devant lui et posa tout doucement son doigt sur la détente. « Ha ! » fit l'officier avec satisfaction, et il s'approcha un peu de la chaise pour mieux observer la scène, les mains croisées derrière les reins. Jean-François-Tige-de-Fer se mit alors à émettre un drôle de son, une sorte de roucoulement pareil à celui de ses tourterelles. Il se tenait tout rabougri sur sa chaise, les mains croisées sur les genoux, la tête penchée en avant, comme s'il se préparait déjà à basculer.

Benoît-Quentin jeta un dernier regard vers Alma puis réajusta son arme en la tenant à deux mains. Il visa le condamné droit entre les deux yeux et tira aussitôt. Tout se passa très vite ; il avait touché pile et l'autre s'écroula sur-le-champ, face en avant. Jean-François-Tige-de-Fer continuait toujours à siffloter ses roucoulements sur sa chaise. Benoît-Quentin jeta l'arme sur le sol.

Il y eut des cris de toutes parts et une grande bousculade du côté des murs de l'étable et des granges. Mais l'ordre fut vite rétabli à coups de crosse.

Quelques soldats s'avancèrent vivement vers Benoît-Quentin qui restait immobile. Ils brandissaient droit sur lui ces engins bizarres avec lesquels déjà ils avaient mis le feu au tas de meubles et d'objets moins d'une heure plus tôt. Nuit-d'Or-Gueule-de-Loup saisit Deux-Frères à bras-le-corps et le plaqua de force contre le mur où il le maintint face tournée.

Il y eut un bruit chuintant et sourd. Benoît-Quentin vit s'élancer vers lui trois jets de feu liquide et sifflant. Il n'eut que le temps d'entr'apercevoir une dernière fois les yeux d'Alma. Puis tout s'embrasa. Son corps prit feu d'un coup, il ruisselait de flammes de la tête aux pieds. Les roucoulements de Jean-François-Tige-de-Fer s'étranglèrent en un criaillement aigu. Lui aussi venait de prendre feu et brûlait tout vif assis sur sa chaise.

Benoît-Quentin voulut crier le nom d'Alma, l'appeler, — lui avouer enfin combien il l'avait toujours aimée et combien il la désirait, en cet instant plus que jamais. Mais au lieu du nom d'Alma, son unique et merveilleux amour, ce fut un autre mot qu'il cria à l'instant où il roula sur le sol, dévoré par les flammes. « La chaisière » hurla-t-il. Il venait de voir sous ses paupières brûlées la vieille chaisière du parc Montsouris, sortant de la grosse poche de son tablier à sous un lance-flammes avec lequel elle incendiait tous les assis et les éléphants blancs.

> *Sheyn, bin ich sheyn,*
> *Sheyn iz mayn Nomen* [1]...

Alma s'était mise à chanter d'une voix de toute petite fille. Elle avait le regard de quelqu'un qui a perdu la raison. On lui ordonna de se taire mais elle n'en continua pas moins sa chanson.

> *... Bin ich bay mayn Mamen*
> *A lichtige Royz.*
> *A Sheyn Meydele bin ich,*
> *Royte Zekelech trog ich.*

1. « Jolie, je suis jolie, / Jolie est mon nom... »

Gelt in di Tashn,
Vayn in di Flashn [1]...

Elle reçut un violent coup de crosse dans la poitrine qui lui coupa le souffle, mais elle reprit aussitôt sa rengaine, d'une voix plus frêle encore... « ... *Shrayen ale sheyn, sheyn bin ich, sheyn...* » Cette fois-ci ce fut une balle qu'elle reçut, dans la gorge. Sa chanson s'acheva dans un gargouillis de sang, tandis qu'elle s'effondrait tout doucement entre ses frères et sœurs dont les souliers se mirent bientôt à rougir.

Les enfants et Ruth n'eurent pas le temps de réagir, on les enfournait déjà dans des voitures à force cris et coups, de même qu'on embarquait Baptiste, Thadée et Nicaise. Seule la petite Suzanne murmurait en courant sous les cris, mais si bas que nul ne l'entendit, « ... *Bin ich bay mayn Mamen a lichtige Royz...* »

3

Il ne restait plus maintenant dans la cour que Mathilde, Nuit-d'Or-Gueule-de-Loup et Deux-Frères. Le convoi était reparti depuis longtemps déjà qu'ils demeuraient toujours immobiles à la même place. Nuit-d'Or-Gueule-de-Loup tenait toujours son fils plaqué contre le mur ; il n'osait pas encore desserrer son étreinte tant le cœur de Deux-Frères battait avec violence. Il avait peur qu'en désenlaçant le torse de son fils celui-ci ne se rompe comme une cuve de bois décerclée. Mais d'un coup cependant il perdit force et pensée, ses bras retombèrent comme

1. « Une jolie petite fille je suis, / Rouges socques je porte, / L'argent dans les poches, / Le vin dans les fiasques... »

deux paquets de chiffons. Tout en lui se mit à bâiller dans la flaccidité et l'idiotie. Il venait de sentir le bruit sourd dans le corps de son fils du cœur cessant brusquement de battre. Et aussitôt, cette douleur aiguë à l'œil gauche.

Deux-Frères s'effondra lentement, le front râpant le mur, et s'affaissa sur les genoux.

Nuit-d'Or-Gueule-de-Loup, bras ballants, tout étourdi comme au sortir d'un rêve, contempla la cour, le grand tas de cendres au milieu, les deux corps calcinés à côté, Alma recroquevillée contre l'étable, la tête auréolée d'un immense nimbe de sang noirâtre. « Alors..., fit-il d'un ton doux et étonné, c'est fini?... Tout est donc terminé?... » Le jour lui-même annonçait son déclin et les ombres du soir gravissaient lentement la colline. C'était peut-être à ces ombres qu'il posait sa question. Il pointa le chemin des écoliers et dit : « C'est par là qu'il était revenu. Je me souviens. Il avançait si lourdement. Je ne l'avais même pas reconnu. Il me semble que c'était hier... » Mais en fait il lui semblait que tout était hier, — Mélanie, Blanche, Sang-Bleu, Ruth et tous ses enfants, les quinze enfants qu'il avait engendrés, et Benoît-Quentin. Hier.

Il ne pouvait de toute façon dorénavant n'y avoir plus que des hiers, rien que des hiers. Le temps lui-même venait de brûler avec les choses, les meubles, les corps. Il n'y avait plus de présent, il n'y aurait plus de futur. Il ne restait qu'un rêve fantastique, déjeté hors du temps.

Nuit-d'Or-Gueule-de-Loup se retourna vers son fils, s'agenouilla auprès de lui et le souleva dans ses bras. Il retrouvait sa force, il retrouvait mémoire, — une mémoire frappée d'autant de deuils et de chagrin que de tendresse. Il porta Deux-Frères jusqu'au perron de la maison et là s'assit sur les marches, le corps immense de son fils renversé en travers de ses cuisses. « Tout est fini, répéta-t-il. Tout est bien fini... » Et il parla longtemps à mi-voix, souriant presque parfois. Il s'adressait aux siens, à tous ses morts, à tous ses en-allés. Il parla ainsi jusqu'à la nuit, berçant imperceptiblement son fils sur ses genoux, lui caressant le visage. Il parlait aussi bien à la nuit, au vent et à la neige qui recommençaient à souffler et tomber. « Père, demanda soudain Mathilde, qu'allons-nous faire... de tous ces corps ? » Puis elle ajouta : « La terre est complètement gelée. Impossible de creuser... » Les mots, pourtant si simples, qu'elle employait lui étaient difficiles à dire tant ils avaient pris de poids, et la parole se faisait pesante, hésitante. Sa bouche était comme embourbée.

Tous ces corps, et creuser. Ces mots étaient si lourds, si noirs, et plus glacés encore que la terre. Elle arpentait la cour, les bras serrés contre la poitrine, ne sachant même pas contre quel froid elle luttait ainsi, celui de la nuit ou celui des mots. Elle n'osait pas non plus rentrer dans la ferme ; elle savait la maison vide, les portes brisées ainsi que les fenêtres, les planchers arrachés. Elle ne pouvait pas rentrer, car il n'y avait plus de maison ; il n'y avait plus que du dehors.

Père. Tous ces corps. Creuser. Ces mots ne cessaient de lui tarauder la tête, aussi vide que la maison, de leurs sons opaques. Ils battaient contre ses tempes comme des portes dégondées balancées par le vent. Un mot se détacha et se mit à claquer plus fort que les autres. Père. Père... père...

Mais son père ne la regardait pas, peut-être même ne la voyait-il pas. Il parlait à la nuit et aux morts. Elle avait froid plus que tous ces morts, et se sentait infiniment plus seule qu'eux. Père, père père... Lui faudrait-il donc mourir, elle aussi, pour que son père, enfin, la prenne dans ses bras et la console de cette immense peine qui lui faisait si mal ? Lui fallait-il mourir ?

Et l'envie la prit de se coucher à son tour, avec tous ces corps rompus, comme tous ces corps. Elle marcha droit vers le tas de cendres que recouvrait une mince couche de neige et se jeta en travers. « Dessous, se dit-elle, dessous le feu peut-être couve encore. Dessous, il doit faire chaud... chaud... » Elle se mit à creuser la cendre, fouillant parmi les restes calcinés pour retrouver les braises. Elle ne réussit qu'à s'écorcher la main contre un morceau de fer. Cette blessure, enfin vive, la réveilla de son engourdissement et la sevra aussitôt de son goût pour la cendre.

L'objet sur lequel elle venait de s'écorcher était une longue boîte en fer toute rongée par le feu. Elle la reconnut immédiatement, et c'est pourquoi elle ne l'ouvrit pas. C'était celle que Deux-Frères avait rapportée de l'autre guerre. Peu importait maintenant de savoir le bras duquel, d'Augustin ou de Mathurin, s'était fossilisé dedans. Elle réenfouit la boîte dessous les cendres et se releva. « Mais qu'est-ce que je fais ? se dit-elle en époussetant sa robe couverte de cendres. Ma place n'est pas ici. Je suis restée vivante, moi. Vivante. Je suis vivante. Moi et mon père on est vivants. La cendre, c'est pour les morts. Ceux d'autrefois et ceux d'aujourd'hui. Pas pour moi ! »

Il pouvait bien se dresser, ce bras déjà antique ganté de fer corrodé, il ne l'attraperait pas. Qu'il saisisse donc ces autres corps. Tous ces corps sans vie. Puisque la terre refusait qu'on la creuse, qu'ils aillent donc tous au feu, tous. « Père ! cria-t-elle en se retournant vers Nuit-d'Or-Gueule-de-Loup. On ne peut pas rester comme ça ! Il faut brûler les corps.

Sinon les bêtes viendront. La terre est trop gelée, on ne peut pas la creuser. »

« La terre..., reprit Nuit-d'Or-Gueule-de-Loup comme en un très lointain écho, la terre... » Il ne répondait même pas à Mathilde, il parlait simplement en dormant. Car il s'était endormi, assis sur le seuil, les yeux grands ouverts, serrant toujours Deux-Frères contre lui. Il le tenait maintenant comme un tout petit enfant, son fils premier-né au corps pourtant si grand, aux pieds si lourds.

Il dormait et rêvait. Il rêvait la terre. Cette terre où il n'était pas né, — et c'était peut-être bien pour ça qu'elle n'avait jamais vraiment voulu de lui et que maintenant encore elle refusait jusqu'à ses morts. Il demeurait donc un homme des eaux-douces qui n'avait jamais fait que passer parmi les gens d'à-terre, et s'égarer. La terre, c'était vrai, on ne pouvait pas la pénétrer, on ne pouvait pas même l'habiter. Bien sûr, il l'avait longtemps creusée, il était même pendant sept ans descendu au fond de ses autres puits, et pendant près de cinquante ans il l'avait travaillée, labourée, fécondée. Mais tout cela s'avérait maintenant n'avoir été qu'éraflures aussitôt refermées et traces effacées. Après avoir été un batelier rejeté par les fleuves, il n'était plus à présent qu'un paysan rejeté par la terre, un amant et un père rejeté par l'amour, — un vivant rejeté par la vie sans cependant être accueilli par la mort. Il était de nulle part. C'est pourquoi il n'avait nulle hâte de se relever de ce seuil où il dormait assis.

Il rêvait la terre. Ses épis de cuivre et d'or, ses herbes vertes et bleues, ses sources et ses forêts, ses fleurs couleur d'ongles, d'yeux, de lèvres ou de sang. De tout cela, il ne restait plus rien. Gel et cendres.

« La terre... la terre... », murmurait Nuit-d'Or-

Gueule-de-Loup en songe. L'aube commençait à percer; de vagues lueurs d'un blanc rosâtre affleuraient à l'horizon.

Ce ne fut cependant pas cette lueur montante du jour qui le réveilla, ce fut le rougeoiement des flammes. Mathilde avait allumé un grand feu à l'endroit même où la veille les soldats avaient dressé leur bûcher. Elle avait rassemblé la paille des étables vidées depuis longtemps de leur bétail et entassé tous les morceaux de bois qu'elle avait pu encore trouver. Puis elle avait traîné là les corps d'Alma, de Benoît-Quentin, de Jean-François-Tige-de-Fer, et même celui de Deux-Frères qu'elle avait dû aller disputer à l'étreinte de son père endormi. Tous ces corps ils étaient lourds du poids terrible de la mort et du froid, mais si dociles aussi. Et puis, de s'être si brutalement ressaisie vivante à l'instant où elle avait cru renoncer, Mathilde tirait une force neuve, farouche. Elle contemplait ce second feu, — un feu purifiant et bénéfique cette fois. Un beau feu qui réunissait à nouveau ce que le brasier de la veille avait désuni, et qui libérait les morts de leurs carapaces de mort pour les livrer au vent.

Nuit-d'Or-Gueule-de-Loup se leva et s'avança lentement vers le feu. Il ne dit rien. Il regarda lui aussi monter ces drôles de flammes où progressivement disparaissaient en crépitant les restes de ses enfants et de son vieux compagnon. Il ne se rebellait même pas, il n'avait plus de colère ni de haine contre Dieu. À quoi bon, puisque en définitive il n'y avait pas de Dieu, que le ciel était aussi désert que la terre, aussi vide que sa maison. Il n'y avait pas d'autre Dieu que tous ceux-là qu'il avait tant aimés, et qui maintenant brûlaient en paix devant ses yeux. Il contemplait la lente métamorphose de Dieu en cendres, et il ne disait rien.

Le jour s'était tout à fait levé ; le ciel avait la même couleur d'un gris soyeux et blanchoyant que le tas de cendres, à croire que lui aussi avait brûlé toute la nuit. Le vent s'était levé avec le jour, filant à ras de neige, et dispersant déjà les cendres.

Nuit-d'Or-Gueule-de-Loup et Mathilde rentrèrent enfin dans la maison déserte. Le vent entrait par les carreaux cassés en sifflant le long des murs ; le vide et le silence du lieu donnaient une résonance aiguë à ces sifflements et les répercutaient de pièce en pièce. C'était comme des voix sans parole ni rythme, réduites au seul souffle. Des voix arrachées à leurs corps, des voix hors bouches, et qui filaient à toute allure dans tous les sens. Un essaim de voix blanches affolées par leur immense inanité.

Mathilde se tourna vers son père ; il se tenait de dos au milieu de la pièce, bras ballants et tête penchée vers le sol. « Toutes ces années, toutes ces histoires, pour en revenir là ! » s'exclama-t-elle soudain en son cœur saisi par l'étonnement. C'est que son père venait de lui paraître tel qu'elle l'avait vu trente-cinq ans plus tôt face au lit de sa mère. Ses épaules étaient simplement plus larges encore, et plus tombantes aussi. Allait-il éclater en sanglots comme il l'avait fait ce jour-là ? L'amour qu'elle portait à son père n'était plus que violence, et infinie pitié, et cela luttait en elle à lui tordre le cœur. Elle se prit la tête entre les mains, la pièce s'était mise à tourner et les murs à tanguer. Oui, elle avait tenu sa promesse, elle était restée absolument fidèle et présente à son père. Elle ne l'avait quitté ni pour l'amour ni pour la mort. Des quinze enfants qu'il avait engendrés elle était l'unique à être demeurée auprès de lui contre vents et marées. Mais quelle avait été au bout du compte sa récompense pour tant de fidélité ? — Rien qu'indifférence et trahisons. Elle sentit la violence l'emporter sur la pitié et devenir colère. Puis tout flamba en un implacable sentiment de dérision. Elle se mordit le poing pour ne pas hurler et tomba tout d'une masse sur les genoux, — alors elle éclata de rire. Toutes ces années, tous ces drames d'amour, de jalousie, de deuils, pour en revenir là, pour retourner à zéro ! Elle tambourinait le plancher à coups de poing et secouait sa tête en riant aux éclats. Nuit-d'Or-Geule-de-Loup s'approcha d'elle et lui dit : « Mathilde ! Mathilde ! Qu'est-ce que tu as ? Arrête, je t'en supplie ! Relève-toi, arrête !... » Ce rire lui faisait mal, tant il sonnait faux et mauvais. Il s'agenouilla auprès d'elle et lui prit la main. « Je suis là, moi ! se mit-elle à crier au milieu de son rire. Je suis toujours là, moi, moi ! Quand tous les autres ont disparu, moi je suis là ! Mais pourquoi, dis, pourquoi ? Tu ne m'as jamais aimée, ni toi, ni personne ! Ha ! Je suis là, et personne pour le savoir, pour m'aimer... » Ses cheveux dénoués lui recouvraient le visage, tombant dans ses yeux et sa bouche. Ses cheveux blancs renversés en travers de sa face brillaient comme des larmes. Elle leva la main pour repousser son père mais sa main retomba sur son épaule et s'y accrocha avec force. Il la prit dans ses bras et la laissa pleurer contre lui ; ses sanglots lui coulaient dans le cou, brûlant, jusque dessous sa chemise.

Quand elle eut cessé de pleurer elle se releva presque en bondissant, rejeta vivement ses cheveux en arrière et déclara d'une voix ferme : « Il faut se remettre au travail maintenant ! C'est qu'il faut tout recommencer. » Une fois encore, elle s'était ressaisie.

4

Et ils se remirent au travail, à mains nues, sans autre motivation que la nécessité de lutter pied à pied contre l'emprise du vide et du plus terrible ennui.

Mais une nouvelle motivation leur fut bientôt donnée. Ce fut une jeune fille qui la leur apporta. Elle arriva un soir, ne portant avec elle que les vêtements qui l'habillaient et que l'enfant qui commençait tout juste à bouger en elle. Elle était venue à pied depuis le bourg et avait marché tout le jour pour atteindre Terre-Noire. C'est que le bourg aussi avait brûlé. Des bombardiers étaient passés et dans leur vol avaient lâché plus de bombes que la petite ville ne comptait de maisons. Il ne restait plus pierre sur pierre dans le bourg redevenu carrière à l'abandon, — plus rien de la librairie Boromée à la belle devanture bleue, ni toit, ni murs, ni livres, et pas même le libraire et sa femme écrasés sous les décombres. Seule leur fille Pauline était rescapée, et avec elle l'enfant qu'elle portait de Baptiste. C'est pourquoi elle s'en venait chercher refuge à la Ferme-Haute. Nuit-d'Or-Gueule-de-Loup la reçut comme autrefois il avait reçu Hortense et Juliette.

La venue de Pauline rendit bientôt visages et corps à toutes ces voix hors bouches qui traînaient toujours à travers les pièces vides, car elle était à ce point tendue dans l'attente qu'elle finit par emporter Nuit-d'Or-Gueule-de-Loup dans son élan. Elle l'arracha au froid de son immense solitude. Elle ne pouvait douter du retour de Baptiste ; il faudrait bien que la guerre s'achève, répétait-elle toujours, tout comme l'autre guerre avait cessé. Ne commençait-on pas d'ailleurs à chuchoter un peu partout que l'occupant avait la mine sombre et tourmentée qu'il prend toujours lorsqu'il sent approcher sa défaite ? Ne racontait-on pas que l'ennemi s'essoufflait à s'enfoncer sans fin dans les grands déserts de neige qui s'étendaient là-bas, tout là-bas vers l'est, et que plus il s'y avançait, plus il marchait à sa perte ? Baptiste et Thadée n'étaient pas au front, on les avait seulement déportés dans un camp de travail, quelque part en Allemagne. Il fallait donc attendre, désirer leur retour avec une force telle que ce désir devienne enfin, et vite, réalité.

À défaut de forcer le destin et de faire rentrer les exilés à la ferme, l'espoir obstiné de Pauline gagna Nuit-d'Or-Gueule-de-Loup comme une fièvre qui devait lui couver dans le cœur jusqu'à la fin de la guerre. On avait emmené les siens, il ne savait pas où, certes, ni même vraiment pourquoi, mais ce ne pouvait pas être pour les tuer eux aussi. Ce qui s'était passé dans la cour le jour de la perquisition et de la mise à feu et à sang de la ferme n'avait résulté que de la folie d'un simple officier et d'une suite d'effrayantes méprises. Mais cela n'était pas une loi, cela restait un accident monstrueux qui ne pouvait ni continuer ni recommencer. Il avait bien cependant ressenti ces derniers temps à quatre reprises cette fulgurante douleur à l'œil gauche qu'il ne connaissait déjà que trop, mais il n'en avait pris garde et avait refusé de donner à ce phénomène toute signification.

Peut-être même, en venait-il à se dire parfois, les siens seraient-ils plus à l'abri de la guerre dans ces camps gardés par l'ennemi lui-même, et souffriraient-ils moins du manque et de la faim que s'ils étaient restés dans sa ferme sinistrée ?

S'il parvenait à peu près à imaginer ce que devait être un camp de prisonniers ou de travailleurs forcés, il ne pouvait par contre nullement se représenter ce qu'étaient ces camps où l'on conduisait les Juifs. Il n'avait d'ailleurs jamais vraiment compris ce que signifiait être juif et la propagande antisémite répandue par l'ennemi ne lui avait rien appris sur cette question qu'il ne s'était jusqu'alors jamais posée. Au début de leur rencontre Ruth lui avait bien un jour déclaré : « Vous savez, je suis juive. » Non, il ne savait pas et n'avait même pas vu ce qu'il y avait là à savoir. L'unique différence qu'il remarquait alors entre eux était celle de leurs âges et celle-là seulement l'avait tourmenté à l'époque. Mais même cela il avait fini par l'oublier, le bonheur de son union avec Ruth avait mêlé leurs âges comme des eaux infiniment douces et lentes. C'était seulement maintenant que cette ancienne réflexion de Ruth lui revenait à l'esprit et lui posait vraiment question. Il ne trouvait cependant aucune réponse à la mesure de cette question absurde et finissait toujours par la même conclusion : Ruth était son épouse, son aimée, et lui reviendrait avec leurs quatre enfants dès que les arrière-petits-fils du uhlan se seraient fait ensevelir sous ces neiges du bout du monde qu'ils tentaient d'envahir.

Oui, il fallait vraiment que Ruth lui revînt, avec les enfants. Et cela, pas seulement pour eux-mêmes, mais pour ces deux-là à la mort desquels il ne pouvait pas se résoudre. Car plus encore qu'à son fils ou qu'au vieux Jean-François-Tige-de-Fer c'était à Benoît-Quentin et à Alma qu'il pensait. Il ne pouvait pas croire ce que ses yeux avaient vu ce jour-là. Benoît-Quentin, son plus tendre compagnon, celui grâce auquel son dernier amour lui était venu, — Benoît-Quentin, tout ruisselant de flammes. Et Alma, l'éternelle enfant aux yeux plus vastes que le temps,

l'adolescente au cœur plus grand encore que les yeux,
— Alma, chantant un pleurement de sang.

Pour ces deux-là, devenus cendres, il devait retrouver Ruth, afin qu'en plus de leur propre amour ils vivent désormais l'amour que leurs enfants n'avaient pas eu le temps de vivre. Il sentait bien qu'il n'y avait qu'auprès de Ruth qu'il pourrait trouver consolation, — réparation. Car ils étaient les seuls à pouvoir désormais rendre visages, à contre-mort, à ceux-là qui avaient su être, et demeuraient, une des plus merveilleuses parts d'eux-mêmes. Et les autres aussi lui reviendraient, tant les filles de Blanche que les fils de Sang-Bleu, et même ses autres fils engendrés dans l'épaisseur du bois des Amours-à-l'Évent, — bien que de ces derniers il n'eût pas de nouvelles depuis le début de la guerre.

Vers l'automne Pauline mit au monde un fils. Elle l'appela Jean-Baptiste. Cette nouvelle naissance accomplie dans la ferme, comme celles de tous les enfants Péniel depuis près d'un demi-siècle, acheva de rendre espoir à Nuit-d'Or-Gueule-de-Loup. Ce n'était donc pas en vain qu'il avait redressé les murs de sa maison, rétabli les portes dans leurs gonds et remis des volets aux fenêtres. Entre ces murs renfermant enfin non plus le vide et le dehors mais un dedans, un vrai dedans, un nouveau cri venait de se lever, un nouveau corps de bouger, en appelant de toute sa chair à la vie et au temps. Ce cri le bouleversa plus même que ceux de ses premiers fils, car il y perçut comme jamais encore l'amère et vivace beauté de ce monde sans fin recommencé. Un cri vraiment de l'origine fécondant d'espérance et de force cette attente insensée qui l'assignait à la plus dure veille. Maintenant il ne doutait plus du retour de tous les siens. Le cri du nouveau-né n'était autre que l'annonce encore informulée de ce retour.

Pauline, plus encore que Nuit-d'Or-Gueule-de-Loup, voyait en son fils le messager de ce tenace espoir auquel tous deux s'accrochaient. Il était l'enfant de sa jeunesse, conçu au bord extrême du rêve un jour de pluie et de peau nue.

Comme elle se souvenait de ce jour, — Baptiste et elle étaient partis se promener à bicyclette. Ils étaient sortis de la ville et avaient roulé droit vers la tache d'un gris très sombre et lumineux qui s'étalait à l'horizon, au ras du ciel et de la terre, comme si elle les attendait et qu'ils devaient se hâter de la rejoindre. Mais la tache avait soudain coulé sur tout le ciel avant qu'ils ne l'atteignent et le vent s'était mis à secouer le ciel comme une immense bâche grise, dispersant les oiseaux affolés et criards. « Il va pleuvoir. Il faut rebrousser chemin et nous dépêcher de rentrer », avait dit Baptiste en posant pied au sol. Mais la première goutte de pluie était tombée juste à ce moment-là. Une goutte si grosse, si froide, qui s'était écrasée sur son front et lui avait roulé jusqu'à la bouche, lui posant sur les lèvres un goût de pierre et d'écorce. Et ce goût aussitôt lui avait parcouru tout le corps et fouaillé la chair et le cœur d'un désir délicieux de violence. « Non, restons ! avait-elle subitement déclaré d'un ton sourd et décidé. La pluie va être si forte, si belle ! Et puis, il est déjà trop tard. » Elle l'avait alors attrapé vivement par la main et l'avait entraîné vers les talus. La pluie avait enfin éclaté et leur criblait les épaules et la face. Ils avaient jeté leurs vélos sur le bord de la route. Ils avaient glissé au versant du talus et s'étaient laissés rouler jusqu'au fond du fossé dont l'herbe se faisait déjà boueuse. Sa peau avait une telle soif de pluie, de froid et de brûlure mêlés, et de caresses et de baisers, qu'elle s'était mise nue pour se livrer absolument au corps de Baptiste, et à l'eau. Une des roues des bicyclettes renversées sur le bord du talus avait tourné longtemps dans le vide ; elle avait regardé jusqu'au vertige, par-dessus l'épaule de Baptiste, cette roue tourner dans la pluie, comme un soleil d'acier.

Son fils, c'était là, au fond d'un fossé soyeux de pluie, de mousse et de boue, par un jour de peau très nue, qu'elle l'avait conçu. Il était la mémoire vivante, et chaque jour croissante, de ce beau jour d'amour fou. Son amour, son désir, répandus sur toute la terre alentour par l'infini ruissellement de la pluie, — avec le ciel au-dessus d'eux, en eux, comme un gigantesque tambour roulant ses sourdes et sombres résonances.

Ce fut d'ailleurs ainsi qu'elle surnomma son fils, Petit-Tambour. Et ce Petit-Tambour était plus encore que le messager de l'espoir et le gardien de son amour, il était le précurseur de la victoire à venir et de la joie à retrouver. N'avait-il pas articulé pour la première fois le mot magique de l'enfance, « maman », le jour même où le monde apprenait la capitulation de l'ennemi vaincu, tout là-bas, dans la neige et le froid du front de l'Est, et n'avait-il pas fait ses premiers pas le jour où l'ennemi, de nouveau vaincu de l'autre côté du monde, quittait les terres d'Afrique ? Encore un peu de temps et l'enfant parlerait, se mettrait à courir et chanter, — alors ce serait au tour de leur propre terre d'être enfin libérée de l'occupant. Et Baptiste rentrerait.

Plus les jours passaient, plus l'enfant grandissait, et plus montait leur espoir, bien que dans le même temps l'occupant, sentant s'intensifier toujours davantage le reflux de sa gloire qu'il avait pourtant crue millénaire, s'acharnât par contrecoup à réaffirmer sa présence à grands coups de rafles, de pillages et d'exécutions. Nombre de villages, et même de villes, étaient devenus semblables à des hameaux tant les maisons avaient brûlé et les rues s'étaient vidées de leurs habitants. La guerre ne se contentait plus de ramper sur le sol, elle avait pris des ailes et parcourait aussi le ciel. Tous ces avions qui filaient à ras de nuit semblaient vraiment faire corps avec le ciel, sortes de nuages détachés des hauteurs et descendus répandre leurs pluies d'acier et de feu, ou même parfois de drôles d'oiseaux blancs qui s'accrochaient aux arbres. Un de ces oiseaux était même tombé une nuit en plein sur le toit de la Ferme-Haute, se blessant à la jambe dans sa chute. Nuit-d'Or-Gueule-de-Loup l'avait caché dans sa maison le temps de soigner sa blessure. Il parlait une langue que nul à la ferme ne comprenait mais il sut cependant leur faire entendre ce qu'il était venu chercher. Dès qu'il fut rétabli Nuit-d'Or-Gueule-de-Loup le conduisit de nuit au bois des Échos-Morts ; c'est qu'en ce temps-là les forêts ne cachaient plus seulement des animaux sauvages et le souvenir encore tenace des loups, mais aussi des hordes d'hommes en rupture d'histoire venus s'y embusquer. L'ennemi avait beau les traquer et parfois s'en saisir pour les exterminer alors, il n'en venait jamais à bout. Les trains alentour n'en finissaient pas de dérailler, des ponts de sauter, des convois d'exploser et des soldats de tomber. En latitude-guerre le cours de toutes choses se trouve toujours ainsi bouleversé, et rien ne se bâtit que par la destruction.

Seule la terre demeurait la même, immuablement, — corps infiniment millénaire doué d'une force fantastique, prêt à poursuivre sans faillir ses cycles éternels. C'est ce qui apparut à la fin à Nuit-d'Or-Gueule-de-Loup, aux confins mêmes de son exil immobile. Cela s'imposa d'un coup à son esprit avec une terrible fulgurance un jour qu'il rentrait à travers champs avec une charge de bois sur les épaules. Il s'était arrêté, frappé de tant d'étonnement qu'il en avait eu le souffle coupé. La pensée impossible de Dieu venait de faire retour en son cœur. Mais ce n'était plus ce Dieu qui si longtemps avait siégé à l'à-pic du monde, tout là-haut, comme un gigantesque oiseau de feu niché par-delà toute lumière et le temps et ruisselant une fois l'an sur le front des hommes. Ce n'était pas davantage le Dieu auquel croyait Pauline, ce Dieu de chair et de miséricorde qu'elle priait chaque jour à genoux près du lit de son fils. C'était un Dieu sans visage et sans nom, transfondu dans la terre, fait de pierres, de racines et de boue. Un Dieu-Terre, se dressant tout autant en forêts et montagnes que coulant en fleuves ou encore courant en vents, en pluies et en marées. Et les hommes n'étaient rien d'autre que des gestes plus ou moins amplement déployés par ce corps très obscur enroulé sur son interminable songe. Lui-même, Victor-Flandrin Péniel, qu'était-il donc sinon ce geste lourd retombant lentement vers les profondeurs de la nuit après avoir décrit quelques courbes inachevées et semé au passage quelques éclats de ce rêve infiniment plus vaste et long que sa propre vie ?

Il n'était qu'un geste parmi des milliers d'autres. Et la guerre, la guerre qui ne cessait de faire retour, comme les moissons, les équinoxes ou les menstrues des femmes, elle aussi devait être divine, — étant tout comme lui un geste de ce Dieu-Terre bougeant sans fin dans son trouble sommeil. Mais les morts, eux, étaient plus divins encore que les vivants, que l'amour, les forêts, les fleuves ou que la guerre, car ils étaient gestes accomplis, bien que toujours inachevés, gestes repliés dans le giron de la Terre. Ils étaient le sommeil même du Dieu-Terre, l'inouïe douceur de son songe.

Il avait laissé tomber son fardeau de branches sèches et était resté planté au milieu du champ, ne ressentant plus que ce mélange extraordinaire de pesanteur et de légèreté qui lui tournait dans le corps. Un mélange tout aussi bien de dérision et de gravité. Il avait regardé longuement autour de lui et respiré avec une force immense, comme pour mieux prendre mesure de tout cet espace qui l'entourait. De cet espace d'où il disparaîtrait un jour sans plus laisser de trace qu'un coup de vent traversant le feuillage d'un hêtre. Et il avait alors ressenti cette étrange sensation, — tout son être lui dégringoler dans les pieds. Car au bout du compte sa présence au monde ne dépasserait jamais la minime surface de ses plantes de pieds. Et il s'était mis à marteler le sol dans un trépignement sourd et pesant comme pour en appeler à tous ses morts transfondus dans la boue et tirer un instant ce Dieu-Terre de son sommeil aveugle. Puis il avait repris sa marche, et son espoir avec, éprouvant à chaque pas le poids souverain de son corps d'homme vivant et encore infiniment désirant. Il ne se sentait plus rejeté par les fleuves, par la terre et l'amour, comme au début de sa nouvelle saison en latitude-guerre, mais simplement déjeté sur l'extrême rebord de ce songe ténébreux et fou qu'il venait de pressentir, — et qu'il voulait réveiller.

5

Étaient-ce les piétinements de Nuit-d'Or-Gueule-de-Loup ou bien la grâce de Petit-Tambour gambadant autour de la ferme qui eurent raison du long sommeil du Dieu-Terre engourdi par son geste brutal qui pendant des années avait nommé le monde guerre et désigné en hordes les hommes à la mort ? Les gens à nouveau osaient affronter à découvert la grande lumière de l'été ; c'est qu'ils se sentaient forts de ces mots répercutés de tous les coins du territoire en train de se reformer : « Ils ont débarqué ! », « Paris est libéré ! », « Ils approchent... »

Le temps de l'ennemi touchait à sa fin ; l'occupant rebroussait chemin et se débandait en toute hâte vers ses frontières dont il reprenait enfin juste mesure. Mais en fuyant il fit encore quelques haltes, au hasard de villages traversés, et s'appliqua à réduire à néant aussi bien les pierres que les hommes qui s'y trouvaient.

Il en fut ainsi à Terre-Noire. Un convoi en fuite décida soudain de s'arrêter là. Les camions se rangèrent bien à l'alignement, des soldats descendirent, se formèrent en colonnes, puis improvisèrent avec une rigueur parfaite et un sens raffiné de la mise en scène un opéra orchestré en trois actes.

Un opéra de sang et de cendres. Premier acte, — ils vidèrent chaque maison, fouillée préalablement avec grande minutie de la cave au grenier, de tous ses habitants qu'ils répartirent ensuite dans la rue, autour du puits. Une fois organisée la mise en place de ces figurants de fortune ils passèrent à l'acte deux. Ils firent éclater des voix très rauques et rouges dans toutes les maisons en y jetant prodigalement des grenades incendiaires. Le décor était maintenant magnifiquement achevé et le chœur des voix rouges battant son plein ils firent avancer sur le devant de la scène les héros du drame.

Les hommes, rien que des très jeunes et des vieux, furent conduits au lavoir. On leur ordonna de s'agenouiller dans les petites caisses de bois bourrées de paille disposées autour du bassin et de frapper, bien en cadence, alternativement l'eau puis le rebord du lavoir avec les battoirs des lavandières. L'acte trois atteignait maintenant son point culminant. Au-dehors le décor lançait toujours ses hautes flammes; les femmes agglutinées en un seul corps informe autour du puits écoutaient avec des airs de folles l'étrange rythme que battaient leurs hommes agenouillés dans le lavoir. Seul un petit groupe de femmes se tenait un peu à l'écart. Six femmes, silencieuses et raides, les bras croisés sur leurs châles noirs. Il y avait longtemps qu'elles n'avaient plus d'hommes à pleurer, ces veuves aux yeux secs, aux corps craquants de solitude, aux cœurs amidonnés de deuil. Elles contemplaient avec froideur la malédiction de leur maison de veuves s'étendre au hameau tout entier.

Il y eut soudain un brusque changement de ton; le crépitement des mitraillettes venait de percer la rumeur des battoirs de bois, la faisant taire presque aussitôt. Au bruit des corps chutant dans l'eau fit instantanément contrepoint le cri immense des femmes déraillant à l'aigu.

Le dernier acte étant accompli les soldats, toujours en ordre et impeccablement silencieux, se retirèrent et reprirent leur route. Ils n'étaient pas montés jusqu'à la Ferme-Haute. C'est qu'ils n'avaient pas beaucoup de temps; ils n'avaient improvisé ce bref opéra que pour parapher, à la dernière minute, tout au bas de l'histoire en train de se retourner, leur mépris très souverain à l'égard des nouveaux vainqueurs.

Lorsque les libérateurs arrivèrent, il n'y avait plus rien à libérer. Ils ne trouvèrent, au centre du hameau réduit en cendres, que des femmes frappées d'idiotie en train de patauger tout habillées dans le lavoir où elles s'efforçaient de sortir de l'eau rouge et visqueuse de lourds ballots de linge ridiculement encombrés de corps. Parmi ces libérateurs se trouvait Nicaise. Il n'avait jamais atteint le camp de travail vers lequel on l'avait acheminé après la rafle à la Ferme-Haute. Il avait sauté de son train-bétaillère en chemin, se jetant avec quelques autres compagnons tête la première dans la nuit. Et il avait couru aussitôt, couru droit devant lui et ne s'était pas retourné lorsque le train s'était arrêté dans un long sifflement et que les fusils s'étaient mis à claquer avec acharnement derrière lui. Il avait couru avec l'élan, l'endurance et l'instinct d'un chien sauvage traqué par des chasseurs, comme si d'avoir voyagé dans un wagon à bestiaux il en avait puisé une force et une intelligence animales. Un chien sauvage plus vigoureux et rusé que les chiens dressés par ces chasseurs d'hommes qui l'avaient enlevé. Lorsque l'un de ces chiens l'avait rattrapé et saisi à la jambe pour le dénoncer et le livrer à ses maîtres, il s'était retourné vers la bête et l'avait à son tour saisie, la prenant à la gorge, et l'avait étranglée.

Il avait couru toute la nuit, à corps perdu. Il lui semblait d'ailleurs n'avoir fait que courir depuis ce jour-là, comme si des milliers d'autres chiens de la mort n'avaient cessé de le talonner, jour après jour. Et même lorsqu'il avait enfin réussi à rejoindre la mer pour s'embarquer avec d'autres compagnons de ténèbres rencontrés dans sa fuite, il lui avait semblé continuer à courir, sur l'eau. Et lorsqu'il était revenu, parachuté en pleine nuit au cœur de ses forêts, il lui avait encore paru courir, dans le ciel. La guerre avait fait de lui un coureur perpétuel qui ne se retournait jamais, ne faisait jamais de halte. Cette endurance devenue folle à la course l'avait sauvé de toutes les embuscades tendues par l'ennemi.

Mais voici qu'enfin le sens de sa course venait de s'inverser, il ne courait plus devant l'ennemi, mais derrière. Il était devenu le chasseur, le poursuivant. Et c'était comme tel qu'il entrait dans Terre-Noire, son village natal. Cependant il lui fallait constater qu'il n'avait pas appris à courir encore assez rapidement car l'ennemi cette fois l'avait doublé de vitesse. Avant même de poser pied à terre il comprit qu'il arrivait trop tard, irrémédiablement. Des dix-sept maisons de Terre-Noire il n'en restait qu'une seule, la plus isolée, la grande ferme haut perchée, là-bas, à la lisière des forêts tutélaires. De toutes les autres il ne demeurait plus que des ruines fumantes. Pour une fois il avait perdu la course et il n'entrerait pas en coureur triomphant et libérateur dans la maison de ses parents. Et il se sentit devenir soudain lourd, si lourd et douloureusement encombré de son corps d'homme vivant plus de cent fois rescapé. Si lourd et dérisoire.

Il demeurait planté près du puits, incapable de faire un pas vers le vieux lavoir tout résonnant de cris, de pleurs et de bruits d'eau éclaboussée. Son corps ne lui obéissait plus, il ne parvenait même pas à faire deux choses à la fois ; voir et marcher étaient deux actes inconciliables. Il regardait, et ne pouvait bouger. Certains des soldats qui étaient entrés dans le lavoir en ressortaient aussitôt pour se mettre à vomir contre le mur.

Les femmes sortirent à leur tour. Il les connaissait

toutes et ne pouvait cependant en reconnaître aucune. Toutes avaient le visage défiguré par une commune folie, les robes trempées et souillées de sang comme si elles se relevaient toutes de quelque affreux accouchement collectif. Parmi elles se trouvait sa mère, ou du moins un double grotesque et effrayant de sa mère. Une grosse vieille femme titubante, tout échevelée, ruisselante d'eau rouge, et qui battait convulsivement des mains dans le vide en râlant. Il ressentit un si violent dégoût qu'il vacilla et dut chercher appui contre le muret du puits. Que venait-elle donc de mettre bas, cette mère antique et folle?

Elle passa devant lui sans même l'apercevoir. Voir et marcher étaient-ils donc devenus des actes inconciliables pour tout le monde? Elle marchait, et ne pouvait rien voir. Il voulut l'appeler, mais aucun mot ne sortit de sa gorge, seulement un cri. Un drôle de cri qui l'effraya lui-même, pareil à celui d'un nouveau-né. Son cri fut happé par le puits où il tomba et se répercuta en écho sombre, énorme, altéré de vide.

La mère n'entendit pas le cri, mais l'écho. Elle s'arrêta, se retourna, et reconnut enfin son fils dans le corps de ce jeune homme recroquevillé contre le muret. Elle s'élança vers lui et le secoua par les épaules puis le força à relever la tête en lui criant son nom à la face. « Nicaise! Nicaise!... » répétait le puits de sa voix grise.

Il rouvrit les yeux sur elle. Cette fois il la reconnut. C'était bien elle, sa mère, avec son bon regard et son sourire aimant. Elle avait retrouvé son visage, son vrai visage. Il se blottit contre elle en enfouissant sa tête contre sa poitrine. Il se dégageait de la robe maternelle toute mouillée une odeur fade et écœurante; — les sangs de son père et de son jeune frère mêlés. Mais il repoussa cette odeur pour ne sentir que celle de la gorge de sa mère, très douce et tiède.

La Ferme-Haute avait été épargnée. Nuit-d'Or-Gueule-de-Loup ouvrit sa maison à celles des rescapées qui n'avaient pas d'autre lieu où trouver refuge. Dans la grange et l'étable toujours vidées d'outils et de bétail il aménagea des dortoirs où les femmes s'installèrent avec leurs enfants. Avec Nicaise il était dorénavant le seul homme du hameau. Il restait toujours sans nouvelles de ses cinq autres fils aînés, ainsi que de Ruth et de ses jeunes enfants. Mais, patriarche régnant sur un troupeau de femmes folles, il se sentait encore plus dépossédé que toutes ces veuves et ces orphelines. D'avoir tant attendu le retour des siens, et de l'attendre encore, il sentait son cœur perdre patience et son désir s'excéder en révolte.

Le retour s'amorça au cours des mois suivants, mais tourna vite court. Le premier à rentrer fut Baptiste. Lui n'avait pas trouvé le courage de sauter du train comme Nicaise, ni de tenter une évasion hors du camp où on l'avait enfermé. Thadée s'était sauvé dès les premiers temps de son internement et nul ne savait ce qu'il était devenu.

Baptiste avait subi sa longue détention et accompli son labeur forcé avec une totale soumission. Mais pourquoi, et où, aurait-il bien pu fuir ? Il n'y avait pour lui au monde qu'un unique lieu où vivre, — c'était Pauline.

Pauline, son lieu, sa terre, son immensité. Hors d'elle, il n'y avait pas d'espace, et pas même de temps. Fuir pour la retrouver aurait été en pure perte puisqu'elle vivait dans la zone où l'ennemi régnait en maître ; on l'aurait repris tout aussitôt et séparé d'elle à nouveau. Il avait préféré pâtir son exil dans l'immobilité plutôt que d'aggraver encore sa douleur dans l'errance car alors sa folie d'elle aurait perdu toute mesure ; il l'aurait cherchée partout dans sa fuite, derrière chaque arbre des forêts, au coin de chaque rue. Et puis surtout il aurait risqué d'être tué, et cela il ne le pouvait pas, car alors il l'aurait perdue pour l'éternité. Puisque donc il lui était tout aussi impossible de vivre ou de mourir loin d'elle, il s'était replié dans l'attente, évitant le temps de toute durée et s'imposant à lui-même une totale absence à soi. Il n'avait pas même pris garde à ce qui en lui avait souffert de la faim, du froid, de la fatigue et de la maladie. Cela s'était passé à l'insu de sa pensée obsédée uniquement de Pauline, quelque part dans des régions désertées de son corps en déshérence. Ses compagnons avaient fini par le surnommer « Fou-d'Elle » tant il ne savait parler que d'elle, jusque dans son sommeil. Dans son sommeil il parlait d'ailleurs moins qu'il ne criait, — son nom. Il criait son nom autant par douleur que par désir, car la nuit couchait dans chacun de ses rêves le corps nu de Pauline offerte à la pluie, à l'amour, au plaisir. C'était ce corps, cette peau ruisselante et très nue, devenus intouchables, qui lui hantaient le cœur et la chair, jusqu'au cri.

Et voilà qu'il revenait enfin, sans autre gloire que d'avoir été absolument fidèle à son amour, sans autre surnom de combat que le sobriquet Fou-d'Elle. Il revenait comme une ombre longtemps séparée de son corps et qui, à l'instant de retrouver ce corps et de reprendre chair et vie, se met à trembler, terrible-ment, de joie.

Mais ce fut un double corps qu'il retrouva. Pauline vint à lui portant un petit garçon dans ses bras. « Tu vois, lui dit-elle en lui tendant l'enfant, moi, j'étais deux à t'attendre ! Je savais que tu reviendrais. Grâce à lui, je n'ai jamais douté, jamais perdu espoir. Il te ressemble tant notre fils ! Je le regardais grandir, et te voyais me revenir, à travers lui. »

Thadée ne rentra que longtemps après. Ce retour tardif il l'avait cependant annoncé par une carte portant ces simples mots : « Je suis en vie. Bien que je doive réapprendre à vivre. Je rentrerai. Mais je ne sais pas encore quand, car il me faudra faire un long voyage avant de pouvoir revenir. Et puis, déjà, il me faut guérir. Je vous embrasse. — Mais combien d'entre vous me reste-t-il à embrasser ? »

La carte tourna longtemps entre les mains de Nuit-d'Or-Gueule-de-Loup, de Baptiste, de Pauline et de Mathilde. Chacun s'arrêtait sur un des mots et s'en étonnait à tour de rôle. Pourquoi devait-il donc réapprendre à vivre alors qu'il se déclarait en vie ? Quel était ce détour dont il parlait et de quelle maladie avait-il à guérir ? Et puis que faisait-il donc sur les bords du lac de Constance ? La carte était postée de Lindau.

Mais d'autres questions tourmentaient Nuit-d'Or-Gueule-de-Loup. Il était toujours sans nouvelles de Ruth et de ses enfants. Pourquoi ne rentrait-elle pas alors que la paix était revenue maintenant ? Que n'écrivait-elle au moins une carte ? Ce détour dont parlait Thadée, c'était peut-être pour aller la chercher ? Elle.

Baptiste et Pauline décidèrent d'attendre le retour de Thadée pour célébrer leur mariage. Il avait été le témoin de leur rencontre, ils le voulaient aussi témoin de leur union. Et Petit-Tambour lui aussi se prit au jeu de l'attente ; il imaginait cet oncle qui disait devoir réapprendre à vivre comme un homme redevenu tout petit, aussi petit que lui. Il serait son compagnon.

L'homme que vit arriver Petit-Tambour n'était pas tout petit, il était de la même taille que son père auquel il ressemblait à s'y méprendre. Mais il revenait flanqué de deux enfants. Une fillette de douze ans et un petit garçon de cinq ans environ. Leurs noms étaient aussi étranges que leur allure. Ils s'appelaient Tsipele et Chlomo, parlaient, ou plus exactement chuchotaient, une langue incompréhensible et ne se lâchaient jamais la main, comme s'ils avaient peur de se perdre. Leurs yeux, tenus farouchement baissés, semblaient redouter la lumière du jour et la vue des visages.

« J'ai promis à leur père, si je les retrouvais, de les emmener avec moi et de les garder pour les élever. Ils n'ont plus personne au monde », déclara Thadée en présentant les deux enfants.

Leur père avait été son compagnon. Ils avaient dormi sur la même paillasse, mangé dans la même gamelle, porté le même habit tissé dans la honte et le froid et enduré la même lente agonie pendant plus d'une année ensemble. Mais le compagnon était mort, et lui resté en vie. Il était mort debout, un matin, à l'appel. Son numéro était resté sans réponse, était tombé au registre des chiffres perdus. C'était à Dachau. Thadée s'était alors armé de sa promesse pour résister à cet autre appel que lançait chaque jour, à toute heure, la mort à la criée du camp.

Si la guerre avait voué Nicaise à la course et Baptiste à l'immobilité, elle avait voué Thadée aux détours. Dès son évasion il avait rejoint un groupe de maquisards et avait lutté avec eux jusqu'au jour où, dénoncés par quelque traître, l'ennemi les avait encerclés. Presque tous avaient péri, mais la mort avait pour lui pris un très long détour. On l'avait déporté. Et à force de détours la mort avait fini par l'oublier, du moins à le perdre de vue. Elle était même loin maintenant, — mais la vie elle aussi demeurait encore presque aussi loin. Il lui avait fallu aller la chercher là-bas, dans un petit village perdu au bord d'une mer grise. Et il l'avait trouvée, bien que très fragile et encore apeurée ; elle se tenait, indécise, dans le double regard baissé de ces enfants aux yeux pers qui avaient vécu plus de deux ans cachés au fond de la cave d'une auberge, derrière un mur de sacs, de caisses et de tonneaux.

C'est la domestique qui travaillait depuis toujours au service de leur famille, et qui soudain s'était vu interdire de continuer à servir des maîtres déclarés impurs et renversés esclaves, qui les avait ainsi cachés dans le tréfonds de cette auberge où elle était alors entrée comme servante. Elle descendait chaque soir leur porter de la nourriture dérobée aux plats des tables desservies. Ainsi s'étaient-ils nourris de restes, de peur et de silence aussi. Car dans leur réduit plein de pénombre humide ils avaient désappris à jouer, à rire, à parler. Et à la fin, même, à souffrir et à désirer. Ils avaient désappris l'enfance, la vie.

Au fil des mois ils étaient devenus ombres à leur tour, doués de regard et d'ouïe d'oiseaux nocturnes. Et maintenant encore ils gardaient de cette longue réclusion des gestes infiniment lents et tâtonnants, des yeux effarouchés, des bouches presque muettes. Plus encore qu'à Thadée, il leur fallait réapprendre à vivre.

Petit-Tambour, qui rayonnait d'enfance, ne trouva pas en eux les compagnons qu'il espérait. Mais ces ombres frileuses, à peine murmurantes, démunies de tout jusque de leur enfance, avaient sur lui cet immense privilège : ils étaient frère et sœur, unis absolument dans un amour fou auquel lui n'avait nulle part, et pas même accès.

Cet amour si profond qui liait Tsipele et Chlomo lui était mystère, et fascination. Peu lui importait d'avoir retrouvé un père, et un oncle en surplus. Ce qu'il voulait, c'était une petite sœur. Cette petite sœur il se l'imaginait sous les traits de sa mère, miniaturisés autant que magnifiés. Et toute la beauté et l'amour de cette petite fille n'auraient été attachés qu'à lui seul.

Il n'eut bientôt plus de cesse de harceler sa mère de son désir. « Maman, suppliait-il avec une sorte de violence étrangement douce et lancinante qui étonnait la mère, je veux une petite sœur ! »

Pauline se maria enfin avec Baptiste ; elle portait pour ses noces l'enfant que son fils avait tant désiré. Petit-Tambour ne fit plus cette fois de l'attente un jeu, mais une veille attentive et jalouse. Cet enfant à naître, il était déjà sien, et sœur.

Quant à Ruth et à ses enfants, leur absence redoublée de silence finit tout de même par se justifier ; leur disparition reçut un nom. Mais un nom tellement difficile à prononcer et à concevoir que Nuit-d'Or-Gueule-de-Loup ne savait pas par quel bout le prendre. Il le retournait en tous sens, plus encore qu'auparavant la carte de Thadée envoyée de Lindau. Mais quel que soit le sens il ne faisait que s'y écorcher toujours plus douloureusement le cœur.

C'est que ce nom, comme tant d'autres, était tout hérissé de barbelés, de fumées noires, de miradors, de crocs de chiens et d'os humains.

— Sachsenhausen. Un nom annulatif raturant d'un seul trait les noms de Ruth, Sylvestre, Samuel, Yvonne et Suzanne. Un nom définitif.

6

On leur avait promis la gloire, et eux, juré fidélité et bravoure. Ils s'étaient mis en route vers les plaines immenses, pour cette gloire promise, cette fidélité jurée. Mais seul le vent battait ces plaines, et le froid seul les y attendait.

Ils étaient partis à l'époque où les cygnes sauvages se rassemblaient en foules pour s'en aller migrer, eux aussi, vers d'autres terres. Et les hommes n'avaient jamais rejoint les cygnes, ni même atteint le lieu de leur envol, car là-bas tout se passait toujours plus loin. Le froid n'en finissait pas d'étendre son désert, de repousser ses zones blanches, blanches à la folie, jusqu'aux confins de l'impossible. Les hommes avaient dû s'arrêter bien en deçà du grand fleuve délimitant le pays du plus haut froid et des plus vastes solitudes, au-delà duquel se rassemblaient les cygnes migrateurs.

Pourtant, hommes et cygnes se dirigeaient vers le même point cardinal, — plein est. Les uns à force de marche, les autres à force de vol, au son de chants semblablement sonores et rauques. Leur démarche aussi était la même, celle des uns alourdie par les armes et bientôt ralentie par le froid et les blessures, celle des autres encombrée par leurs ailes trop grandes battant maladroitement l'air afin de s'arracher à la terrible attraction du sol. Et ils avaient lutté pareillement contre le vent aiguillonné de neige et contre la prise en glace en se serrant les uns contre les autres. Mais au cours de leur longue marche les hommes n'avaient cessé de se défigurer en terribles bêtes de glace aux gestes raides et sanglants, aux yeux rongés de sel, tandis que dans leur vol enfin arraché à l'étreinte du sol après une pénible course, et scandé de pauses sur l'eau gelée des lacs qu'il leur fallait briser à coups de bec, les cygnes n'avaient cessé de se transfigurer en admirables animaux mi-aériens mi-aquatiques. En anges profanes aux cœurs bleus de ciel et de mer, à l'infini.

Ils avaient marché, les hommes. Ils avaient chanté, et tué. Leur jeunesse avait la couleur du sang et leurs cœurs ne connaissaient qu'un unique amour, — celui de la lutte à mains nues avec l'ange de toute violence. Et leur amour était si arrogant, si gaiement ensauvagé, si cruellement ensorcelé, qu'ils avaient oublié qu'ils étaient des hommes. Ils se croyaient plus que des hommes, alors qu'ils n'étaient plus que des guerriers aux cœurs sanglés d'orgueil et d'insolence, aux fronts parés d'insignes noirs et aux corps caparaçonnés d'armes.

Ils marchaient sous le signe de la tête de mort et chantaient la Chanson du Diable en riant aux éclats.

> *SS marschiert im Feindesland*
> *Und singt ein Teufelslied...*
> *... Wo wir sind, da ist immer vorne*
> *Und der Teufel der lacht noch dazu.*
> *Ha Ha Ha Ha Ha Ha Ha Ha Ha!*
> *Wir kämpfen für Freiheit,*
> *Wir kämpfen für Hitler* [1]...

---

1. « SS marchons en terre ennemie / Chantant la chanson du Diable... / ... Où nous sommes, c'est toujours en avant / Et c'est là que le Diable rit encore : Ha ha... / Nous combattons pour la liberté, / Nous combattons pour Hitler... »

Mais ni celui au nom duquel ils s'en allaient répandre la mort, ni le Diable dont ils invoquaient le rire fraternel, n'avaient souci d'eux. Le nom de l'un, encaqué dans la folie d'un titre extravagant autant que dérisoire, commençait à rancir et à sonner le creux. Le rire de l'autre se jouait du leur et s'esclaffait dans le dos à malemort déployé.

Ils se croyaient armée de gloire, ils n'étaient que des assassins abandonnés des leurs et réprouvés par tous. Mais ils ne le savaient pas, ils ne voulaient pas le savoir. Ils avançaient en clamant au vide leur honneur et leur fidélité néantes : « *Wenn alle untreu werden / so daß immer noch auf Erden für / bleiben wir doch treu / euch fähnlein sei* [1]. »

Mais leur drapeau ne flotta plus bientôt qu'au vent de la déroute, il ne cessait de se rouler en berne. Fuyant les grandes villes dressées à l'est et qui, bien qu'incendiées, leur demeuraient farouchement insoumises, ils s'en retournèrent vers l'ouest. Mais ils ne revinrent pas sur leurs pas, — ils n'étaient pas soldats à rebrousser chemin, et puis d'ailleurs un tel retour leur était impossible car ils s'étaient à ce point trompés d'histoire d'amour et de combat que chacun de leurs pas était irrémédiablement perdu.

Ils partirent vers la mer. Ils n'avaient plus de pays qui leur fût encore patrie. Dorénavant tout lieu se nommait pour eux désert et guerre. Seule une ville criait encore son nom vers eux et savait le faire résonner dans leurs cœurs. Une ville où ils n'étaient pourtant jamais allés, perdue au bout des terres, et déjà de l'histoire. Berlin, haut lieu de leur foi, de leur honneur et de leur fidélité.

1. « Lorsque tous trahiront / afin que toujours demeure au monde / une bannière de ralliement / nous resterons fidèles. »

Mais leur marche à rebours et détours n'en finissait pas ; la plaine alentour d'eux était interminable, implacablement morne. Le vent, cinglant de neige, n'y courait en sifflements stridents que pour mieux établir le silence et illimiter le vide.

Ils marchèrent longtemps ; si longtemps qu'ils dormirent en marchant, troupeau d'ombres bâtées d'armes et de neige, glissant à travers bois, brouillards et ténèbres. Pendant des jours et des nuits ils somnambulèrent ainsi sans prononcer un mot. Mais qu'eussent-ils bien pu dire dans un tel espace de froid ? Leurs visages étaient tellement pris dans la glace que leurs bouches craquantes de givre ne savaient plus proférer que des brumes blanchâtres, des râles de coton. Leurs yeux saignaient des larmes roses où leurs regards perdaient mémoire. Ils ne se souvenaient plus qu'il pût y avoir sur terre d'autres paysages que ces étendues blêmes étincelantes comme des lacs de schistes, ni d'autres arbres que des sapins et des bouleaux.

Ces arbres d'ailleurs étaient plus que des arbres ; ils étaient des géants à l'humeur versatile, tantôt funestes et tantôt tutélaires, et c'était avec la même indifférence que les sapins se pressaient autour d'eux pour les abriter ou leur tirer dessus. Car les arbres s'amusaient parfois à leur tirer dessus, du fond de leurs épais branchages où se nichaient leurs ennemis.

Ils arrivèrent aux abords de la mer à l'époque où les cygnes sauvages, sentant le froid être lentement destitué de son règne, se rassemblaient à grands cris au fil des îles du Levant, sur les lacs rebleuis par l'approche du printemps. Et les clameurs de leurs chants scandant le terrible effort de leur nouvelle migration étaient encore toujours semblables à celles des hommes s'entêtant à chanter leur chanson de bravoure et de fidélité très vaines.

Hommes et cygnes, peinant vers l'ouest, s'en retournaient chacun vers leurs pays de légende, ou d'instinct.

Le vent changea de saveur et de fouet, mais nullement de violence et de froid. Il prit un goût de sel et cingla les hommes rescapés de leur très longue marche à coups de pluies tressées au large dans les remous glacés de la Baltique. Le vent portait aussi le cri obsédant et le vol bas des oiseaux de mer.

Ils traversèrent des plaines sablonneuses, trouées de lacs, de bois et de marécages, et essaimées de villages aux toits de chaume, aux rues étroites et très droites. Mais le printemps, dont les cygnes, là-bas, fêtaient déjà le retour en s'élançant à travers un ciel libre, tardait à reparaître ici. Les plaines étaient désertes où s'attardait la neige, et les villages aussi étaient déserts. Les toits de chaume ne fumaient pas, les rues sonnaient le vide, les fenêtres étaient toutes fermées. L'humidité rongeait les tables et les lits dans les fermes abandonnées et le bois des horloges aussi dont les balanciers s'étaient immobilisés. Des vaches oubliées au fond d'étables délabrées mugissaient leur douleur en balançant leurs pis énormes, blessés de lait. Aux murs des maisons de pêcheurs les filets pendaient, inutiles, comme de grands paquets d'algues mortes rejetées par la mer. La mer, la terre, les villes, — tout rejetait la vie.

Les paysans et les pêcheurs, les villageois, tous avaient fui. Mais plus encore fuyaient les gens des villes, et surtout ceux de la grande ville vers laquelle les petits soldats du Diable s'acheminaient si vaillamment à contre-courant des foules en exode, à contre-courant de l'histoire, toujours chantant.

Wo wir sind das ist immer vorne
Und der Teufel der lacht noch dazu.
Ha Ha Ha Ha Ha Ha Ha !...

La ville. La grande ville dont ils avaient tant rêvé, enfin, ils y entraient. Et peut-être, se prenaient à espérer certains soldats marchant courbés sous le feu, peut-être auraient-ils la chance et l'honneur de le voir, lui, le petit homme auquel ils avaient juré fidélité et bravoure. On le disait descendu dans les entrailles de sa ville éventrée, au fond de son palais de béton.

Parmi ceux-là qui gardaient au cœur un tel espoir se trouvaient l'Obergrenadier Gabriel Péniel et l'Obergrenadier Michaël Péniel. Leur aventure touchait à sa fin, ils le savaient. Et ils s'en réjouissaient.

Ils n'avaient si longtemps marché, tué et lutté, et défié le froid, le feu, la fatigue, que pour atteindre ce lieu, cette heure. Pour s'en venir mourir ici, parmi les ruines fantastiques de la grande ville, — cette ville dont ils avaient fait leur patrie diagonale. Pour s'en venir mourir ici, auprès de lui, leur prince aux yeux illuminés de haute haine et de néant. C'était pour lui qu'ils avaient quitté leurs forêts de Terre-Noire, renié les leurs et leurs pays. C'était pour lui qu'ils avaient si longtemps marché, le visage ruisselant de sueur, de neige, de fièvre et de pluie. Maintenant leurs visages allaient ruisseler de sang, exulter de sang. De ce sang si violent qui leur brûlait le cœur et la chair depuis toujours. C'était pour lui, cet alchimiste du grand-œuvre au sang et aux cendres, pour lui qu'ils savaient condamné, perdu, qu'ils entraient dans la Ville en chantant.

Leur dernier combat dura moins d'une semaine. Combat au fil de rues dépavées, de maisons dévastées,

318

du haut de toits à moitié écroulés, du fond de caves en décombres. Combat au cours duquel brûla la grande ville comme une immense bibliothèque aux livres de pierre, jusqu'à ce que toute mémoire, toute trace de sa gloire soient consumées et qu'il ne reste dorénavant de visible, de lisible, que la défaite et la blessure. Le ciel était couleur de brique et de poussière, les rues couleur de flammes, les murs couleur de sang, et les hommes couleur de plâtre, de rouille et de brouillard.

Les deux Obergrenadiere Péniel couraient de barricade en barricade, de porche en porche, de toit en toit, sans plus prendre le temps de s'arrêter pour dormir, boire ou manger. Ils n'avaient plus de temps que pour tirer, tirer sans cesse, abattre et incendier. La fin de leur grand rêve de gloire et de triomphe approchait, aussi leur fallait-il précipiter le rythme des dernières images, intensifier le rêve, le faire flamboyer, crépiter, éclater.

Déjà ils n'étaient même plus des soldats mais des francs-tireurs ivres de lutte et de feu, jouant à détruire. Car il leur fallait détruire, détruire encore, détruire sans fin, comme un sculpteur frappe la pierre et la brise pour en exhausser une forme encore inconnue, une force magique. Il leur fallait détruire, vite, afin d'exhausser d'entre les murs de la Ville, d'entre le ciel terreux, d'entre ces ultimes heures de leur jeunesse et de leur combat, — la forme pure, la force brute, de leur amour. Pierre de foudre. Pointe de flèche fichée au plus secret de leurs cœurs depuis leur naissance, et même depuis bien avant leur naissance. Pierre de foudre couleur de sang, sidérale autant que tellurienne, — millénaire. Pierre de sang.

L'aube allait se lever. Michaël et Gabriel, réfugiés au troisième étage d'un immeuble de la Prinz

Albrecht Strasse qu'ils étaient seuls à défendre contre l'attaque sans cesse renforcée de l'ennemi, cessèrent soudain leur tir. Ils venaient de sentir quelque chose, quelque chose d'indéfinissable, traverser le fracas des obus et l'opacité du ciel couleur de suie violâtre. Quelque chose comme un silence inouï, une transparence pure. Cela venait de nulle part, et s'élançait vers eux. Vers eux seuls, tout droit, à travers la ville, la guerre. Quelque chose d'autre encore s'approchait d'eux. C'était un char, énorme. Il avançait lentement, se frayant difficilement un passage à travers la rue encombrée de monceaux de gravats et de carcasses d'engins calcinés, son gigantesque canon flairant les murs comme la trompe d'un animal préhistorique. Le char était à leur merci, il leur suffisait de tirer. De tirer, une fois encore, une fois de plus.

Mais les deux Obergrenadiere Péniel ne visèrent pas. Ils posèrent leurs armes, d'un même geste ; leurs mains soudain avaient un grand désir de vide et de silence. Ils se saisirent la main l'un de l'autre et demeurèrent là, immobiles, à contempler le gros animal d'acier tanguer tout doucement parmi les décombres de la rue, — à sentir cette transparence, ce silence éblouissants leur affluer au visage, leur laver le cœur. Dans le grand appartement désert où ils se tenaient, tous les bruits, même les plus ténus, leur parlèrent. Surtout le chuintement de l'eau transpirant le long des murs fissurés. Ils fermèrent un instant les yeux, et sourirent. Tant de douceur leur pénétrait le cœur. Cette transparence, ce silence, ils les reconnaissaient maintenant. C'était la voix du frère.

L'autre. Celui auquel ils avaient volé le sang. Le frère tout blanc, si frêle, si solitaire. C'était sa voix, merveilleusement haute. Et qui ne cessait de monter à l'aigu, de transpercer le silence, de s'élancer vers la plus pure lumière. Lumière blanche, soyeuse de froid, de vide. Ils n'en finissaient plus de sourire, de s'émerveiller, de tant de calme, de douceur. Ils se sentirent pris de frissons, délicieusement. Pris de tendresse, de passion blanche.

La voix du frère, l'autre, le petit, achevait d'exhausser ce que toute leur violence, tout le sang qu'ils avaient versé, n'avaient pu encore porter au jour. Cette pierre de foudre entée au mitan de leurs cœurs. Cette pierre de sang, de cri, de terre. Cette pierre de mort. Voilà qu'enfin elle affleurait, étincelante. Voilà qu'enfin elle s'arrachait aux ténèbres, à la fureur, pour leur donner, au fil de son tranchant qui leur ouvrait le cœur, le don du sourire, et des larmes.

La voix du frère, l'autre, venue de l'autre côté de la guerre, de la haine. Et les murs délabrés, autour d'eux, tout suintants d'humidité, devinrent visages. Visages pareils aux larmes, visages-larmes. Sueurs et larmes imperceptiblement ruisselant dans la crasse du plâtre, de la peau. Et les murs s'ouvrirent comme de grandes baies, sur la Ville. La Ville folle, la Ville condamnée, déchue. Toutes les ruines prirent visages, tous les morts retrouvèrent visages et noms. La voix de Raphaël ne cessait de monter à l'aigu, implorante. Comme un chant de grand pardon et d'absolue consolation. La voix du petit frère, pur accent de miséricorde. À l'instant même où tout était perdu, consommé.

Michaël et Gabriel n'étaient plus ni soldats ni francs-tireurs. Ils n'étaient plus rien. Ils redevenaient des enfants, deux enfants perdus dans la ville, dans l'histoire. Deux enfants tremblants de songe et de tendresse. Ils se tenaient face à la fenêtre éventrée, se serrant par la main jusqu'à la douleur.

Pierre de larme et de sourire. Il ne s'agissait plus de

détruire, — mais de disparaître. Dans la voix du frère, avec la voix du frère. De transparaître. Voix de métamorphose. De glisser de l'autre côté, d'entrer dans le mystère de la disparition. De consentir et renoncer.

L'explosion fut terrible. Le gros animal, à force de flairer, avait fini par dénicher ses proies et avait craché son feu. La façade éclata comme un grand pan de verre et le toit s'effondra. Tout s'écroula. Les deux Obergrenadiere Péniel furent emportés dans la chute, précipités jusque dans la cave dessous les poutres, les gravats.

On ne retrouva jamais trace de leurs corps écrasés sous les décombres. Ils se mêlèrent aux cendres de la grande Ville, aux cendres de l'histoire et de l'oubli, comme celui dont ils avaient si fidèlement loué et servi le nom, en pure perte et pur leurre.

7

Il n'y avait désormais plus de monde selon Nuit-d'Or-Gueule-de-Loup. Plus de monde pour lui. La disparition de Ruth et de leurs quatre enfants avait jeté le monde plus bas que terre, plus bas que rien. Ce n'était même plus la nuit et le silence, mais les ténèbres et le mutisme. Sachsenhausen. Ce mot lui martelait l'esprit sans répit, nuit et jour, à l'exclusion de tout autre mot. Nulle pensée, nulle image ne parvenaient à se former en lui, ni surtout à se poser. Sachsenhausen. Cela battait comme le bruit opaque de son propre cœur, — un même rythme aveugle. Les semaines, les mois passèrent, et rien n'y fit, le bruit s'obstinait à battre sa sourde cadence, tellement monotone. Sachsenhausen. Sachsenhausen.

Nuit-d'Or-Gueule-de-Loup passait ses journées assis sur un petit banc, tourné vers le mur, dans un angle de sa chambre. Ses journées et ses nuits. Il se tenait la tête dans les mains, les coudes posés sur les genoux. Sa tête était si lourde, si lourde de vide, et avec ce sempiternel martèlement intérieur elle ne savait même plus rester droite. Dès qu'il lâchait sa tête elle se mettait à osciller d'avant en arrière, lentement, comme un balancier d'horloge que rien ne peut arrêter. Il ne connaissait plus ni la faim, ni le sommeil ni la soif. Il ne souffrait même pas. Il était comme en deçà ou au-delà de la souffrance. Il avait basculé dans une zone néante. Il subissait le terrible écoulement du temps, heure par heure, seconde après seconde. Un temps déjeté hors du temps, évidé de durée, — nul. Sachsenhausen. Son esprit était à bout, tout en lui était à bout, mais pourtant rien ne cédait. Même son corps privé de nourriture et de sommeil résistait. Il était comme un tronc planté dans l'angle des murs de sa chambre déserte, un tronc d'arbre fossile.

Il ne pouvait de toute façon faire autrement. Il ne s'appartenait plus, ne pensait plus, ne sentait plus. Il subissait. Sachsenhausen. Sachsenhausen. Il subissait l'épreuve de la nuit absolue, — la Nuit où tout a disparu. La Nuit de l'aboli, et il était assigné à une pure insomnie, — à une présence folle saturée d'absence. Il ne pouvait pas ne pas être là, — nulle part, à veiller heure par heure, — dans le jamais, l'impossible. Il ne pouvait pas ne pas voir, voir cela même qui ne se laisse pas voir, — voir le néant même de tout voir. Il voyait la Nuit, encre tout à la fois opaque et translucide, — encre d'avant toute écriture, ou bien

323

d'après. Nuit-d'encre noire où plus rien ne s'écrit, ne se dit, ne se lit. Nuit-d'encre illettrée où plus rien ne se passe.

En fait, peut-être n'était-ce pas même lui qui veillait ainsi dans la nuit, — c'était la nuit elle-même qui veillait à travers lui, en lui. Il n'était plus qu'un lieu vide, — guérite d'os et de peau à l'abandon où la nuit elle-même était entrée en sentinelle pour monter la garde de sa propre immensité, de son propre silence. Sachsenhausen. Nuit. Nuit, la Nuit.

Mathilde, ses deux frères et Nicaise travaillaient à remettre la ferme en état, à rendre vie aux terres, et au hameau. Une fois encore Terre-Noire se relevait. Quelques hommes étaient rentrés des camps de travail, et lentement on tentait de reconstruire, de recommencer. Il en avait toujours été ainsi à Terre-Noire.

Tsipele et Chlomo réaffleuraient comme à tâtons à la vie, ils réapprenaient l'enfance, l'amour et la confiance, — mais avec tant d'hésitation et de sauvagerie encore. Ils suivaient Thadée comme deux ombres muettes, n'osant pas encore s'approcher des autres, frayer avec tous ces étrangers, pas encore. Et toujours ils se tenaient par la main, silencieux et pleins de gravité. Leurs minces silhouettes ne cessaient de hanter Petit-Tambour qui les voyait jusque dans ses rêves, passer sur fond de nuit, inaccessibles. Mais un autre visage aussi venait à lui maintenant, et qui lui souriait celui-là, à lui seul, à lui tout seul. Un visage de petite fille, aux nattes blondes, aux yeux en amande, couleur de feuilles mortes, et qui le regardait de derrière des carreaux. Car toujours la petite sœur lui apparaissait dans ses rêves derrière une fenêtre aux vitres embuées. Sitôt qu'il s'approchait de la fenêtre pour l'ouvrir, ou au moins en effacer la buée, il se réveillait en sursaut. Mais d'elle cependant il ne désespérait pas. Il attendait. Bientôt elle serait là, toute à lui, rien qu'à lui.

Il y eut une nouvelle lettre de Rose, très courte celle-là. « L'agonie de Violette a pris fin. Elle aura duré cinq ans. Cinq ans de souffrance, de sang. Elle s'est éteinte tout doucement, en souriant, comme si rien ne s'était passé. Car elle souriait dans la mort, et rien n'a pu effacer ce sourire. Le sang a soudain cessé de couler de sa tempe, et il est arrivé cette chose extraordinaire : même la tache a disparu. Elle est tombée, — l'envie est tombée de sa tempe comme un pétale de rose sèche. Les Sœurs ici parlent de miracle et s'émerveillent. Mais moi je ne crois plus aux miracles, cela n'a pas de sens. Cela vient trop tard. Je ne crois plus à rien. Je ne suis entrée au couvent que pour accompagner Violette, je n'y suis restée que pour ne pas m'en séparer. Maintenant qu'elle est morte je ne veux plus rester. J'ai demandé à être relevée de mes vœux. Bientôt je partirai. Je ne sais pas encore quand ni ce que je ferai à ma sortie du Carmel. Mais cela n'a plus guère d'importance. »

Ce fut Mathilde, la froide et hautaine Mathilde, qui fut en fait la plus affectée par l'annonce de cette mort. C'était elle qui avait élevé les deux filles de Blanche, et surtout, elle connaissait ce que signifiait pour un enfant Péniel d'être soudain privé de son jumeau, de son double. Elle seule comprenait le désespoir qui devait saisir Rose-Héloïse pour endurer depuis plus de dix ans ce chagrin fou, inconsolable, d'être livrée à l'abandon, à la solitude. Violette-Honorine venait de mourir, à quelque dix années d'écart, au même âge presque que Margot. Ce rappel, cette répétition troublèrent profondément Mathilde. Mais une fois encore elle sut se reprendre, par un nouvel accroissement de dureté, et de solitude. Elle était seule, plus que jamais. Les autres ne franchiraient jamais son cœur. Il ne lui restait, comme toujours, que son père. Son fou de père, — son impossible amour, sa haine, sa passion glacée de jalousie. Elle interdit d'ailleurs l'accès de la chambre de Nuit-d'Or-Gueule-de-Loup à tous ; elle seule montait trois fois par jour le visiter. Qu'il reste donc là, accroupi sur son petit banc à se tenir la tête dans les poings, face tournée vers le mur. Qu'il reste donc là tout le temps qu'il voudrait, tout le temps qu'il faudrait. Elle le connaissait, il se relèverait. Il s'était toujours relevé, comme elle, comme les champs de Terre-Noire. Leur force était inépuisable, leur endurance à vivre inconsommable. Il se relèverait et la quitterait à nouveau, la trahirait une fois de plus. Elle le savait. Et c'était précisément pour cela qu'elle le haïssait tant, et ne pouvait s'en détacher. Son père, par le deuil devenu son enfant. Sa chose. Un enfant fou, frappé d'absence et de mutisme. Mais pour un temps livré à elle, rien qu'à elle.

Il ne fut plus jamais question de Michaël et Gabriel. Nul ne savait, ni surtout ne désirait savoir, ce qu'il était advenu d'eux. Il suffisait à tous d'avoir appris leur engagement dans la Division Charlemagne, leur trahison à leur patrie, à leur peuple. On ne parla plus jamais d'eux, leurs noms furent arrachés à la mémoire familiale, leur souvenir jeté aux cendres. Ils furent pour toujours exilés dans le néant assigné aux réprouvés. Quant à leur frère Raphaël, on perdit également trace de lui.

D'étranges rumeurs avaient bien circulé à son sujet, mais venues de si loin, par la voix des journaux. On

326

racontait qu'un soir de début mai, à New York, il avait perdu la voix, et l'esprit, au cours d'une représentation de l'*Orfeo* de Monteverdi où il tenait le rôle de l'Espérance. On prétendait que sa voix ce soir-là n'avait jamais été si pure, si merveilleuse. Si bouleversante surtout ; à tel point que les gens dans la salle, et jusqu'aux musiciens et aux autres chanteurs en scène et en coulisses, avaient pendant un temps perdu le souffle, laissant un silence presque terrifiant se lever dans l'espace. À tel point même, disait-on, qu'Orphée, précipité jusqu'à la folie dans la passion de son rôle, avait crié plus que chanté, d'une voix affolée par les larmes, lorsque son tour était venu d'entonner « *Dove, ah, dove, te'n vai*[1]... » après que l'Espérance lui eut chanté ses derniers mots avant de disparaître :

> *Lasciate ogni speranza, voi ch'entrate.*
> *Dunque, se stabilito hai pur nel core*
> *Di porre il piè nella città dolente,*
> *Da te me'n fuggo e torno*
> *A l'usato soggiorno*[2].

Et tous avaient senti, dans l'assistance, que le haute-contre était vraiment en train de disparaître, là, sous leurs yeux, qu'il sortait de son rôle et transgressait jusqu'à l'Espérance qu'il incarnait. Tous avaient senti qu'il s'en allait au-devant d'Orphée, que c'était lui qui pénétrait dans la Ville des pleurs, et des cendres. Mais nul n'aurait su dire quelle Eurydice il

1. « Où, ah où t'évanouis-tu ? »
2. « Abandonnez toute espérance, vous qui entrez ! / Que dans ton cœur / Persiste, inébranlable, ton désir / De pénétrer dans la ville des pleurs. / Je vais partir et regagner / Le séjour familier. »

s'en allait ainsi chercher, ni même dans quelle région de l'impossible et de l'invisible.

Il avait traversé l'espace, les corps de tous, et avait disparu. C'est que sa voix, trop loin portée, trop haut lancée, l'avait quitté. On racontait encore que depuis cette soirée, privé de voix, et de raison, il errait en mendiant dans les faubourgs de New York. Il était le mendiant blanc, aux doux yeux roses, qui avançait droit devant lui au fil des rues, la bouche ouverte, la bouche muette, — toujours flanqué de deux grands chiens, l'un noir et l'autre couleur de paille, sortis on ne savait d'où.

Mais la voix de Raphaël était elle aussi devenue mendiante. Elle se traînait de par le monde, à travers mers, forêts, plaines et villes, en un souffle si blanc, si léger, que nul n'y prêtait attention, — sauf ceux dont la mémoire était de cendres, la bouche exténuée de silence, le cœur à bout. Un souffle de vent plaintif.

> *Dunque, se stabilito hai pur nel core*
> *Di porre il piè nella città dolente*
> *Da te me'n fuggo e torno*
> *A l'usato soggiorno...*

Ce n'était même plus vraiment une voix, mais des franges de voix, une traînée d'échos. Et ce qu'elle mendiait, cette voix tout effrangée, c'était un cœur pour l'écouter, un cœur où pénétrer, où se reposer enfin.

> *Dunque se stabilito hai pur nel core*
> *Di porre il piè nella città dolente...*

Ceux qui lui donnèrent le gîte, à cette voix mendiante, au cours de son errance, ne valaient pas mieux qu'elle. C'était des gens depuis déjà longtemps ouverts à tous les vents, à tous les vides et les silences. Des gens de cendres et de poussières.

Elle vint jusqu'à Terre-Noire. Pendant des jours elle rôda autour de la Ferme-Haute, chuchotant au ras du sol et des murs, puis une nuit elle se glissa sous la porte. Elle déambula à travers les pièces, monta les escaliers, se faufila dans les chambres. Mais elle ne trouva nul accès dans le sommeil des dormeurs repliés sur leurs rêves. Il s'en trouva cependant un qui l'entendit. C'est vrai que celui-là ne dormait pas, il se taisait seulement, assis presque au ras du sol, la tête enfouie dans les mains.

La voix glissa le long de son dos, comme un frisson, jusqu'à sa nuque, et là s'entortilla à son cou en un murmure lancinant. L'homme tressaillit, il sentait un grand froid s'irradier de ses reins à sa nuque, de sa nuque à son front. Il ouvrit les mains, dégagea son visage et regarda autour de lui, tout étonné, comme quelqu'un se réveillant après un long assoupissement.

Dehors il faisait nuit. Une belle nuit d'un noir d'encre, translucide, constellée d'étoiles vives, haut perchées. Dans la chambre il faisait sombre. Il écouta. Mais la voix déjà s'était transfondue à son sang. Il lui sembla entendre un autre bruit cependant. Cela venait du côté de la chambre de Pauline et Baptiste. Un gémissement de femme. Il se leva lentement, reprit équilibre. Il se déchaussa et quitta sa chambre sans faire de bruit. Il descendit les escaliers, sortit de la maison, referma bien la porte. La nuit était vraiment belle, claire et glacée. Il rentra dans la grange, chercha quelque chose. Il voyait mieux que jamais dans le noir. Il ressortit en pressant un petit sac en papier dans sa poche. Il se dirigea alors vers le bois des Échos-Morts. Son ombre tournait autour de

lui, très blonde. Il marchait pieds nus et tête nue, ne
portait qu'un pantalon et une chemise de toile.

> *... Da te me'n fuggo e torno*
> *A l'usato soggiorno...*

Il n'avait pas froid. Le froid coulait dans son sang,
était son sang. Il pénétra dans la forêt. L'obscurité ici
était complète, mais lui voyait chaque détail d'herbe,
d'écorce, d'insecte. La nuit était dans ses yeux. Il
avança jusqu'à une clairière. Là, il s'arrêta, s'assit sur
le sol, contre une grosse roche en saillie. Il sortit de sa
poche le sac en papier, l'ouvrit, et se mit à manger par
poignées les graines de blé rouge qu'il contenait
jusqu'à ce que sa bouche s'embourbe et que son cœur
se lève de dégoût. Il bascula sur le flanc, sa tête roula
dans la mousse, dans les feuilles humides, les
branches sèches. Son front ruisselait de sueur.

NUIT NUIT LA NUIT

Une femme se lève d'entre les souches d'arbres.
Elle porte une robe rouge sombre. Rouge sang,
   rauque.
Elle balance les hanches en marchant.
Il la voit de dos.
Il ne voit qu'elle, elle lui obstrue toute la vue.
Il ne voit que cela, — ses fesses, vraiment magnifiques, se balançant tout doucement, sous le tissu
   rouge sang qui rythme, fluide, son déhanchement.
Elle fourre ses mains dans ses poches, fouille,
en sort des objets.
Des tas d'objets,
qu'elle jette au fur et à mesure.
Il y a des rubans, des clefs, des couverts en argent, des
   chandeliers, des billes vertes et violacées, des
   chevelures de femmes, des gants, des fruits, des
   souliers de femmes, des serpes.
Il y a tant de choses, et pourtant
les poches de la robe rouge semblent toujours vides.
La femme n'en finit pas de jeter des choses,
ni de lui boucher la vue.

Le vent s'est levé. Un vent formidable.
Le ciel est noir, rayé de longs nuages
horizontaux jaune safran.
Un homme, très grand, voûté, marche à
    l'horizon,
à contre-ciel.
Il porte un autre homme,
ou peut-être est-ce une femme,
sur ses épaules.
Ils doivent lutter contre le vent.

La femme en robe rouge a disparu.
Toujours de dos.
Cette fois-ci ce sont des photographies
qu'elle jette hors de ses poches,
et des petites statuettes en pierre.
Et puis des lampes aussi,
des lampes en verre et en papier de couleur
qui allument de sourdes lueurs orangées
dans l'herbe noire.
Comme des feux follets.

Une gare. La nuit.
Une simple petite gare de campagne.
Un train arrive,
traînant un long convoi de wagons.
Le train est même si long
qu'il dépasse le quai.
Les derniers wagons
stationnent en pleine campagne.

Ce sont de vieux wagons en bois, fermés par de
grosses barres de fer. Des wagons à bestiaux, ou à
transport de matériel. La locomotive souffle et siffle,
crachant des nuées blanchâtres, cendreuses, qui
ondulent le long de ses flancs. La fumée sort de

partout de dessous le ventre du train d'entre les rails
des herbes. Elle flotte à ras du quai désert et la
locomotive mugit plaintive/Les parois des wagons se
sont mises à bouger comme des flancs de bêtes
essoufflées ils halètent/Les lattes de bois vermoulues
couvertes de lichen noirci par la suie tremblent et
craquent doucement/Des yeux des milliers d'yeux
brillent derrière les lattes Tous ont le même regard
Un unique regard tout rond tout creux tout fixe

      Il court le long des wagons
      dans la fumée blanchâtre
      ses mains glissent sur les parois humides
      le bois est si pourri si mou
      qu'il sent la mousse le gâteau
      il essaye de rentrer dans les wagons
      mais ne trouve aucune porte ni fenêtre
      il regarde entre les lattes disjointes
      mais ce qu'il voit est toujours
la même chose
      des regards sans visages
      et des gestes sans corps
      perdus dans le vide la nuit
tous les mêmes
      il ne trouve pas ce qu'il cherche
      ceux qu'il cherche
les siens

Il entre dans la Ville la grande Ville il y entre par le
fleuve sur une sorte de radeau si plat qu'il est tout à
fait au ras de l'eau une eau noire visqueuse où rien ne
se reflète tout autour il n'y a que ruines et cendres des
pans de maisons se penchent drôlement et puis
soudain s'effondrent sans un bruit il règne un parfait
silence sur un pont là-bas il aperçoit à nouveau
l'homme qui porte un autre homme ou bien est-ce une

femme sur ses épaules hautes et maigres tous deux se
tiennent penchés leurs membres sont longs osseux et
se balancent sans grâce dans le vide silhouettes noires
rugueuses bientôt suivies ou croisées par d'autres
silhouettes semblables son radeau dérive doucement
dans l'odeur un peu âcre de l'eau sale froide de pont
en pont il revoit le même homme la même scène

De pont en pont la nuit s'épaissit
et sa douleur s'accroît
Là, dans son torse, dans son ventre,
ça brûle
ça flamboie
Les petits grains de blé rouge lui
ont mis le feu
au sang
à la chair
Il se roule sur le sol
de violentes secousses agitent ses épaules
Le voilà pris de convulsions
Le radeau tourne sur lui-même pris dans un tourbil-
lon invisible d'un coup mille bruits se lèvent dans la
ville cloches à la volée volets qui claquent à toutes les
fenêtres bruits de trains filant sur des ponts de fer
stridences de tramways dévalant des rues étroites
chiens hurlant à la lune braillements d'enfants et cris
d'hommes et de femmes klaxons et sirènes
mais un bruit bientôt l'emporte sur tous les autres
les pas d'une femme en souliers à talons marchant
    précipitamment sous un tunnel
martèlements résonances
ses yeux sont tout brouillés de sueur
toute image s'y distord
les images se superposent s'agitent s'entre-déchirent
il se sent devenir de plus en plus lourd
plombé de boue de nuit

avec ce feu d'enfer dans les entrailles
la terre bascule tout chavire
il roule se blesse l'épaule contre la roche en saillie
toute sa bouillie de blé rouge devenue lave incandes-
cente lui remonte à la gorge et lui emplit de
nouveau la bouche le front contre la roche il se met
à vomir
longtemps
sa bouillie de blé rouge
Rouge la robe de la femme aux fesses déhanchées
qui danse danse sur une place déserte
la sueur lui ruisselle par tout le corps
il enfonce ses doigts dans le sol
il a soif
il mord la terre
ou son poing
il ne sait pas
le vent se lève à nouveau avec une force inouïe
mais dans son corps
rien que dans son corps

       Il voit un livre
       énorme
       à reliure de cuir noir
       un livre grand comme un homme
       un livre avec des épaules d'homme
       un livre pris de convulsions
       Le livre
       tout résonnant de vent de sifflements
       tantôt graves tantôt suraigus
       se tord se contorsionne
       comme une bête malade
       Ses pages claquent
       ses mots s'écorchent au vent
       s'écoulent en salive en saignées noires

Cela lui coule de la bouche. Il râle. Il a mal. Il croit
parler appeler nommer. Non rien. Il râle il bave
vomit. Un sang noir gluant.

Il se renverse à nouveau sur le dos tout suffocant
essaye de maintenir ses yeux ouverts.

Nuit. Nuit, la nuit.

La clairière tourne doucement, grand carrousel d'arbres et d'animaux que chevauchent des enfants fous
des silhouettes fantastiques.

À sa sueur glacée se mêle une autre eau,
brûlante celle-là. Larmes.

>Et voilà le vieux Nuit-d'Or-Gueule-de-Loup
>qui se met à appeler sa grand-mère en
>pleurant.

>« Vitalie ! Vitalie !... »

>murmure-t-il, comme si seul le plus ancien
>nom avait résisté à l'oubli, à l'enfouisse-
>ment.

Mais le nom est là, tout proche, tout chaud, qui
répond :

>« Je suis là. Dors. Dors maintenant... »

et le nom étend sur lui son ombre blonde, le recouvre.
Et de dessous sa nuque, juste à l'endroit où il a creusé,
mordu la terre,
au pied de la roche en saillie,
de l'eau sourd.

Une eau claire, et très fraîche
qui lui baigne la tête
lui lave le visage
lui rafraîchit la bouche

>« ... Dors, dors mon petit, mon tout petit... »

répète la voix de Vitalie.

Ce fut à la même heure, — alors qu'une source surgissait dans la clairière du bois des Échos-Morts sous la nuque de Victor-Flandrin Péniel, dit Nuit-d'Or-Gueule-de-Loup, que là-bas, à la Ferme-Haute, Pauline donna naissance à son second enfant.

C'était un fils. Un beau garçon plein de force et de vie, aux cheveux tout ébouriffés, couleur de miel et d'ambre. Il poussa un cri pareil à un chant de tuba et agita gaiement pieds et mains dans l'air où le soulevait son père, comme si d'avance il écartait toutes les ombres.

On le nomma Charles-Victor.

Il était le dernier-né de la lignée des Péniel. L'enfant de l'après-guerre. L'enfant d'après toutes les guerres. Celui en lequel le Livre des Nuits se refermait, — le Livre des Noms et des Cris.

Mais le livre ne se refermait pas pour s'achever, se taire.

Le dernier mot n'existe pas. Il n'y a pas de dernier nom, de dernier cri.

Le livre se retournait. Il allait s'effeuiller à rebours, se désœuvrer, et puis recommencer. Avec d'autres vocables, de nouveaux visages.

Charles-Victor Péniel, celui que tous appelleraient plus tard Nuit-d'Ambre, était à son tour voué à lutter dans la nuit. Au mi-nuit de la Nuit.

DU MÊME AUTEUR

MOURIR UN PEU, Desclée de Brouwer, 2000

CRACOVIE À VOL D'OISEAUX, Éditions du Rocher, 2000

CÉLÉBRATION DE LA PATERNITÉ, Albin Michel, 2001
(iconographie établie par E. Gondinet-Wallstein)

COULEURS DE L'INVISIBLE, Al Manar, 2002 (calligraphies de
Rachid Koraïchi)

SONGE DU TEMPS, Desclée de Brouwer

MAGNUS, Albin Michel, 2005, Prix Goncourt des Lycéens

COLLECTION FOLIO

Impression Novoprint
à Barcelone, le 2 janvier 2007
Dépôt légal : janvier 2007
Premier dépôt légal dans la collection: février 1987
ISBN 978-2-07-037806-7./ Imprimé en Espagne